文化人生丛书

往事：人与书

孙玉蓉 著

南京师范大学出版社

图书在版编目(CIP)数据

往事：人与书 / 孙玉蓉著. ——南京：南京师范大学出版社，2017.9

（文化人生丛书）

ISBN 978-7-5651-3396-1

Ⅰ.①往… Ⅱ.①孙… Ⅲ.①散文集－中国－当代 Ⅳ.①I267

中国版本图书馆CIP数据核字(2017)第129037号

书　　名	往事：人与书
丛 书 名	文化人生丛书
作　　者	孙玉蓉
责任编辑	张元卿
出版发行	南京师范大学出版社
地　　址	江苏省南京市玄武区后宰门西村9号（邮编：210016）
电　　话	(025)83598919(总编办)　83598412(营销部)　83598297(邮购部)
网　　址	http://www.njnup.com
电子信箱	nspzbb@163.com
照　　排	南京理工大学资产经营有限公司
印　　刷	江苏淮阴新华印刷厂
开　　本	787毫米×960毫米　1/16
印　　张	20.5
字　　数	246千
版　　次	2017年9月第1版　2017年9月第1次印刷
书　　号	ISBN 978-7-5651-3396-1
定　　价	62.00元

出 版 人　彭志斌

南京师大版图书若有印装问题请与销售商调换
版权所有　侵犯必究

自序

承蒙南京师范大学出版社厚爱,将拙著随笔集《往事:人与书》列入"文化人生丛书"出版,深感荣幸,衷心致谢。

拙著《往事:人与书》所记述的均为新文学运动以来,近百年间的文坛往事,即文坛上的名人与书的故事。所谓人是说文坛上的文化名人,他们在文坛上的闪光点,他们为文坛做出的贡献,他们之间的文化交往,名人与地域文化以及与相关书籍的历史人文往迹等,都是值得记忆的。所谓书,也是与文坛名人相关的书,有选编书籍的体会,有阅读书籍的收获,有新发现关于书籍的史料等。

本书收入文章69篇,分为六个部分,大体按所述人物、事件发生的时间顺序编排。

第一部分为"名人往事",收入文章12篇,谈及的文化名人有清华学校大学部教授钱基博,北京大学教授马叙伦,音乐家张肖虎,学者施蛰存、郑子瑜等。谈的比较多的是文化名人之间的交往与友谊,如周作人与罗念生切磋学问的往事,俞平伯与傅斯年保持终生的友谊，柳亚子与俞平伯的交往，潘光旦与雷海宗两位老友的最后一面，谢国桢为俞平伯楷书长诗《重圆花烛歌》的故事以及作家张贤亮眼中的晚年俞平伯等。

第二部分为"名人与津沽"，收入文章14篇，或是作品中有关于天津人的纪事，如《燕京大学教授笔下的魏士毅烈士》，或是作品中有关于天津早年历史风貌、历史事件的记载，如《顾颉刚日记中的天津》《历史的屈辱无法忘记——潘光旦笔下1937年9月的津沽》《俞平伯咏海河风光》《俞平伯的起士林情结》等，也有文化名人在津工作所留下的痕迹，如《顾随与〈大公报〉副刊》《顾随早年译作》《陈荒煤与天津的文化缘分》，也有与天津相关的文化名人间的交往，如《俞平伯与吴玉如的唱和诗》《周汝昌与天津教席》《新闻前辈范瑾老人的两封手札》和《吴小如与卞僧慧的交往》等。

第三部分为"缅怀乡贤"，收入文章6篇，所纪念者劳荣、卞僧慧、关永吉、张秀亚、石坚和张学新，均为不同历史时期天津文化建设的有功之臣。他们从不同角度为天津的文化建设、文学创作与研究做出了贡献。他们是应该被缅怀和铭记的。

第四部分为"书的故事"，收入文章11篇，多谈及名人与书的往事。其中《李四光与国立京师图书馆》《周作人、傅孟真谈北大图书流失问题》《刘半农藏书的好去处》《王伯祥藏书捐赠记》以及《谈"顾颉刚文库"》五篇，均为介绍文坛名人与图书馆历史往事的小文章。其实读书人对图书馆都是感情深厚的，没有图书馆，就没有那么多著名学者的出现。图书馆是我们取之不尽用之不竭的知识宝库。

第五部分为"编书得失"，收入文章13篇，多谈及编书的往事与所思所感。编选书籍其实是广泛搜集史料和阅读学习的好机会，如编选《中国解放区文学书系·散文杂文编》，不仅从阅读作品中受到教益、净化灵魂,更从与原作者和其亲属的通信中,受到感动和激励。我们得到了那么多作者和亲属的热情支持与鼓励。作家吴强去世了,吴夫人尹卜甄老人挂号寄来了《老黑马》《战士的葬仪》等我们所选吴强作品的复印件。作家师田手患病十几年,他的亲属田琴芳在"昼夜护理"病人的情况下,还及时回信,告诉我们:他的作品《春天的野火》一文"过去整理目录时,就未查到出处"。她叮嘱我们,如果查不到,可以在《解放日报》上另选一篇他的作品。深受感动的我们立即回信,把在《文艺阵地》杂志上查到的《春天的野火》的复印件,寄给田琴芳,借以表达我们的感谢。当然,编选书籍也是留有遗憾的工作。如《俞平伯全集》,不只是《坚决与反动的胡适思想划清界限——关于有关个人〈红楼梦〉研究的初步检讨》一文未被收入《全集》中,随着时间的推移,我们发现实际遗漏的作品还有许多,都有待日后去完善了。

第六部分"往事钩沉",收入文章13篇,其中多数文章是从尘封的报刊中挖掘出来的文学史料,有些特殊历史时期的报刊损毁严重,很多文献资料无处查阅,因此,就把能够查阅到的部分史料随笔记下,为那个时代的作家、学者留下一点足迹,这就难免挂一漏万,遗憾不可避免,因此,我们挖掘和搜寻史料的工作也就仍将继续下去。其中与天津有关的8篇短文放在了前面,最后5篇现代文学史料姑且殿后。

总之,本书中的所有文章都是有史料依据的,本着对我国历史、文化的尊重与真诚,作者始终恪守着有一分史料说一分话的原则,有的史料是孤本,如《北大双才子 友谊贯终生——记俞平伯与傅斯年的交往》一文中,记述了抗战胜利后,傅斯年曾将陆游晚年所作的《书事》诗,书赠给文坛好友俞平伯,表达对抗战胜利的喜悦。俞平伯将此诗笺收藏了二十年,不幸在"文革"期间被抄家焚毁。1988年夏,时已八十九岁的俞平伯忽然回忆起了四十余年前傅斯年书赠的诗笺,思念之情难以抑止。他情不自禁地录下此诗,并书跋语:"孟真兄昔为我书,颇有豪气,惜稿久佚,以志永怀。"落款处,他还加盖了"知吾平生"白文印章,郑重交给儿孙收藏。事后,俞平老之哲嗣俞润民先生向我讲述了这段往事,并展示了俞平老的手迹。如今,俞润民先生也已辞世多年,记下这段反映老知识分子爱国情怀、铮铮铁骨的往事,就可以使其免于湮没在历史长河中。

述往事,思来者。文化名人留给我们的文化资源与精神财富,我们有义务薪火相传,责无旁贷。

现当代文学是一座富矿,深入挖掘会有许多精彩的史料、人物和事件的细节与内涵浮出水面,从中寻觅出历史的脉络,清晰呈现出前辈学者所做出的贡献。因此,越发觉得搜集史料是具有重要价值和历史意义的。爬梳剔抉,乐在其中。

感谢责任编辑张元卿为审阅本书付出的辛劳。张元卿是一位学者型编辑,他擅学习,勤思考,对我国传统文化感情甚深,治学严谨,下功夫挖掘城市文化记忆,成果丰硕。尤其可贵的是作为编辑,他善于启发作者的思维,调动写作积极性,开阔思路,催人奋进。本书中的多篇短文就是接受张君约稿后陆续补写出来的。他无声的督促与鞭策,功不可没。

本书所收文章大都在报刊上发表过。本次结集,有个别文章小有改动。感谢南京师范大学出版社,为我提供了以随笔文字与读者进行交流的机会。虽然我已倍加小心谨慎,但是,限于学识水平,疏漏终难避免,敬请读者诸君不吝批评、指教。

目录

自　序/001

名人往事
俞泽箴日记中的清华教授钱基博/003
教授书法家的"润格"/010
周作人与罗念生的往事/012
北大双才子　友谊贯终生
　　——记俞平伯与傅斯年的交往/015
音乐家张肖虎早期歌剧创作拾珍/028
柳亚子与俞氏书札/033
潘光旦与雷海宗的最后一面/035
谢国桢醉书长诗/037
张贤亮与俞平伯/040
郑子瑜以文会友/044
俞平伯纪念馆巡礼/047
遥想施蛰存先生/050

名人与津沽
燕京大学教授笔下的魏士毅烈士/063
顾颉刚日记中的天津/069
顾随与《大公报》副刊/071
顾随早年译作/074
周作人津门淘书/076
历史的屈辱无法忘记
　　——潘光旦笔下1937年9月的津沽/078
俞平伯咏海河风光/081
俞平伯的起士林情结/083
俞平伯与吴玉如的唱和诗/085
陈荒煤与天津的文化缘分/088
陈荒煤的五封手札/091
周汝昌与天津教席/096
新闻前辈范瑾老人的两封手札/099
吴小如与卞僧慧的交往/102

缅怀乡贤
劳荣,一位不该被遗忘的作家和翻译家/107
深切缅怀卞僧慧先生/117
怀念关永吉先生/122
从天津成长起来的女作家张秀亚/131
解放区文学研究的促进者
　　——怀念石坚同志/144
张学新的解放区文学研究/148

书的故事
京师图书馆失窃案/155
《红楼梦辨》的奇遇/157
方纪与《不连续的故事》/159
孙犁与他的《津门小集》/163
王昌定与《海河春浓》/167
周叔昭与《夏夜的故事》/172
李四光与国立京师图书馆/174
周作人、傅孟真谈北大图书流失问题/176
刘半农藏书的好去处/179
王伯祥藏书捐赠记/181
谈"顾颉刚文库"/183

编书得失
《俞平伯序跋集》编选感言/187
《俞平伯旧体诗钞》编后记/190
友谊的见证
　　——《俞平伯书信集》成书始末/193
编选《俞平伯全集》得失谈/199
《俞平伯年谱》编纂感言/203
记忆有时是靠不住的/206
《周作人俞平伯往来通信集》成书始末/210
听吴小如先生评说周俞通信集/231
《周作人俞平伯往来通信集》修订版后记/235
《中国解放区文学书系·散文杂文编》编后话/237
《天津作家纪念文集》前言/243

《书边闲语》前言/249

《艺术咏叹》前言/254

往事钩沉

南开话剧演出《我俩》/261

天津的"普希金百年祭"专刊/264

随笔作家江寄萍/267

乡土文学作家马骊/270

暴露文学作家王朱/273

艺术史学者冯贯一/276

招司早年的文学创作/278

饥饿的描写/280

《诗》月刊创刊之前/282

谈骆驼社、《骆驼》和《骆驼草》/289

关于"敦煌经籍辑存会"的两则日记/293

周作人与《同声月刊》/300

俞平伯集外《日记》解读/305

名人往事

俞泽箴日记中的清华教授钱基博

教育家、国学大师钱基博（1887—1957）先生，早年曾在无锡县立第一高等小学、吴江丽则女子中学、江苏省立第三师范学校任教。1923年至1925年6月，他在上海圣约翰大学任国文教授。1925年，震惊中外的"五卅"惨案发生后，圣约翰大学的学生曾集会声援，遭到校长、美国人卜舫济的压制和打击，强烈的爱国之情促使钱基博愤而辞职。当时，北京清华学校正在筹办新制大学，有意聘请学术功底深厚的有识之士钱基博前去任教。钱基博接受了聘书，自1925年9月至1926年6月，他在清华学校大学部任国文教授一学年后，就辞去了清华学校的教职。他在清华学校的教书生涯如此短暂，原因是多方面的。根据他在1952年所写的《自我检讨书》，我们给他归纳出以下三个原因：

一、钱基博性情耿介，看不惯清华学校的洋化生活和同事的拜金主义思想。在1926年春的一次教授会上，他不怕触犯众怒，直言批评了拜金思想。他说："清华的洋化生活，和圣约翰一样；而同事的拜金主义，尤其严重！同事谈话，公开的计较薪水多少，却是我到清华第一次听到！有一次，曹云翔校长，因为校中酝酿风潮，召开教授会。同事纷纷发言，有一位声诉薪水的不平。我当即说:'我们不要谈薪水!我们的薪水,是美国庚子赔款;庚子赔款,是全国四万万人,吃了许多苦的血债!我们拿来受用,心里本觉得难受;少拿些,少担些罪孽,也心安理得!'薪水问题,会场上就算一句话抹过!"

二、钱基博批评拜金思想的部分言词被披露于报端,引起清华学校校长的不悦,致使他决计不再续聘。1926年春,在召开教授会之后,钱基博曾将自己批评清华学校拜金思想的事,写信告诉了胞弟钱基厚,并把自己心中对留学归来的知识分子人品的担忧也写在了信上。他说:"现在读书人,眼睛只看见钱;不问钱的来源,干净不干净!这样唯利是图,从前人讲的'见利思义',没有人肯去思;只要有人给他钱,一切可以做;照此下去,中国前途,不堪设想!"

不曾想他的部分话语被范烟桥写入了《宾朋小志:钱子泉先生》文稿中,并发表在上海《申报·自由谈》副刊上。标题上所写的"子泉",是钱基博的字。那个年代,读书人之间交往,互相称谓通常只称字、号而不称名,以示尊重。范烟桥的文章可给钱基博招来了大麻烦。首先是惹得清华学校校长曹云翔很不痛快,他让人转告钱基博,不要发不利于本校的意见。钱基博当即回答:"很容易!曹校长认我不利本校;我到暑假跑就好了!我也知道现在全国大学的待遇,没有一个比得上清华!这一只金饭碗,没有人舍得抛;我有决心抛给曹校长看。"到了暑假前夕,校长室工作人员三顾茅庐,给钱基博送来了续聘三年的聘书,钱基博虽然碍于情面勉强接受了,但是,最终也没有践约。他说:"我极爱护所在之学校,然而决不顾恋自身在学校之地位和利益。苟其和我中国人的立场有抵触,我没有不决然舍去的。"

三、1926年暑假期间,78岁老父亲的去世,使钱基博心中悲痛,总感到有一些未能尽到孝心的遗憾。于是,他最终下决心不再回清华学校了。

以上三个原因是"钱基博从他自己这一方的角度,回忆了事情的经过,解释了其中的缘由"①。最近,笔者从钱基博早年的同事、朋友、20年代在京师图书馆工作的俞泽箴(1875—1926)的日记手稿中,读到了一些有关钱基博在清华学校期间鲜为人知的史实,或有助于我们全面了解钱基博在清华学校那段不堪回首的经历。

1925年9月9日,是清华学校开学的日子。钱基博在开学前夕,已经由无锡抵达北京清华园。9月8日,他从西郊清华学校进城,到位于东城的京师图书馆看望老朋友俞泽箴。因为他来京前后,均未曾函告在京的朋友,所以他的来访,给俞泽箴带来了惊喜。俞泽箴在当天的《日记》中写道:"子泉来,为余带来《西堂全集》及《鲒埼亭集》各一部。子泉以圣约翰已告结束,来清华任国文讲席,不见已六年矣。追话前尘,殊多怅触。"

俞泽箴是晚清经学家俞樾的侄孙,是著名红学家俞平伯的堂叔。他早年毕业于北洋大学,曾任无锡竞志学校、吴江丽则女子中学教员,江苏省立图书馆主任等。他在江苏工作期间,结识了许多朋友,家学渊源的钱基博就是其中之一。他们都是才华横溢之士。

自1919年秋俞泽箴到北京谋职,至1925年9月与钱基博再度见面,已相隔六年有余。六年多不见的南方老友,竟然在北京相聚了,怎能不欢喜雀跃!他们各自的现状自然要谈,忆往叙旧也是少不了的。岁月沧桑,感慨良多。钱基博还为俞泽箴带来了清初文学家尤侗所著的诗文集《西堂全集》和清代文史学家

---

① 刘桂秋:《无锡时期的钱基博与钱锺书》,上海社会科学院出版社2004年版,第110页。

全祖望所著的《鲒埼亭集》。钱基博千里征程,不忘给朋友带上大部头的书,可见读书人以书会友,走到哪里都会有书相伴。

1926年初,一年一度的寒假来临。因为时局不稳,交通阻塞,钱基博未能返乡探亲,而是在北京的清华园度过了新春佳节。在学校放寒假的前后,钱基博都进城到京师图书馆看望俞泽箴。

1926年1月10日,刚好是星期天,钱基博一大早就赶到了京师图书馆,与朋友聚会。那一天,南来的同事小禅、雨苍也应邀来参加聚会,他们四个人在东安市场的五芳斋共进了午餐。大家敞开心扉,交流畅谈,痛快淋漓。俞泽箴在当天的《日记》中写道:"上午,子泉自清华来。小禅、雨苍亦来,同至五芳斋午餐,谈甚酣畅。餐后,子泉以急于西行,先行。"

钱基博的个性素以"性畏与人接,寡交游;不赴集会,不与宴饮;有知名造访者,亦不答谢;曰:'我无暇也'"[1]而著称。他在1952年所写的《自我检讨书》中,仍然说:"我生平不大喜欢受人家的请,参与宴会;我觉得宴会是一种浪费,杯盘狼藉,吃不了,剩许多! 我宁可出十块、二十块钱,应穷亲戚的急;我不愿拿十块钱,上馆子,请一个朋友吃饭;我从前就是如此。"钱基博孤僻而又务实的性格已经被描绘得惟妙惟肖了。

这里所说的"寡交游"、"不赴集会,不与宴饮"是他喜独处、喜静、不喜应酬的天性使然。然而,在同辈朋友之间,这种必要的交往他还是参与的。这一次他不仅参加了朋友间的聚会,而且还能够相互之间"谈甚酣畅",十分难得。这也可以说是钱基博先生的另一个侧面了。

---

[1] 钱基博:《自传》,见《中国现代学术经典·钱基博卷》,河北教育出版社1996年版,第937页。

1926年的2月13日是农历丙寅年春节。2月21日,农历正月初九,同样是星期天,钱基博再次从清华园进城,给朋友们拜年。俞泽箴在当天的日记中,有"子泉来贺岁"的记载。此时,清华学校已经临近开学之期。珍惜时间如钱基博者,这一天没有多耽搁,而是速去速回了。

1926年春夏之间,因与清华学校校长之间发生的不愉快的事情,钱基博不想在清华学校继续干下去了,决计在学期终了时回南方。同年5月9日,又是一个星期天,钱基博进城到京师图书馆,向俞泽箴详细讲述了在清华学校里发生的不愉快的事件,即他在《自我检讨书》中所说的曹云翔校长要他不要发表不利于清华学校的意见,于是他决计抛去清华学校这只金饭碗的那一段经历,得到了俞泽箴的同情与理解。俞泽箴在当天的日记中写道:"子泉来谈清华校长事,至堪浩叹。取瑟之歌,贤者所不忍闻。子泉归志已决。"俞泽箴的日记虽然记载得十分简略,但是,大体的意思与钱基博所说是相符的。可见他们是无话不谈的知心朋友。

俞泽箴在日记中使用了"取瑟之歌"这个典故。此典故出自《论语·阳货》,说的是有一个叫孺悲的人要见孔子,孔子以有病为由推辞不见。但传话的人刚出门,孔子便拿过瑟来弹唱,故意让来访的孺悲听见。通过这个典故,我们可以获知,生性耿介的钱基博曾为此事登门造访过曹云翔校长,然而,却遭到了曹校长拒见的慢待。古语云"士可杀不可辱"。这种遭遇严重伤害了钱基博的自尊心,于是他决定回家乡去,不再续聘了。

俞泽箴舍不得钱基博就此结束在北京的教书生涯,他与钱基博商量,想把他推荐到燕京大学国文系去任教。当时俞泽箴正任燕京大学国文系的兼职教师,因为胃病加重,体力不支,已经向学校递交了辞职申请书。燕京大学也正在积极物色接替的教师。这是一个好机会。然而,钱基博思考再三,没有答应。他在《自我检讨书》中说:"我早年讨厌学校生活的洋化,中途脱离了上海圣约翰,脱离了北京的清华;而且脱离清华的时候,我的老友俞丹石曾诚恳地介绍我进燕京;那时,我觉得燕京也是教会大学;如果燕京可以进,当初何必脱离圣约翰;坚决的不就。"钱基博所说的"老友俞丹石",就是俞泽箴,"丹石"是他的字。

事隔不久,暑期将近,清华学校的校长室照例要为下学年聘请的教授发聘书。他们对钱基博教授表现出十分诚恳的态度,在钱基博拒绝续聘的情况下,再三送来聘书,而且续聘三年,极力挽留他继续任教。在此情况下,钱基博不得不"勉强接了"聘书。究竟下学期能否继续干下去,还在犹豫之中。

此事发生之后的1926年5月30日,同样还是星期天,钱基博再次赶早进城来找俞泽箴,向他讲述了清华校事的续篇。俞泽箴在当天的日记中写道:"午前,潜夫自清华来,大概下学期仍蝉联也。"日记中所说的"潜夫",是钱基博的别号。俞泽箴在日记中所用的"大概"两个字,比较准确地记载了钱基博当时的心境。钱基博接了清华学校的续聘书,就意味着"下学期仍蝉联也"。钱基博是当年暑假回到家乡,遇有父丧之后,心里悲哀,才彻底下了决心,决定不再到北京清华学校去教书了。

钱基博先生一生以读书为乐,以学术为重,"生平无营求,淡嗜欲而勤于所职;暇则读书,虽寝食不辍,……穷年累月,不肯自暇逸"[①]。他在清华学校期间,每次进城访友,几乎都在星期天,由此也可见他有多么珍惜教书、读书和治学的大好时光!这看似偶然的巧合之举,刚好为钱基博自己所说的"穷年累月,不肯自暇逸",找到了一个旁证。

[①] 钱基博:《自传》,见《中国现代学术经典·钱基博卷》,第937页。

再说钱基博的好朋友俞泽箴,到了1926年的5月末,他的胃癌病已经发展到了晚期,呕吐、不能进食,痛苦万状。在此情况下,俞泽箴还能有心情聆听钱基博工作的去留问题,还能在日记中为朋友的事情记下一笔,可见他是重友情的人,是关心他人的人。1926年8月6日,俞泽箴在北京病逝。他的日记一直写到同年7月31日。至于钱基博是何时离开北京回无锡的,在俞泽箴的日记中就没有记载了。钱基博在《自传》中曾经说过:"瞻顾朋侪,独多君子。"①他的话是不错的。笔者认为,俞泽箴就是钱基博朋侪中的一位可信赖的兄长,一位襟怀坦荡的谦谦君子。

(原载2015年5月台湾《传记文学》第5期)

---

① 见《钱基博学术论著选》,华中师范大学出版社1997年版,第7页。

教授书法家的"润格"

20世纪30年代初期,在北京大学任教的教授中,有一些人的书法是很出名的,如周作人、俞平伯等,当时向他们求书者很多。俞平伯就曾应嘱为画家寿石工书写扇面。他为周作人写的褚遂良体端楷长幅,录姜白石诗词三首,至今仍被周家完好无损地保存着。作为朋友间的文字交往,他们从来不收润资,而且常常有求必应,所以,求书者格外多。有时书写小楷长幅,往往要几天时间才可完成,弄得他们常把休息时间搭在里面。尽管如此,千虑一失的事情仍是难免。

1930年初,周作人应嘱为二位女士书写条幅,写后自己觉得不中意,他只好亲自"赶往琉璃厂买六吉宣赔写"(周作人语)。还有一次,他为友人书写扇面,"因以浓墨点涂,致将法扇弄坏了,……非到琉璃厂买一把来赔偿不可,实属倒楣也"(周作人语)。他感到十分不公平,曾对俞平伯说:"此后似宜定出润格,如有法家持扇求书者,润资加倍,庶几足以补此损失耳。"无偿为友人、学生题字,除了耗时费工,白赔笔墨外,写坏了还要跑腿去琉璃厂补买赔写,时间长了,谁能吃得消呢!难怪周作人想出了"似宜定出润格",法家求书加倍的补偿办法。然而他定润格的设想也只是说说而已，并未真正实行。此后真正订出润例的是享有书法家盛名的马叙伦教授。

马叙伦以前在北京大学任教时，使他苦不堪言的是朋友、学生中求书者和辗转求索者之多，实在让他应接不暇。于是，1930年他应邀第四次重返北大任教不久，就在《北京大学日刊》上连续数日登出了《马叙伦启事》，来个先下手为强，向求书的学生们公布了优惠后的"润例"。《启事》说："伦于书法实未尝习，而友好辄责以书，复有辗转浼索者，向以为苦，曾订润例，冀塞来途。今还北平，复苦是役，本校同学尤多督索，悉依润格，似失人情。用申特约，凡曾从讲肄者，不论余诸学友，必强拙书者，人以一件为限（扇面、楹联、堂幅等为限），并须以价值银币二元以上之物为酬赠。区区之衷，幸垂察焉。"那时的"银币二元"，对于读书的学生来说，也是个不小的开销，这样或许能够达到马教授"冀塞来途"、减轻额外负担的目的。

其实，用我们今天的眼光来看，马叙伦教授的做法倒是很可取的，它不仅可以限制难以负担的求书者的需索，也可以体现一点按劳取酬的原则，起码可以补偿笔墨纸砚的开销，而且不失师生的情分。同时，人们也从《启事》中更感到马教授的直爽和可亲可敬。当然，如果以此作为第二职业，靠如此微薄的"润格"去致富，那是无论如何也富不起来的。

（原载 1993 年 4 月 15 日《厦门日报》）

周作人与罗念生的往事

1934年1月，周作人翻译的《希腊拟曲》由上海商务印书馆出版。古希腊"拟曲"，又译作"摹拟剧"。次年，希腊文学学者、翻译家罗念生写了书评文章《〈希腊拟曲〉》，投给胡适任主编的《独立评论》周刊。文章开篇即对周译《希腊拟曲》给予了较高的评价。他说："这本《希腊拟曲》大概是从希腊原文译出来的第一本书，且是一本很有趣的书。原诗的美丽和译文的畅达，都值得我们称赞。"罗念生对周作人译介的海罗达思、谛阿克列多思两位古希腊作家及其作品逐一作了简介，并介绍了各自作品的特色。如"海罗达思的拟曲专重人物的描写，不重动作。他的人物，和'新喜剧'里的人物一样，是模型化的，没有什么讽刺作用"。"海罗达思的人物是活跃的，真实的。他的对话很粗俗；话说得很快时，常省去了动词。"而谛阿克列多思的"'拟曲'却是作来诵读的，不是作来表演的"。最后，罗念生对周译谛阿克列多思的《农夫》一篇，指出了十余处在用词上值得商榷的地方，并在篇末声明："这上面所说的都是一些小枝小节，说得不对的地方敬请周先生指教。"

出于慎重，《独立评论》在刊发罗文之前，曾把它寄给周作人审阅。周作人在回信中说:"承转示罗先生批评,甚为欣幸。《农夫》一篇系旧译,多欠妥处,罗先生为订正,甚感。有几处曾在小文(《羊脚骨》)中说过,当找一册寄呈罗先生。"周作人的回信被援引在1935年7月14日《独立评论》第159号的《编辑后记》中。

周作人最初翻译希腊古诗《农夫》是在1917年9月,题为《牧歌第十·两个割稻的人》,发表在1918年2月《新青年》第4卷第2号。诗中通过两个割稻人的对话,表达出青年农夫单相思的苦闷。1921年11月,他重译此诗,改题为《割稻的人》,发表在同年12月4日《晨报副镌》和12月8日《民国日报·觉悟》上;后来,将其收入北京新潮社1925年9月出版的译文集《陀螺》时,方改题为《农夫》。重译之诗除将初稿时未译的人名、地名和特别名词音译为汉语外,诗的语言也更质朴、简练、流畅,读起来琅琅上口。

1927年8月,周作人在随笔《象牙与羊脚骨》中,谈到英国麦开耳教授在《希腊诗讲义》里,介绍了谛阿克列多思及其《牧歌》,赞美"诗人用字之妙,他能把平凡粗俗了无美感的字拿来,一经运用,便成绝妙的词句",而且,恰好以《农夫》中的诗句为例,进行分析。周作人由此联想到自己翻译《农夫》时,曾对其中所用"平凡粗俗了无美感的字"进行反复斟酌和取舍的过程。反映出他对待翻译工作的认真与执着。

周作人早年为翻译《农夫》一诗所做出的努力,罗念生多有不知。因此,他在书评中指出的值得商榷的地方,恰恰是周作人多年前就已经过反复斟酌方才做出定夺的。周作人还是很有学者襟怀的,尽管罗念生的批评已有马后炮之嫌,但他仍然同意全文发表,只是在写给《独立评论》的回信中,稍稍作了一点辩解。

七十余年后,笔者翻阅旧杂志时,发现了这段往事,也发现了罗念生的这篇集外佚文。在上海世纪出版集团、北京世纪文景公司2004年6月出版的10卷本《罗念生全集》——被称为"迄今为止收集罗念生先生著译最齐全、最完整、也最精当的版本"中,就没有见到《〈希腊拟曲〉》的踪影。

(原载2013年9月17日《今晚报》)

北大双才子 友谊贯终生
——记俞平伯与傅斯年的交往

著名诗人、散文家、红学家、古典诗词曲研究专家俞平伯与著名学者、台湾大学第四任校长傅斯年是"五四"前后北京大学的同窗、好友,他们之间有着一段不寻常的友谊。

俞平伯(1900—1990),名铭衡,字平伯,浙江德清人,生于苏州。1915年,他考入北京大学国文门。傅斯年(1896—1950),字孟真,山东聊城人,长俞平伯四岁。1913年,他考入北京大学预科,后来升入北大文本科国文门,刚好与俞平伯同班。他们共同受教于章太炎的弟子黄侃教授。深厚的国学根柢和绝顶聪明的天资,使他们成为黄侃教授的高足。1917年10月31日,农历九月十六日,俞平伯与许宝驯在北京东华门寓所成亲,傅斯年、许德珩等同学以及黄侃教授都曾前往致贺,为俞平伯的婚礼增添了喜庆。六十年后,俞平伯夫妇重圆花烛之际,他还提起了师友致贺这件往事。

1918年初,在《新青年》杂志的影响下,傅斯年、俞平伯等一批青年学子作为新文化运动的积极回应者,开始创作新诗和白话文,并在《新青年》杂志上刊出。这一年的暑假后,傅斯年约集主张文学革命的同学们一起酝酿组织新潮社,俞平伯也参加了筹备工作。11月19日,新潮社宣告成立,傅斯年当选为社长,俞平伯被推举为干事部书记。

1919年1月1日,在文科学长陈独秀与图书馆主任李大钊的支持下,继《新青年》之后,公开主张文学革命的《新潮》月刊在北京大学创刊了。俞平伯早期创作的新诗、三篇白话小说《花匠》《炉景》《狗和褒章》以及论文《我之道德谈》《社会上对于新诗的各种心理观》《诗底自由和普遍》等,均发表在《新潮》杂志上。傅斯年作为《新潮》杂志的主编,期期更是少不了他的作品。诸如《怎样做白话文》《中国文学史分期之研究》《白话文学与心理的改革》《新潮之回顾与前瞻》等论文以及《深秋永定门城上晚景》《老头子和小孩子》《前倨后恭》《咱们一伙儿》《心悸》《心不悸了!》《登东昌城》《自然》等新诗,都是他在新文学运动中的业绩。

结伴赴英留学　孟真追舟马赛

经过"五四"运动的锻炼和洗礼,1919年夏,他们以优异的成绩毕业于北京大学,并商定结伴赴英国留学,以求输入新知。所不同的是傅斯年乃山东省派官费留学,而俞平伯则是自费留学。这一差异,为俞平伯日后打退堂鼓埋下了伏笔。

1920年1月3日晚,他们在上海登船,次日启航,至2月21日抵达英国利物浦,历时四十九天,行程三万余华里。在这段海行途中,天气由凛冽之严冬变成酷热之炎夏,且热不可耐。多少个不眠之夜,他们坐在船头的甲板上,高谈阔论:谈新诗的创作,谈《红楼梦》的艺术,谈对美感的理解。他们的谈兴极浓,兴致极高,竟忘记了难耐的闷热。在谈笑和辩驳中,他们加深了了解,促进了友谊,切磋了学问,也使各自的学术观点逐渐趋于成熟。

1920年2月22日,他们乘车抵达伦敦,开始了留学生活。

不曾想到十三天后,俞平伯独自登上了日本邮船佐渡丸,又踏上了归国的寂寞旅程。来去如此匆匆,这其中的原因,既有念妻思家和经费的不足,也有对异国他乡的不适应。而从他的日记中发觉,更多的是他的诗人气质,使他"乘兴而来,兴尽而返"。他孤独地坐在船上,闷闷地遥望着舱外灰蒙蒙的海天一色,心中思绪万千:是自愧、自悔,还是自责,他自己也难以理出头绪。三天后,他在海行船上,写下了新诗《去来辞》,自问:"想了什么,忙忙的来?/又想些什么,忽忽的去?/要去,何似不来;来了,怎如休去!/去去来来,空负了从前的意。"

在悠悠的海行船行驶到第八天的清晨,佐渡丸抵达了法国马赛港。出乎俞平伯意料的是,傅斯年从伦敦乘车赶来,上船找到他,苦口相劝,热诚挽留,而俞平伯最终也未能听从他的劝告,两人只好怅怅而别。

在当时赴英留学的北大校友中,只有俞平伯志在文学,而又偏偏方出即归,朋友们无不感到惋惜。在大家力劝而不能挽留的情况下,他们采取了不去送行的办法,希望他能改变主意。谁知这一切都无济于事。俞平伯主意已定:回国义无反顾。当他们发现俞平伯已经登船起程时,这才去告诉住在另一条街的傅斯年。傅斯年一面嗔怪校友们的不尽责,一面又放心不下让俞平伯独自归国。于是,他火速由伦敦追踪到法国马赛港。

俞平伯在极窘的心境下,意外地见到了傅斯年,他那又感激又惭愧的复杂心情是可想而知的。听着傅斯年诚挚的劝说,俞平伯热泪盈眶。虽然他未能接受傅斯年的劝告,但是,他对傅斯年那真心的责备和真心的宽恕,已经十分感激了。因为它使俞平伯在精神上得到了安慰。傅斯年没能劝回俞平伯,只好听任他乘船回国。分手之时,俞平伯十分愧疚地说:"我希望我将来依然是你的朋友。"傅斯年尊重俞平伯的选择,对他表示了理解和同情。

在法国马赛港与俞平伯道别后,傅斯年回到伦敦,继续他在伦敦大学的学习生活。1920年8月1日,他在致胡适的信中,详细讲述了俞平伯中途回国的这段经历。他说:"平伯忽然于抵英两星期后回国。这真是再也预想不到的事。他走得很巧妙,我竟不知道。我很怕他是精神病,所以赶到马赛去截他。在马赛见了他,原来是想家,说他下船回英,不听,又没力量强制他下船,只好听他走罢。"他从俞平伯的家庭,分析了他做事"从来不和朋友商量,一味独断"的孤僻性情。他说:"平伯人极诚重,性情最真挚,人又最聪明,偏偏一误于家庭,一成'大少爷',便不得了了;又误于国文,一成'文人',便脱离了这个真的世界而入一梦的世界。"看得出来,他对俞平伯的了解是十分透彻的。他还对俞平伯回国后的前途,提出了切实可行的建议。他认为,以俞平伯所具有的旧文学的根柢,虽然"输入新知"的机会已断,但是,"整理国故"的机会未绝。他告诉胡适,自己已经"写信劝平伯不要灰心,有暇还要多读西书,却专以整理中国文学为业。天地间的人和事业,本不是一概相量的,他果能于此有成,正何必羁绊在欧洲,每日想家去呢!"这是何等灵活、通达而又因人而异的见解!

傅斯年对俞平伯的关心,还体现在他托付胡适关注回国的俞平伯。他说:"平伯回国,敢保其不坠落,但不敢保其不衰枯下去。当时有《新潮》一般人,尚可朝夕相共,现在大都毕业,零散了不少。如果先生们对他常常有所劝勉,有所导引,他受益当不少的,否则不免可虑。"傅斯年所做的这些努力,俞平伯是无从得知的。如果不是在20世纪80年代出版了《胡适来往书信选》,我们也同样无法看到傅斯年像兄长一样关爱俞平伯的那一面。

当时，在留英的校友中，有人担心神经兮兮的俞平伯回国后，思想会发生大变化。而傅斯年不是这样看的。他认为，俞平伯之所以突然回国，"乃是一向潜伏在下心识界的'浮云人生观'之突然出现"，"这虽是很不好的现象，但于作成学问无妨。况且平伯是文学才，文学正赖这怪样成就"。所幸这一切都被傅斯年言中了。我们不能不说傅斯年是很有见地、很有眼光的。他"办事十分细心，考虑十分周密。对于人的心理也十分了解，毫无莽撞的行动"，蒋梦麟先生对傅斯年的评价真是恰到好处。

平伯以诗代信　讲述别后情怀

俞平伯回国后，傅斯年对他仍抱有很大的希望，曾来信劝他不要灰心，努力发展自己的文学天才，并安慰他：留学的朋友们没有忘记他。俞平伯也确实没有辜负朋友们的一片心意。他通过北大校长蒋梦麟的介绍，很快便到杭州第一师范学校教书去了。在那里，他结识了新朋友、北大哲学系毕业生朱自清。他们一起作新诗，谈新诗，探讨新诗理论的发展，创造了许多新的快乐。他知道："人生底颜色很迅速的衰老，他底精神终古一例的年少。"只要精神不老，看准前边的路去走，"自然会和走散了的朋友搀着手"。

回国后的半年多时间里，他虽然有了新的追求和新的精神寄托，但是，傅斯年追舟马赛的情景仍常常魂牵梦绕，"勾起乱丝一团的回忆，还勾起更乱更多的——回忆以外的——无穷感想"，挥之不去。于是，1920年末，他在杭州作了一首一百余行的长诗《屡梦孟真醒来长叹作此寄之》，以诗代信，向傅斯年讲述别后的情怀。

他在诗中絮絮道来，似有满肚子的话要对傅斯年倾诉。在长诗的第四节，他形象而又生动地描述了春天在马赛港两人话别的情形。他说:"九年三月十四那一天,/濛濛海气蒸着,/也是一个早晨,/从伦敦来的佐渡丸,/正靠马赛底一个码头。/有两个人站在船尾甲板上,/絮絮的说着,带哭声的说着。/'平伯!你这样——/不但对不起你底朋友,/还对不起你自己!'/我虽不完全点着头,/但这话好像铁砧底声浪,/打在耳里丁丁的作响,/我永不忘记!"他认识到:"以前的快乐/只在回想上重现,/飞腾远了,没法把他挽住。/却正有许多新的快乐,/留着机会给我们去创造。"他希望再见孟真时,"没添新的惭愧,/这确已经很够了!"傅斯年对俞平伯的爱护,俞平伯对傅斯年的信任与感激,已在诗中历历可见。

受傅斯年启发　红学专著问世

两年后的1923年4月,傅斯年还在伦敦大学研读之际,俞平伯的红学专著《红楼梦辨》已经问世了。这部新红学派的代表作一经出版,即受到社会的广泛关注。因为他运用分析和考证的方法研究《红楼梦》,为读者扫清了阅读中的一些障碍,帮助读者更深一层地了解和鉴赏了《红楼梦》。可以说,这部《红楼梦辨》使俞平伯开始跨入了红学家的行列。然而,最初引导他进入"红学"之门的学术向导,却是傅斯年。

作为红学家,俞平伯虽然在十二三岁的时候,已经开始阅读《红楼梦》,但是,真正以文学的眼光来批评和赏鉴《红楼梦》,还是在受了傅斯年的启发之后。因此,他在《红楼梦辨·引论》中,记下了这最初的历程。他说:"一九二〇年,偕孟真在欧行船上,方始剧谈《红楼梦》,熟读《红楼梦》。这书竟做了我们俩海天中的伴侣。孟真每以文学的眼光来批评它,时有妙论,我遂能深一层了解这书底意义、价值。"欧行船上傅斯年的"妙论",引发了俞平伯对《红楼梦》的浓厚兴趣,竟决定了俞平伯一生的学术道路,以致后来顾颉刚劝他"只要率性而行,做文学家的生活,不必做学问工夫",生怕他因为弄学问而思想受了学问的限制,不能一任天机去发展他的文学天才。顾颉刚这善意的忠告也未能奏效。否则,俞平伯所走的将是与红学家截然不同的——一位率真的文学家的——生活道路。

平伯羁旅念友　再赠新诗述怀

1923年9月,俞平伯偕夫人到上海,应邓中夏的邀请,在上海大学中国文学系任教,讲授《诗经》等古典文学的课程,成为瞿秋白、沈雁冰、田汉、陈望道等人的同事。俞平伯在上海大学讲授《诗经》的讲义,后来还结集为《读诗札记》出版,成为俞平伯在古典诗词研究方面的一部力作。著名作家、学者施蛰存就是当年俞平伯在上海大学的学生,他还曾到俞平伯居住的上海永兴路的小楼上作客、求教。半年后,出于主、客观的多种原因,俞平伯辞去了上海大学的教职。1924年2月3日,在偕夫人返回杭州祖居的前夕,他作了一首新诗,题目为《赠M.G.》。诗题的隐讳,让读者很难判断此诗是写给谁的。其实,这首诗仍然是写赠傅斯年的,因为"M.G."便是"孟真"二字的英译字头。此诗曾发表在1924年7月上海亚东图书馆出版的文艺丛刊《我们的七月》,后被收入《杂拌儿之二》文集时,俞平伯将它归入了《呓语》第十九首,连最初的《赠M.G.》这样隐讳的篇名也给删去了,这就让读者更加丈二和尚摸不着头脑了。诗中写道:

让我送您一颗惆怅着的心儿罢。/它是被憨笑的年光所拉下的,/从它的影子里恰好映现出成尘成烟雾的憨姿笑靥;/这些正是我,我俩所最珍重的,/也将是您所最珍重的,/故让我来送给您一颗惆怅着的心儿罢。

您迢迢远去以后,/或在飘飘的云中,扬着您的轻裾;/或在青青的泥上,印着您的锐履;/而那颗惆怅着的心儿许还傍着哩。/您的将来,如有火的温煦,/它或是一杯微凉的碧酒;/将来的您,如有秋叶的静美,/它或是四座犹暖的红炉;/那就送了您罢。

收入文集中的这首诗,没给读者留下任何痕迹,去猜测诗中的"您"指的是谁。这一次,俞平伯之所以如此忌讳透露傅斯年的名字,那是因为他越发感到了与傅斯年的差距。他在工作中的不如意,让他又想起了远在异国他乡的,曾经真心责备、理解、爱护和帮助过他的傅斯年。他已经找不到这样真心为他好的朋友了。他也想到将来傅斯年功成名就之时,自己恐怕仍旧一事无成,和朋友携手同行的愿望将更加遥远。日后,如与傅斯年再次相见,只会徒增新的惭愧。他把自己因失望和失意而感到的哀伤情怀,默默地倾诉给了好朋友傅斯年。这不正是"羁旅而无友生,惆怅兮而私自怜"的表现吗?

孟真学成归国　聘俞襄助中大

1924年底,俞平伯从杭州回到北京,开始了他在燕大、北大和清华等校任教的生涯。傅斯年则于1926年10月学成归国,先后在广州中山大学文学院和隶属于国民政府的中央研究院历史语言研究所任职。1927年上半年,傅斯年以中山大学文学院院长、国文系主任的身份,聘请俞平伯到中山大学任教。那时,俞平伯正在燕京大学教书。对傅斯年的盛情邀请,他感到为难,在去留之间颇费了一番思量,最后,他还是在学期终了的时候,于6月末辞去了燕京大学的教职,接受了傅斯年的邀请。1927年9月上旬,他独自乘火车前往广州就职。无奈时局有变,他行至上海便改变了主意,很快又返回了北京。然而,他的"饭碗"已经丢失了。幸好得到周作人的帮助,又回到了燕大任教,这才保住了饭碗。据估计,俞平伯即使到了中山大学,他也不会久留的。因为他对家庭的依恋,决定了他不可能舍弃北京家中的父母妻子,独自在异地他乡谋职。俞平伯答应了傅斯年的邀请而又未能到任,不免辜负了傅斯年的好意。然而,出于对俞平伯的理解,傅斯年并没有责难他,他们仍然是好朋友。

1928年,傅斯年接任了中央研究院历史语言研究所所长的工作。1929年春,他告别了广州,随史语所迁回了北平。傅斯年回到北平的消息,很快在朋友间传开了。5月11日,俞平伯首先在东兴楼为傅斯年接风,周作人应邀作陪。接着,5月18日,周作人又设家宴款待傅斯年,俞平伯与朱自清、钱玄同、刘半农等参加聚会。不久,北大老同学潘家洵又在欧美同学会宴请傅斯年,俞平伯与周作人再度应邀作陪。6月10日,傅斯年在欧美同学会回请盛情的朋友们,俞平伯等老友再次欢聚一堂,畅所欲言,乐而忘返。

从1929年秋至1935年,傅斯年在主持史语所工作的同时,也一直兼任着北大教授的工作。1931年"九一八"事变后,傅斯年在教授会上提出了"书生何以报国"的问题,并达成共识,由北大史学系共同编著一部东北通史,用事实证明东北三省历来属于中国的领土。不久,傅斯年所著的《东北史纲》卷一出版。他用民族学、语言学的眼光和旧籍的史地知识,证明了东北原本是中国的郡县,汉人的文化、种族和这一块地方有着不可分离的关系,以此驳斥了日人的"满蒙在历史上非支那领土"的谬论。

在那段日子里,俞平伯也对时局忧心忡忡。他认为:"今日之事,人人皆当毅然以救国自任,吾辈之业唯笔与舌,真欲荷戈出塞,又岂可得乎!"他把知识分子救国的希望寄托在胡适的身上,他建议"平素得大众之信仰"的胡适出面主持,在北平出版一单行周刊,宣传教育群众。从治标方面告诉民众"如何息心静气,忍辱负重,以抵御目前迫近之外侮",从治本方面"提倡富强,开发民智"。他说:"精详之规划,以强聒之精神出之;深沉之思想,以浅显之文字行之,期于上至学人,下逮民众,均人手一编,庶家喻户晓。"他认为:"救国之道莫逾于此,吾辈救国之道更莫逾于此。"虽然俞平伯的建议与设想最终未能实现,但是,他与傅斯年两人的爱国情操、方刚血气,均由此可见一斑了。

孟真代理校长　平伯受聘北大

此后的十余年间,傅斯年与俞平伯各人忙着各人的事,加之抗战期间南北暌违,两位学友的联系和交往也就少多了。过去在一起谈笑时的快乐,只能留在记忆中了。

1945年9月,抗日战争胜利后,迁往西南的北京大学、清华大学都将复员。远在美国的胡适将出任复员后的北京大学校长。在他未到任之前,曾由傅斯年代理校务。傅斯年与俞平伯虽已多年未见,但是,心中仍然互相想念着。1943年,俞平伯通过表兄许宝驹发表在重庆报端的、讲述"阅历欢愁廿五年"的银婚诗五首,也曾令当时身居四川南溪的傅斯年生出几多感慨。因此,他在与胡适商谈北大各系延聘教授的人选问题时,首先想到了聘请抗战期间"在北平苦苦守节"的俞平伯为北京大学国文系教授。当时,清华大学校长梅贻琦也拟续聘俞平伯回到清华大学任教,并通过文学院院长冯友兰告诉了朱自清。后来,因为冯友兰与闻一多商谈未决,而北京大学已有了明确的聘请意向,因此,朱自清也就不得不同意并支持俞平伯接受了北大的聘请。

1946年夏,评论家、早年清华大学毕业生常风为俞平伯未能回到清华大学继续任教而感到惋惜时,朱自清也有同感。他在给常风的回信中说:"平伯先生事因其尊大人年已八十,平伯先生不能与夫人住家清华,且若住家清华,两处开销,费用也太巨。为此斟酌再三,卒解清华之聘。平伯先生与清私谊极厚,清谅解其实在困难,故也不敢相强。然在学校实为一损失,……惟此亦无可奈何者。"自此,俞平伯在北京大学任教直至1953年2月,院系调整时,方转入北大文学研究所工作。

按说,傅斯年性格直爽豪放,敢作敢为,与谨小慎微、少言寡语的俞平伯形成鲜明的对比。他们的性格如此差异,竟然能够终生友善,不免让人觉得奇怪。其实不过是惺惺相惜:因为傅斯年自己有绝顶的天才,所以,他才格外欣赏和爱惜俞平伯的文学才华。

孟真书赠诗笺 平伯怀念终生

1945年7月,傅斯年以无党派人士身份,与黄炎培、章伯钧等访问延安期间,毛泽东曾将唐代诗人章碣的咏史诗《焚书坑》书赠傅斯年。诗曰:

竹帛烟销帝业虚,关河空锁祖龙居。
坑灰未冷山东乱,刘项原来不读书。

当时,傅斯年也有一诗回应,即南宋著名诗人陆游晚年所作的七律《书事》诗。诗曰:

北征谈笑取关河,盟府何人策战多。
扫尽烟尘归铁马,剪空荆棘出铜驼。
史臣历纪平戎策,壮士遥传入塞歌。
自笑书生无寸效,十年枉是枕珮戈。

当时，日本侵略者虽然尚未公开宣布投降，但是，抗日战争胜利的大局已定。傅斯年借陆游的《书事》诗，表达了对抗战胜利的喜悦，也为自己一介书生，虽十年辛苦，但对抗战胜利贡献甚微而深感惭愧。他或许未来得及将诗书赠给毛泽东。但是，凭他那渊博的学识，如果他当时无以回应，那才是不可思议的。

抗战胜利后，傅斯年将陆游的《书事》诗书赠给了文坛好友俞平伯。1946年5月4日，他由重庆飞回北平，代替胡适主持北京大学的复校工作。在繁忙而短暂的代理校长期间，他也没有忘记抽空与俞平伯等老友欢叙畅谈。同年9月，随着胡适正式就任北大校长，傅斯年也就卸职，返回南京史语所工作了。从此，俞平伯与傅斯年再未谋面。傅斯年书赠的诗笺，便成了俞平伯最珍贵的纪念，收藏了二十年。如果不是"文革"期间被抄家焚毁，傅斯年的这张墨宝一定会保存至今的。

当然，如果不是俞平伯在晚年又回忆起了这段往事，此事也就真的被淹没在历史的长河中了。1988年夏，时已八十九岁的俞平伯忽然回忆起了四十余年前傅斯年书赠的诗笺，思念之情难以抑止。他情不自禁地录下此诗，并书跋语："孟真兄昔为我书，颇有豪气，惜稿久佚，以志永怀。"落款处，他还加盖了"知吾平生"阴文印章，郑重交给儿孙收藏。

事过境迁人老　感念依然绵长

1948年冬，傅斯年随历史语言研究所迁至台湾。1949年1月，他就任了国立台湾大学校长。俞平伯仍然留在了北京。作为北大教授中的代表，他成为北京大学校务委员会委员，与北大师生一起，迎接新中国的诞生。1950年12月20日，傅斯年因脑溢血病逝于台湾。噩耗传来，俞平伯心中的悲痛无以复加。这一对绝顶聪明而又才华横溢、富于情感而又笃于友谊的同窗好友的交往,也从此结束了。

然而,青年时代建立起来的最真挚的友谊却是永远难忘的。1963年,当俞平伯得暇重理1920年的出国日记时,傅斯年追舟马赛的情景又一幕幕地浮现在眼前,而爽直得让人难以忘怀的孟真兄却久已作古了。回忆学生时代的往事,使他无限感慨。他用端庄清秀的毛笔小楷,记下了自己最深沉、最真挚的怀念。他说:"时余方弱冠,初作欧游,往返程途六万许里,阅时则三月有半,而小住英伦只十二三日,在当时留学界中传为笑谈。岂所谓'十九年矣尚有童心'者欤,抑亦所谓'乘兴而来,兴尽而返'者耶。老傅追舟马赛,垂涕而道之,执手临歧如在目前,而瞬将半个世纪,故人亦久为黄土矣。夫小己得失固不足言,况乎陈迹!回眸徒增寂寞,其为得失尚可复道哉!"

数十年来,俞平伯一直铭记着这段不寻常的经历,一直珍惜着与傅斯年这段纯真的友谊。在俞平伯的一生中,傅斯年是他结识得最早,而且是唯一令他感念终生的同窗好友。

可以说,傅斯年逝世后的四十年间,他的身影一直活在俞平伯的心里。1990年10月15日,俞平伯以九十一岁高龄在北京逝世。他带着对老友无尽的怀念走了。这一对北大才子、"五四"同窗,留给我们的同样是无尽的怀念。

(原载2004年台湾《传记文学》8月号)

音乐家张肖虎早期歌剧创作拾珍

张肖虎是我国20世纪著名的音乐教育家、作曲家、音乐理论家和指挥家。他祖籍江苏常州，1914年2月25日出生于天津。因为受到家庭的艺术熏陶，他自幼酷爱音乐。在南开中学读书时，他就参加了学校组织的昆曲社、国乐社等课余活动，学习演奏二胡、笛子、月琴、四弦琴等中外乐器。1931年，他考入清华大学土木工程系读书后，即加入了清华大学学生艺术团的管弦乐队和室内乐队，参加演奏巴赫、贝多芬等著名音乐家的室内乐作品。他把课余时间几乎全用于音乐进修了。他曾向外国专家学习钢琴和作曲理论，又在燕京大学音乐系选修作曲理论。大学四年级时，他担任了清华大学学生艺术团管弦乐队及军乐队队长、助理指挥等。

那时，著名诗人、散文家、教授俞平伯正任教于清华大学中国文学系，张肖虎曾旁听过俞平伯讲授的词曲课程。因此，他们是名副其实的师生关系，也可以说是老相识了。俞平伯不仅对中国古典小说《红楼梦》有精深的研究，而且对中国戏曲研究也颇有见地。他知识渊博，兴趣广泛，深通音律，会唱昆曲。20世纪30年代初，他在清华大学曾发起组织了研究昆曲的"谷音社",散文家朱自清、音乐家杨荫浏等皆为该社成员。在此期间,俞平伯曾撰写了《论作曲》《论研究保存昆曲之不易》以及《秋兴散套依纳书楹谱跋》《许闲若藏同人手钞临川四梦谱跋》等有关昆曲研究的文章。正因为他对中国传统戏曲在理论与实践方面都有很深的造诣,这才使他在40年代与张肖虎创作的新歌剧有了接触的机缘。

1936年夏,张肖虎毕业留校。清华大学以他在音乐上的突出成绩,安排他在西乐部任助教。从此,他走上了终生从事音乐艺术的道路。新秋开学不久,他便到俞平伯的清华园寓所,登门拜访,请教有关昆曲艺术的问题,表现出了他对中外音乐艺术的执着追求。

1937年"七七事变"爆发后,因为需要照料母亲,张肖虎没有随同清华大学师生一起南迁,而是回到了天津。他先后在天津耀华中学、天津工商学院、天津基督教青年会等单位任音乐教师、指挥、教授等,并主持创办了私立"天津音乐专修院"。他还在天津组织众多音乐人才,以艺术形式参与抗战,并用演奏、演唱古典名作和渗透着正义与反抗精神的新作,来抒发爱国情怀。同时,他创作了歌剧《木兰从军》《松梅风雨》和交响诗《苏武》等音乐作品,以表达威武不屈的民族气节。因此,他被当时天津的进步报刊誉为"天津音乐之雄"。

40年代初期,在天津耀华中学任教的张肖虎与他的清华校友、同事王守惠(1915—1943)抱着唤起民众、抗日救国的满腔热忱,共同创作了历史题材四幕歌剧《木兰从军》,王守惠作词,张肖虎作曲。歌剧塑造了"立志赴战场","要一洗羞颜,给妇女们一个好榜样"的具有自觉意识的巾帼英雄木兰的形象,并通过木兰之口,唱出"今日我血溅沙场,明日便会见神异的曙光","要诛尽世间魍魉!要灭绝欺人强梁","人生正是座广大战场,赖有战争培养新生的力量,应该勇往直前地进取,怀着不惧厄运的心肠。努力!努力!不息!不息!冲杀!冲杀!"由此可见该剧的战斗力是极强的。

王守惠原是1937年毕业于清华大学中国文学系的高才生,又是昆曲爱好者,"谷音社"成员。他对俞平伯先生渊博的学识一直十分敬重。为了让《木兰从军》歌剧剧本能够精益求精,1943年暑假期间,王守惠专程到北平,恳请俞平伯先生帮助修订歌词。数月后,当俞平伯附上自己的意见将歌词稿寄还时,王守惠已病逝于津门。闻此消息,俞平伯深感有负故人拳拳见访之心,怅恨不已。1944年,他在为《王守惠先生纪念刊》所作的序言中,详谈了自己校阅《木兰从军》剧本的经过以及与王守惠的师生之谊。他说:"余与守惠,郊园共学,知其于文章经籍以外兼精音乐,谷音曲社既立,即约其来游,佳日相逢,寻常视之。今则万事如云烟而守惠之墓行将宿草,栖迟陋巷,重省遗编,见《木兰》一剧犹在焉,诚不胜其叹惋之情。"字里行间充满了对英年早逝的文学才子王守惠的追念与惋惜之情。

此后,张肖虎认为歌剧《木兰从军》剧本的文字仍显冗长,于是,再次恳请俞平伯为之删改,得到了首肯。俞先生亲笔删改的剧本原稿,张肖虎一直保存着。作为杰出的音乐教育家,张肖虎始终坚持继承传统、借鉴西洋以发展我国民族音乐的创作风格。歌剧《木兰从军》的音乐创作,就是他在借鉴欧洲作曲技法的基础上,尝试创作具有浓郁民族风格音乐的成功之作。遗憾的是限于当时的条件和历史的原因,歌剧《木兰从军》在20世纪40年代未能上演全剧,只演出了选曲和片断,这使它的鼓舞和战斗作用未能得到充分的发挥。

不久,张肖虎又创作了以抗日战争为题材的大型四幕歌剧《松梅风雨》。这是继歌剧《木兰从军》之后的又一部力作。为了总结西洋歌剧艺术的经验,探索我国歌剧创作的道路,张肖虎与友人共同发起组织了平津两地的民间音乐团体"歌剧协进会"。

1946年秋,随着抗日战争的胜利,清华大学由西南联大复员迁回北平,张肖虎又重新应聘回到清华大学,任音乐室导师。开学前夕,即1946年8月中旬,由张肖虎作曲并指挥的大型四幕歌剧《松梅风雨》以"歌剧协进会"的名义,在北平首次公演。俞平伯先生应邀观看了演出,并及时写出了评论文章《〈松梅风雨〉观后记》,发表在1946年8月31日天津《大公报》上。在《观后记》中,他从中国戏剧发展史的角度和中国戏剧的特点,谈了歌剧在我国难以推广的原因。他说:"中国之剧均歌唱与道白相间,而以歌唱为主,故道白称宾白也。西洋则有纯话或纯歌之剧,而以古典歌剧为世所重,殆欧美之所同也。话剧流行于我国三四十年矣,而歌剧无闻焉。此殆音谱方面无人努力故耳。"他对张肖虎创作的歌剧音乐给予了很高的评价,指出了音乐于娱乐之外,尚有重要的社会作用。他说:"北平歌剧协进会顷始有《松梅风雨》之创演,听者如云,余亦乘暇而往,见其情绪颇为紧张热烈。音乐配合或幽抑,或高亢,或悲或喜,更能曲曲传达剧情,则吾友张君肖虎之苦心制作也,张君复殷殷垂询其可否,余于音乐为门外汉,何能为他山之益,惟念音乐者,民族精神所寄托,为社会教育之辅导,不仅抒写个人之哀乐已也。"这既说出了张肖虎音乐创作的宗旨和特色,也为爱国音乐家们指出了音乐创作的必然方向。他还对比西洋歌剧,客观地指出了还很年轻的中国歌剧在剧情和舞美方面的不足,并对它的未来寄予无限的希望。他说:"剧情方面,西洋歌剧每为极伟大之场合,或敷演文艺,或取材历史,其剧院布置亦壮丽堂皇,今兹限于人力财力及时间,尚未足与之颉颃,实冀望更于百尺竿头进一步也。"尤其是他对张肖虎人品的赞许,"以肖虎治学之精勤,作人之恳挚,英年事业,未有艾也",早已被历史证明是十分恰当的。因为张肖虎倾注毕生心力与才智,求索、耕耘、开拓、创造,为我国音乐教育事业和民族音乐文化的发展所做出的成绩和贡献,早已载入了我国的音乐史册。有趣的是俞平伯先生的这篇评论,张肖虎先生却始终未曾看到过。

1991年春,笔者曾将俞平伯的评论文章《〈松梅风雨〉观后记》抄寄给时任中国音乐学院教授的张肖虎先生,竟然使张先生欣喜异常,并在朋友中广为传阅。他在回信中说:"一些朋友看到此件,也都很兴奋。"他还特意告诉我,"有音乐史学者还对此产生极大兴趣",言外似有未曾预料之意。一位著名文学家能够在40年代对歌剧发表自己的独到见解,这或者就是使张肖虎先生及其同仁兴奋、欣喜和感兴趣的原因吧!

歌剧《木兰从军》和《松梅风雨》均为张肖虎先生的早期作品,它不仅在张肖虎的音乐创作生涯中具有重要意义,而且在我国歌剧发展史上也有不可磨灭的价值。因此,文学家俞平伯先生在五十余年前对新歌剧所做的评论,也就更有其不平凡的意义了。

1997年2月19日,张肖虎先生以八十三岁高龄在北京仙逝。随着他的离去,他与歌剧的这段因缘,他与文学家俞平伯先生的交往以及他对我国歌剧事业所做出的贡献,就越发值得纪念了。

柳亚子与俞氏书札

柳亚子(1887—1958)平生个性倔强,襟怀坦荡,敢于卓然独行,但又是一位重师道、讲友情的人。这在他和俞曲园、俞平伯的关系上,表现得非常鲜明。

他十七岁进入上海爱国学社读书时,曾师从章太炎。章太炎是清代著名经学家俞曲园的嫡传,因此,他称自己"实为曲园翁再传弟子"。他十分敬重章太炎师,曾在许多诗中称颂先生以学术家兼思想家而致力革命。章太炎加入革命党,公开声讨清廷后,曾写过《谢本师》一文,声明与俞曲园断绝师生之谊。此事在当时曾引起反响,见仁见智,众说纷纭。柳亚子力排众议,唯独赞同文学史家宋云彬的见解,认为章太炎《谢本师》一文"实为爱护曲园翁,虑其株连受祸而作,非真有所不满于师门"。他还把自己的这一观点,写入《叠韵和平伯先生兼呈长环夫人》诗中。

柳亚子十分钦佩俞曲园渊博的学识。清咸丰七年,身为河南学政的俞曲园因命题割裂罪而遭免官。以俞曲园的饱学,何以会出现这种事情,熟识者无不感到怪异。以后更出现了曲园翁乃为妖狐所祟的传说。对于这件历史上的疑案,柳亚子颇有所闻,他出于对太老师的理解,认为此乃曲园翁"见清政不纲,不欲侧足焦原,故以微罪作归计耳!"他说:"此与龚自珍答友人问:'正大光明殿赋'官韵,谓是'长林丰草,禽兽居之'者,殆有相同之点云。"他的这一独到见解,时至四十余年后的今天,仍然和者盖寡。

柳亚子对俞曲园的曾孙俞平伯也非常看重。1949年春,他到北平后,与俞平伯都作为中华全国文联筹委会的委员参加会议,并几次同桌聚餐,由于对诗赋的共同爱好,他们酒逢知己,话更投机。在此期间,俞平伯将自己在抗战后期写作的长诗《遥夜闺思引》影印本赠送柳亚子,请"亚子先生吟教",并自称"后学俞平伯敬赠"。柳亚子曾在诗中称赞:"春在堂空蔓草繁,浙西学派有渊源。钵薪高弟能名世,词赋曾孙亦并尊。"对俞平伯的诗词造诣给予了很高的评价。

不久,俞平伯夫妇请柳亚子为其所藏浙江三经师章太炎、戴子高、孙仲容致俞曲园的笺札册页题诗,柳亚子欣然命笔,于1949年5月23日这一天的早上,就成诗五首,分别咏赞俞曲园、章太炎、戴子高、孙仲容等。他在诗注中说:"昔贤言:'与公瑾对,如饮醇醪',余见平伯先生,亦有此感,恒以温柔敦厚四字品目之,盖人如其诗,诗如其人矣!"柳亚子的亲笔题诗,经过"文革"浩劫,早已成灰成烟,这损失是无法弥补的。

1954年秋,当俞平伯因红楼梦研究学术观点的分歧而被称为资产阶级知识分子受到不公正的批判,致使许多从旧社会过来的知识分子都感到有些惴惴不安之时,据闻柳亚子却反其道而行之:不仅不去批判俞平伯的学术观点,反而将俞平伯写给他的信札、诗页装裱成长卷悬挂在书房里,请来访的客人们欣赏。柳亚子的这一举动,使俞平伯在精神上得到慰藉。

(原载1990年7月25日《天津日报》)

潘光旦与雷海宗的最后一面

1962年9月7日,因潘乃谷要到天津大学联系进修事宜,于是,社会学家潘光旦决定与女儿同行,实现他久思到南开大学看望老友雷海宗(字伯伦)夫妇的愿望。

潘、雷二人同为清华学校1922级毕业生,又同赴美国留学。雷海宗与张景茀在上海结婚时,潘作证婚人。1950年7月6日,潘光旦赠诗五首,祝贺雷氏夫妇结婚二十周年。诗中记述了婚礼场景、通家之好,也赞赏了雷海宗的人品与学品:"研席讲帷三十年,通家人各羡神仙","不争两字见平生,全部工夫铸史成"。潘、雷两家来往密切,潘先生平时也常"至伯伦寓小坐"。1947年1月29日,他将自己获赠的"烟斗转赠伯伦,并附致烟丝两盒"。他在日记中幽默地写道:"伯伦半年来亦渐有烟癖,自谓出余诱引,非此殊不足以谢过也。"

1952年,全国高校院系调整,他们离开任教多年的清华大学,潘光旦到中央民族学院任教授,雷海宗到南开大学历史系任教授。1957年因言获罪,两人均被错划为右派分子。1959年末,潘光旦摘去右派帽子,雷海宗则迟了近两年。1961年11月1日,摘帽不久的雷海宗,即让夫人进京看望潘光旦,此时潘夫人赵瑞云去世已三年，雷夫人"携来花篮一只，糖果鱼蔬各一品，焚香设祭"。雷夫人落泪，潘先生"亦泫然"。

1962年8月，借女儿潘乃穟出差之便，潘光旦嘱其看望雷氏夫妇，方知他已重病缠身。9月7日，由乃谷夫妇陪同，潘光旦开启赴津之旅："七时半入城，搭九时三十五分快车首途去津。至黄村，车头发生故障，停一小时又一刻钟，计从黄村续程之时间即应为到达天津之时间。十二时三刻到津，即购归程票，只夜八时二十分之京津间慢车可坐；在站边小食馆午食"，下午二时半，"搭八路汽车至八里台南开大学"，"三时达海宗、景荺寓，叙五六年来契阔至六时半"。多年不见，老友间有太多的心里话要诉说。其间雷夫人"特为作蛋糕、作点心，濒行又进肉汤挂面，均极细致可口……别出径回车站，在'敬老席'略坐候，七时半登车，开车及抵京时间均准；唤出租车到家，适为十一时半"。一天的行程达十六小时，真是辛苦潘先生了。他十几岁时因意外受伤致腿残，平时拄双拐而行，如无家人陪同，来津之愿实难完成。他在日记中写道："海宗近年来健康殊不佳，颇见老，又不良于行，走梯阶尤不易，笑称如我不去，渠须唤汽车自寓直放我京寓；盖上火车须渡天桥也。"从中可见雷先生的乐观和对与老友相见的期盼。

回京后，潘光旦仍挂念雷海宗。12月22日，北京大学传来"海宗病危"的消息。29日，潘光旦在出席民盟全会期间，见到南开大学的李何林先生，立即询问雷海宗最近病状，被告知："自津来京之前一日告逝"，具体日期"一时不及肯定"。直至31日，潘光旦才从女儿信中得知，"海宗果于本月廿五日作古，不图九月七日之晤别竟成永别"。

（原载2016年9月5日《今晚报》）

谢国桢醉书长诗

史学家谢国桢（1901—1982，字刚主）与文学家俞平伯（1900—1990）同为中国社会科学院的学者。"文革"运动初期，他们都是最先被打入"牛棚"者。1969年，他们以积咎负累之身，又首批下放河南干校。70年代初重回北京后，他们又成为永安南里宿舍楼的邻居。因此，他们不仅是同事，而且是牛棚的"棚友"和干校的"校友"。自1977年秋俞平伯搬入三里河部长楼居住后，他们见面的机会少了。1978年正月初七，谢国桢到新居访友，俞平伯高兴地将新作七言长诗《重圆花烛歌》拿给他看。俞平伯夫妇相偕六十年，福慧双修，重圆花烛，世所罕见。谢国桢为之称羡不已。

俞平伯素喜谢国桢的法书，不久，即函请他为之书写《重圆花烛歌》横幅。谢国桢欣然应允，于"三八"妇女节的夜晚，独自饮酒至微醺后，乃濡墨挥毫，奋笔疾书，一气呵成。"张旭三杯草圣传"（杜甫句），刚翁微醺书长卷。此时，他已是近八十岁的老人，不仅手不抖，而且字匀行直，飘洒秀逸，若有神助。书至兴头上，遂生感慨，他羡慕平伯夫妇白首双栖，想到自己老年丧妻，"孤灯自照，惟有以图书自遣，藉以足余所好而已"，不免悲伤。

他把自己书写长诗时的环境和心情都如实地写在诗后的跋语中。

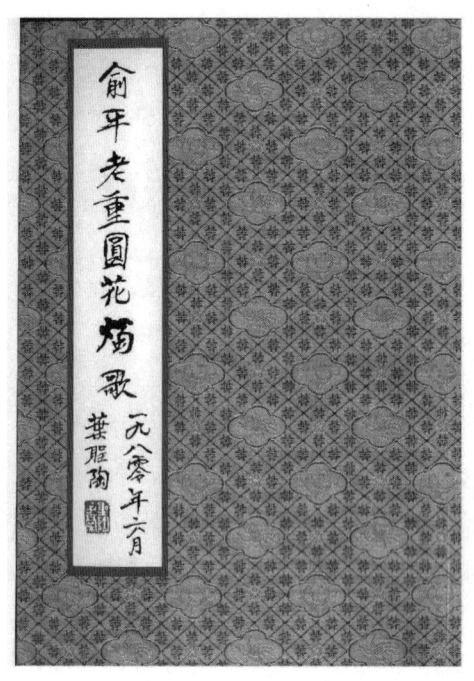

《俞平老重圆花烛歌》书影

求书长诗,竟勾起谢国桢思念夫人之恸,这是俞平伯始料不及的。他深感不安,立即口占一诗:《刚翁写拙句意甚拳拳书以志感》,以此向刚翁致歉。诗云:"昔年南里瞻迟乐,今日巴人恼谢公。似我卮言宁足惜,知君书法晚逾工。广征石墨千秋迹,独抚芸编万卷雄。春早江乡邀屐齿,五湖渔棹赏音同。"到了1989年,新加坡友人周颖南为庆贺俞平伯九十岁华诞,影印出版《重圆花烛歌》纪念册时,遵俞平伯之嘱,在谢国桢所书长歌之后,也录入了俞平伯的志感诗。

叶圣陶当年曾称赞"平翁《重圆花烛歌》屡经斟酌锤炼,实为力作",又称赞谢国桢所书"亦是精心之作","极用功力,平时随便书写,无此端丽也"。如今这幅诗书双美的艺术品被珍藏在新加坡周颖南的映华楼内。正如俞平伯生前所说:"谢刚主翁为书拙作七言歌行","流传海外亦文字因缘也"。

（原载 1994 年 8 月 31 日《今晚报》）

张贤亮与俞平伯

因为母亲出身名门,又与俞平伯的长女俞成是世交好友,因此,著名作家张贤亮(1936—2014)自小就认识俞平伯,称其为"外公",称俞成为"大姨"。张贤亮说:"平伯公住在老君堂的时候,我也常去。那时我小,顽劣不堪,见了平伯公悚然抖擞,不敢与语。"

1955年7月,因为已故父亲的历史问题,张贤亮携老母弱妹从北京移民到宁夏,先当农民,后任教员。两年后,因在《延河》杂志发表《大风歌》,被划为"右派分子",在农场劳动改造长达二十二年。在张贤亮被押去劳改期间,他母亲又被遣送回北京。此时已无家可归的张妈妈,就投奔了好姐妹俞成,与其一起住在东城朝内老君堂七十九号俞平伯家中。张贤亮回忆说:"平伯公视我母如女,多承照拂,前后达十余年之久。"

随着党的十一届三中全会的春风吹遍大地,张贤亮的错案也得到了平反,他成为《宁夏文艺》杂志的编辑,不久,又成为宁夏文联专业作家。1990年,他回忆说:"我'平反'后,每次去北京,总要去看望大姨和外公平伯公的。近十年来一年总要去几趟。这时他们已经搬到了南沙沟。我大了(是否顽劣还难说),

他却老了。每次去,带些零食点心,他扶墙走到客厅,一起抽烟喝茶。知道我居然也会舞文弄墨,颇为欣慰,有些怡然自得的样子。但他已耳聋,说话很吃力,只能说点短语和家常闲事。"1980年4月,《宁夏文艺》第4期更改刊名为《朔方》。新的刊名就要有新的气象,所以,在这一期的《朔方》上,就刊发了俞平伯的旧作《丁丑青岛纪游诗·观樱花》一节和叶圣陶的近作《题关良所绘五醉图》诗,并请俞平伯的外孙韦奈为此二诗写了跋语。这就是张贤亮第一次运用他的熟人关系,顺理成章地为《朔方》约来的名家稿件。1981年3月,著名作家茅盾逝世,同年《朔方》6月号又刊出了俞平伯手书挽茅盾联语"惊座文章传四海,新民德业播千秋"。

1982年6月,张贤亮再次到北京公干,他没有入住宾馆,而是住在了俞平伯的南沙沟寓所,并在那里宴请宁夏的同事吃烤鸭,于是,俞平老也在卧室里分享了"吃烤鸭葱酱卷饼"的美餐。同年7月1日,俞平老由家人陪同,在北京西四西餐厅,为张贤亮、张贤玲兄妹饯行。这些往事,在俞平老的家书中均有记载。

张贤亮这次晋京,再次为《朔方》杂志向俞平老约稿,老人欣然应允,并决定将《一九七六丙辰京师地震日记》交《朔方》发表。那是1976年7月28日,唐山、丰南一带发生大地震,波及津京。自那天起,至8月20日,俞平老在防震、抗震的喧嚣声中,详细记下了《地震日记》,他说:"余不常作日记,外出或有事则书之。已零落不全,亦罕刊行。"外出时写日记,是为了给夫人看的。如新婚之初,夫人回天津的娘家,俞平伯尚在北京大学读书,两地分居半月有余,于是,他写了《别后日记》,絮絮道来,有如面谈。他的原则是"家居不记,大事之来则记之,如丙辰地震"等。

1982年7月,送走了张贤亮兄妹后,俞平伯即着手抄写《地震日记》,还作了附记和跋语,一并发表在1983年《朔方》第1、2期上。该杂志在"卷前丝语"中表示"感谢俞平伯老前辈的赐稿",称他的《日记》"意味隽永,反映出老知识分子的临危不惧、关心他人的胸怀,令人敬佩"。因为"日记是美文中的一支,并且是最足以代表美文的特色的"(施蛰存语),所以,文虽简约但价值不凡。

俞平伯在跋语中忆及夫人在地震时不安的心情,而在比地震艰难数倍的"文革"运动期间,夫人却"总出以镇定",他知道那是夫人"勉强为之,以慰我心"。正是因为有了夫人的"耐心坚力揸拄危颠",他们才熬过了被抄家、批斗以及下放河南农村干校等系列磨难。因此,他更感愧疚。他能够将日记这种"最最个人的文学作品"公开发表,也是借以寄托对夫人无尽的哀思。

自1982年2月7日,共同生活了六十四年的俞夫人许宝驯病逝后,俞平伯悲痛不已。从此,他不再打桥牌、不再唱昆曲,并陆续写了悼亡诗词二十首,记述哀思。他还将夫人的骨灰盒放在卧室里,晨夕相守,以俟身后合葬,同归于冥漠。他在致友人的信中说:"近日生活如在梦中,以理遣情而情不服,徙倚帷屏,时时怅触。"他每日以家藏林(纾)译小说"遣日遮眼",也常常与夫人的灵魂对话。张贤亮回忆了外婆去世后,俞平老精神的衰颓,他说:"我到北京要是不住宾馆,就睡在他隔壁房里。深更半夜,总听见他大声呼唤外婆的名字和一些听不清的话语,有时几达狂吼的地步。我并不感到森森然,反而体会到一位老人的眷恋之情和情感的孤独。"他说:"外公平伯公深夜的狂吼,是不是也表现了一点点自己尚余下的不平之气与不甘心呢?"1990年10月15日,俞平伯以九十一岁高龄仙逝后,张贤亮发表了悼念文章《我有一个红学家的"外公"》,文章写得很平和。因为经历过苦难与屈辱,他更懂得人生的价值与意义。他对命途多舛的俞平伯的理解是真切而深刻的,评价是客观公允的。他用作家的眼光和传神的笔触,把俞平老晚年的神态描摹得入木三分。

(原载 2015 年 2 月 2 日香港《大公报》)

郑子瑜以文会友

结识新加坡籍华裔学者、香港中文大学中国文化研究所高级研究员郑子瑜先生,还是前几年通过俞平伯先生介绍的。郑先生是继陈望道之后的又一位著名修辞学家和散文家,他的专著《中国修辞学史》先后被上海教育出版社和台北文史哲出版社出版。复旦大学郭绍虞教授称"郑子瑜是第一个研究修辞学的历史的学者",他的力著"是第一部中国修辞学史"。他的散文《中山先生的习医时代》等名篇,曾被选入新加坡、香港和内地的中学语文课本中。他以杰出的学术成就,荣登英国剑桥和美国传记研究所出版的《世界著作家列传》《世界学人辞典》等世界名人榜;他的名字还被收入《日本大学人名录》《中外文学家辞典》《星马人物志》《中国文学家辞典》等多部人物辞典中。他如今已经是享誉世界的著名学者。看到他今日的辉煌,很难想到他昔日的坎坷与艰难。

郑子瑜1916年春出生于福建漳州市,后随父移居龙溪县石码镇。自幼家境贫寒,三个兄弟皆因生病无钱医治死去,几个妹妹也都送给人家做了童养媳。幸存下来的他以捡拾同学用剩的铅笔头和手抄课本,开始了自己的读书生活,并养成了刻苦读书

书斋中的郑子瑜

的习惯。二十岁时,为了找到一份工作,他背井离乡,流亡到北婆罗洲、文莱、沙捞越和新加坡,种过地,教过书,工余时间孜孜不倦地读书、写作,钻研学问。他说:"我学无师承,一路来在暗中摸索,孤军上阵,游勇苦斗,所以不得不走了许多弯路;又由于长期没在学术机构任职,而非学术性的工作又极为繁重,迫得我喘不过气来。"经过数十年曲折坎坷的磨砺和不懈的追求,他走出了一条成功的治学之路。60年代初,他的黄遵宪研究论文引起日本学术界重视,遂应聘到日本,在中央大学、早稻田大学、大东文化大学等校讲学。1964年,他研究修辞学的论文又一次引起日本同行的重视,聘任他为东京早稻田大学语学教育研究所客座教授兼研究员,每周给该校文学院和教育学院的部分教授讲授两个小时的《中国修辞学》。他以自己的苦读和钻研,一跃而成为日本著名大学的教授之教授。从日本荣休后,1984年,他应聘到香港中文大学任职。随着我国经济的改革开放,文化交流的大门打开,他又被聘为厦门大学和北京大学客座教授,复旦大学顾问教授。他曾多次到被聘大学及华东师大、上海师大等校讲学,为沟通海内外的文化研究工作做出了贡献。

他的朋友遍布海内外。仅在北京大学,他就认识周作人、俞平伯、王瑶、钱理群四代师生。1986年11月,俞平伯应邀赴香港主持《红楼梦》讲座,行前,郑先生寄赠贺诗一首欢迎俞先生访港。他还在香港报刊上发表文章介绍俞平伯治学经历及此行的意义。

因为与俞先生的友情,郑先生对我所做的工作也都给予关注。他谦逊、和善,有求必应,已经出版的拙编《俞平伯书信集》,在征集书信过程中,就曾得到他的帮助。从他的来信中,让人感到他对年轻人的尊重、信赖、支持和鼓励。读其信札,使人感到温暖亲切,从中受到启迪和教益。郑先生头发乌黑,温文儒雅,没有一点年逾古稀的老态。他自谓:"说也奇怪,我一生坎坷,但我的样子却比我的实际年龄小了许多。"他又说:"因为我一生所受的不平太多,故不得不以'玩世'对付之。'玩世'的结果,反不容易衰老。"我想这或者和先生的心境豁达,能以学问养身不无关系。

近两年来,国内出版社先后出版了郑先生的散文集《挑灯集》、五十万言的学术著作《郑子瑜学术论著自选集》《唐宋八大家古文修辞偶疏举要》以及半个世纪前完成、失而复得的以鲁迅杂文笺注鲁迅小说的专著《〈阿Q正传〉郑笺》等,复旦大学和北京大学还分别编辑出版了纪念文集《郑子瑜的学术研究和学术工作》以及《郑子瑜墨缘录》。历经数十年耕耘,郑先生在祖国迎来了金色的硕果。

(原载1995年2月21日《天津老年时报》)

俞平伯纪念馆巡礼

著名文学家、学者俞平伯的故乡——浙江省德清县为弘扬民族文化,教育子孙后代暨缅怀一代学人而筹建的"俞平伯纪念馆",于1993年11月8日隆重开馆。

纪念馆坐落在德清县县府所在地的城关镇,县博物馆内,不大的小院子收拾得格外整洁,布置得十分典雅。两棵枝繁叶茂的桂树和两棵腊梅树点缀在院子的东西两侧,已经开过的桂花在微风吹拂下,还在飘散着淡淡的甜香。院墙的东南两面镶嵌着博物馆收藏的汉砖和历代碑刻,墙角放着保存完好的古代赑屃驮石碑,如今这样的石碑似乎已经不多见了。

坐北朝南的纪念馆展厅,迎面悬挂着以书房为背景的俞平伯巨幅画像,它是当地农民画家陈学璋根据黑白照片创作的,不仅人物画得逼真,书房的陈设也妙肖怡人,深得俞平伯亲属的称赞。画像的下面,在紫红色丝绒上镶嵌着"著名文学家俞平伯先生"十个金色的大字。画像上的俞平伯和他本人一样,慈祥而又和善,有神的双眼亲切地注视着每一位参观者。人们纷纷在画像前留影,笔者也未能免俗,留下了这可纪念的一页。

纪念馆从俞平伯的家世、生平、文学创作和文学研究的业绩以及他的治学和他对故乡的情谊等七个方面，比较全面地介绍了他的一生。展品十分丰富，尤其是展出了很多俞氏家藏珍品，这使参观者大饱眼福。如俞平伯的曾祖父、朴学大师、《春在堂全书》的作者俞樾写赠孙媳（即俞平伯的母亲）的对联和写给友人的亲笔书信以及他自编的《曲园课孙草》读本等，都是上百年的真迹。俞平伯的祖父俞绍莱年轻时曾在天津做官，因病早逝，他的翰墨丹青传世极稀。这次展出了清同治四年俞绍莱夫妇合作的书画横幅，十分精致，从中得见他端楷手书的诗作四首，而且俞家所藏也仅此一件。俞平伯的父亲俞陛云是光绪二十四年探花，授翰林院编修，曾任浙江省图书馆馆长，后被聘为清史馆协修。他的书法作品——扇面、对联、条幅也样样精美。俞平伯自己的书法作品尽得家风。由他题诗、夫人许宝驯作画的长幅格外引人注目。看了这些珍贵的展品后，我们对世代书香的俞家有了更深刻更清晰的印象。

在展品中，还有一幅30年代初章太炎写赠俞平伯的《论语》长幅，历经六十余年，保存完好如初，真不知它是怎样躲过"文化大革命"这场浩劫的。1932年春，章太炎由上海来到北平，5月中，在周作人的家宴上，他应嘱为俞平伯书写了这张条幅，并称俞平伯为"世大兄"。按我国习惯，一般对世交晚辈称"世兄"，而称"世大兄"据说则是更晚了一辈。章太炎是俞樾的弟子，所以，称俞平伯为"世大兄"。以此为证，俞平伯生前曾告诉家人：章太炎实际并未和俞樾断绝师生之谊，他当初写《谢本师》一文，是出于不愿意连累老师的善良的用心。俞平伯的话是很有道理的。

纪念馆中还展出了许多珍贵的照片和手迹，如30年代俞平伯与周作人的部分通信，50年代他校勘《红楼梦》八十回本的校勘记手稿和他与夫人正楷合抄的《红楼梦》八十回校本，以及70年代他与叶圣陶的通信、合影和叶圣陶篆书的俞平伯联语："欣处即欣留客驻,晚来非晚借灯明。"叶圣老非常喜欢这副对联,称赞它虽然作于晚年,却没有暮气,因此书之。这精美的书法作品中,蕴含着俞平伯与叶圣陶数十年真挚的友谊。

在馆里展出的,还有俞平伯写作用的书桌、圆靠背木椅和古玩柜的仿制品,仿制得极佳,连书桌玻璃板下的照片也按俞平老生前的样子摆放,见过实物者,无不称它足以乱真了。俞平老的书桌原是夫人的陪嫁,自1917年来到俞家后,它陪伴俞平伯读书写作逾七十年,他的名篇、佳作、论著大多完成于这张书桌上。这是一张极普通的书桌,又是一张极不平凡的书桌。现在,俞平老的这些遗物均存放在儿子俞润民家中:古玩柜上摆放着俞平伯的全部著作,书桌上依旧放着他用过的文房四宝。

刚刚开放的俞平伯纪念馆虽然还不那么尽善尽美,但是,它已经给我留下了极深的印象。古人说:"云来山更佳,云去山如画,山因云晦明,云共山高下。"我相信山水富丽的德清县也将因为俞平伯纪念馆的建立而更加享誉海内外。

(原载1993年12月5日香港《大公报》)

遥想施蛰存先生

现代著名作家、古典诗词专家、华东师范大学教授施蛰存曾是俞平伯先生1923年在上海大学任教时的学生,师生相识近七十年,年龄仅差六岁,俞平伯对施蛰存始终以兄称之,以友待之,而施蛰存对俞平伯则始终执弟子礼,尊敬有加,就是在写给我的信中,他也处处以"平伯先生"和"平伯师"相称。他们之间有着真挚而又深厚的师生之谊。因为俞平伯先生的关系,我与施蛰存先生也有了一段书信交往的经历。

1984年秋,我去拜访俞平伯先生,俞平老将施蛰存特意送给他的一册《晚明二十家小品》送给了我。这书是施蛰存五十年前编选的,刚刚由上海书店根据光明书局1935年版,影印出版。俞平老告诉我:"这本书编得不错,你可以看看。"那时,我正在编选《俞平伯旧体诗钞》,我知道俞平老希望我能像施蛰存当年编选《晚明二十家小品》一样,下工夫把书编出水平来。这是继施蛰存奉和俞平伯《重圆花烛歌》长诗印本之后,我第二次收到俞平老赠送的与施蛰存先生有关的纪念品。

1989年夏,受中国现代文学馆委托,搜集编选《俞平伯书信集》时,我也给施蛰存先生发去了征集书札的信函,施老很快就

写来了回信,说:

> 七月二十五日函收到。"文革"以前的信件,百分之九十五我都已损失。平伯先生和我有信札往来,大约始于一九七八年,以明信片为多,因为都是传达简单信息,恐不足编录。现在手头只有八〇至八二年的六七封信,较有内容,我想待秋凉后抄给你,因为怕有些字非当事人不能识。请你到九月份再来信提醒我一下,好不好?

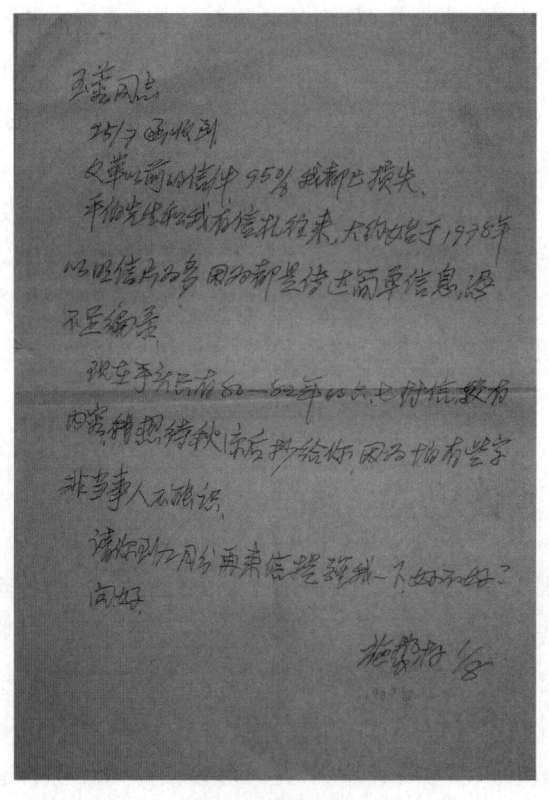

施蛰存致孙玉蓉手札

能够得到施蛰存先生的支持，让我增加了许多自信。一个多月后，我又收到施老的第二封信，信中说：

> 平伯先生的信，有些字恐怕认不出，因此，还是我抄给你。由于一月来公私事忙，昨天才抄好五封，先以寄上。这五封是手头有的，还有八〇年以前的，大约还有五六封，等找到后抄寄。

施蛰存先生"因为怕有些字非当事人不能识"，竟亲笔为我抄写了五封"较有内容"的俞平伯书信，挂号寄来。捧读施老那遒劲有力而又一笔不苟的手书及其抄件，我心中说不出的高兴和激动，我从中看到了施老以诚待人，办事认真负责的精神，也看到了孔夫子"言必信、行必果"的立身准则在施老身上的体现。

《俞平伯书信集》的搜集工作是艰辛的，而出版就更加不易了。因为读者范围比较小，印数不会很多，出版社怕赔钱，已经几次出现了毁约现象，直至1990年秋，仍未能找到合适的出版社。施蛰存先生得知这种情况后，立即来信鼓励我，说："《书信集》既然一时无法印出，索性再搜罗一下，朱自清、浦江清家中，可能还有几封，不妨去问问。"他希望我把《书信集》的搜集编选工作，做深做细做扎实。

1990年10月下旬，在得知俞平伯先生逝世的消息五天后，我曾以拙编线装直排大字本《俞平伯旧体诗钞》一册，挂号寄赠施蛰存先生，以此恭祝他八十五周岁华诞，同时，也想听听施老的批评意见。80年代中期，《俞平伯旧体诗钞》是在征得俞平老同意并在他的具体指导、帮助下编选完成的，历时五年得以出版。俞平老称它为劫后馀灰，尤其珍爱。特别难得的是叶圣陶先生为之作序。早在20世纪30年代，俞平伯就曾敦请叶圣陶为他的《读词偶得》一书作序,谦虚持重的叶圣陶不惜旷日费时,代俞平伯看了全书的校样,却怎么也不肯为之作序。这次是叶圣陶一生中为老友俞平伯写下的唯一一篇序言。俞平老说这是最好的纪念,"不能无一、不可有二",当时的高兴溢于言表。因此,《俞平伯旧体诗钞》这本书也更有其纪念意义。

书寄出后,很快便收到施老的回信,说:

> 你10月21日的信,我在10月24日已收到,但承惠平老旧诗钞则今天才收到,故迟复了。
>
> 首先要谢谢你的关怀,记得我的生日,十分感激。你写信时,平老已逝世五日,你似乎当时尚未知道,故信中没有提起,是不是?
>
> 我在十八日才知道,当即发了一个唁电去,以致哀悼。

施蛰存先生还就《俞平伯旧体诗钞》这本书,谈了自己的意见。他说:

> 这本《诗钞》印得很讲究,定价十七元,可知目下印书不易,出版社能为你印出,已可满意,不必抱怨其迟缓了。
>
> 这本《诗钞》的内容,我有一点疑问,卷一、卷二所收,似为平老全部旧体诗,但《重圆花烛歌》为什么未收入?卷三似乎是补遗辑佚,前印《古槐书屋词》都未收入,是不是?我觉得你的《后记》没有明白交代。

施蛰存先生的批评是有道理的。作为读者,他无法知道俞平老原来还有编选续集的设想。1959年,俞平老曾为自己编辑了《古槐书屋诗》八卷,未及出版,便在"文革"中被焚毁了。因此,《俞平伯旧体诗钞》只是《古槐书屋诗》的辑佚,所收诗歌截止到 1959 年。70 年代末创作的长诗《重圆花烛歌》，原拟收入续集，后因《俞平伯旧体诗钞》迟迟未能出版，编选续集的积极性也被打消了。幸好在俞平老身后我们编辑出版了《俞平伯诗全编》，方才弥补了施蛰存先生所指出的遗憾。

拜读施蛰存先生以蔼然长者的口吻写下的真诚直爽的话语，我感到无比亲切，尤其是他对出版社出版赔钱书所给予的理解，教我懂得了处事的道理。我立即回信，告诉施老："我上次写信时，平老已逝世五日，我在信中没有提及，那是因为我写信的主旨是向您祝寿，不宜谈不愉快的事情。正是因为我得到了平老仙逝的消息，才想到应该立刻寄书给您。《俞平伯旧体诗钞》是平老自己十分喜爱的一本书，如今，它更有了纪念意义。您和平老相识近七十年，真挚的友情非同一般。这本书或许可以使您在精神上得到一点安慰。"施老则以自己的一张彩色近照回赠。从照片上，我看到了施

书斋中的施蛰存

老的丰采：老人端坐在书桌前的藤椅中，腰板儿直直的，身体十分硬朗；面色红润，神采奕奕；只是耳朵失聪，左耳插着白色助听器耳塞。身着棕绿色条绒外衣，看上去比他的实际年龄要年轻许多。书桌上摆放着正在翻阅和待阅的书，身后是装满书籍的书柜和书架，墙上挂着于右任先生书赠的条幅，让人感到这是一间典型的温馨而又充满书卷气的书斋。然而，想象和事实之间总是有差距的，这似乎也在施老的预料之中，因此，他在信中介绍说："我只剩一间屋子，二十平方，卧室、书斋、会客室、膳室，都在这一间里，照片是一只角，算是书斋。"从他的住房条件，让人很自然地联想到他坎坷的经历，不知其中是否存在着因果关系。

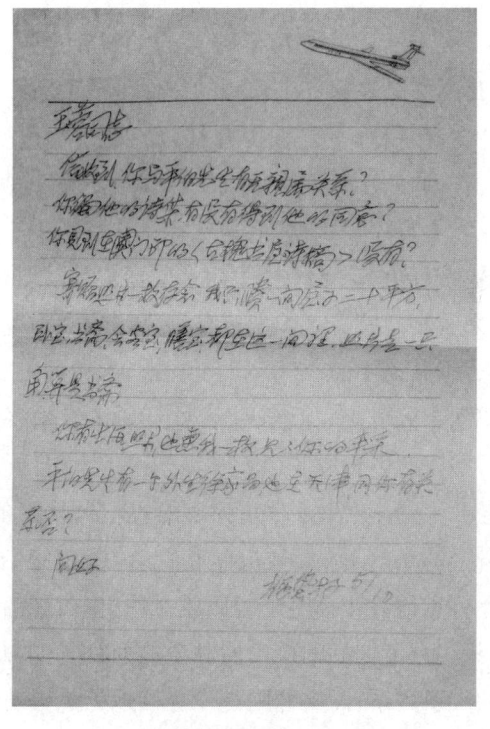

施蛰存致孙玉蓉手札

施老性格耿直、坦率，无论对于学术问题，还是社会问题，他都能够独抒己见，然而，在处理友朋之间的人际关系上，他又是那么谨慎。1992年，《俞平伯书信集》出版后，我很快将样书寄给了施蛰存先生。一个多月后，我收到施老的回信。信中说：

> 承惠平伯师《书信集》，收到已一个多月，好象尚未复谢，十分抱歉，今特奉函补谢。
> 此书三百九十三页有一信出了一位湖州人的"洋相"，你不该编进去的，此人为湖州名人，今尚在，此信发表，肯定使他难堪。以后你编书，务必注意人事关系！

施老语重心长，向我提出了善意的批评和忠告。施老所说的"洋相"，是指平老在家书中谈到的一件小事。1982年春，平老的夫人病逝。次年秋，平老喜得曾孙，高兴之余，他更加思念相濡以沫、甘苦与共六十五年的妻子，于是，他填了一阕《鹧鸪天》词："良友花笺不复存，与谁重话劫灰痕。儿嬉未识王纲解，老讶居邻鲜弟昆。人已去，总休论，清朝无事到黄昏。斜风细雨长亭路，且待新来客扣门。"平老曾把这首词写赠给许多友人共览，其中有一位来信问：词中的"客"字是否指他，这首词可算赠他的词否。平老感到十分可笑，他慨叹"可见一般了解水平之差，简直无理可说"，并以此事告诫儿孙。

俞平老一生治学严谨，对儿孙要求也很严格。他很注意随时用自己身边的小事为例，向儿孙说明学习知识要下真功夫的道理。由此可见他对儿孙寄予着厚望。作为《俞平伯书信集》的编选者，我只注意了作品的严肃性和史料的真实性，却忽视了书信中涉及的人事关系；而施老则是设身处地为他人着想，处处与人为善。从施老的忠告中，我看到了自己工作中的差距。

在我与施老的通信中,这是施老唯一一次迟复的信,而迟复的原因正是施老想在阅读这本书后,有的放矢地提出批评。在施老的信中,没有敷衍、搪塞和华而不实的话,无论长信短信,句句发自肺腑,开门见山,让人读了就无法忘记。

1996年初,我应四川文艺出版社之约,编选了一本怀念俞平伯的散文选,书中收入了海内外作者六十二人的七十四篇作品,其中包括施蛰存先生1982年作的《重印〈杂拌儿〉题记》一文。为此,我曾写信征求施老的意见,并顺便告知"出版社答应,出书后即付稿酬"。施老在回信中说:"信收到,文章可以用,也不必付稿酬,送我一本书就成了。""不过,我以为你这个书名不妥,我建议改为《俞平伯纪念文萃》或其他,请考虑。"施老还说:"我建议你将平伯先生的散文合编一本,书名《俞平伯文萃》,二册配套印出,也有意思。近年散文书好卖,不可失此机会。"捧读九秩老人写来的亲笔回信,我竟欣喜得落泪了。施老在这封简短的回信中,诚恳地提出了两个切实可行的建议,特别是《俞平伯纪念文萃》这个书名,与拙编内容极相符,恰到好处。我相信头脑清晰、思维敏捷的施老始终都在关注着当今的文坛和出版界。遗憾的是我却辜负了施老的一片好意,把这两个建议都给埋没了。因为拙编之书是出版社拟定的纪怀散文丛书之一,即使是书名,出版社也不可能接受我们的建议的。我只能在心中默默地感谢施老对我的支持和教诲。

1997年初,俞平伯纪念文集《古槐树下的俞平伯》一书出版了,我于收到样书的次日,即将一本样书挂号寄给施老,我衷心盼望着能够再次收到施老的回信。只要看到施老的手书,我就感到亲切,如沐春风。

《古槐树下的俞平伯》书影

　　施蛰存先生是一位可亲可敬的文坛耆宿,又是一位壮心不已的学界强人。20世纪二三十年代,他写了不少反映江南小市民生活的小说,现代小说研究家称他为"新感觉派"的代表作家。建国后,他主要从事教学、翻译和研究工作。近年来,我们在报刊上时常还能读到施老针砭时弊、谈古说今的文章。到1997年12月1日,就是施老九十二周岁诞辰了,其间,他所走过的文学历程也已经超过了七十年。最近出版的一本厚厚的《施蛰存七十年文选》,几乎囊括了他数十年创作的散文名篇佳作。八卷本的《施蛰存文集》也将出版。我知道施老宝刀未老,他是不肯歇心的。但不知他的住房条件是否已得到了改善,他是否仍坐在一角书斋著书立说。我很想念他老人家。我衷心祝福施老上寿期颐,成为跨世纪的百岁老人。

(原载 1998 年 8 月 14 日香港《大公报》)

补记:2003 年 11 月 19 日,施蛰存先生以九十九岁高龄驾鹤西去。一位壮心不已的学界强人,一位特立独行的老学者,一位一生说真话、针砭时弊的老人永远离开了我们。他的等身著作就是留给我们的最好的文化遗产。

名人与津沽

燕京大学教授笔下的魏士毅烈士

2016年3月18日,是天津籍燕京大学女生魏士毅烈士殉难九十周年纪念日。此前,我读到她的国文教师俞泽箴、周作人的日记与书信,从中看到了燕大教授笔下有关魏士毅烈士的记载。

魏士毅,原名魏士娟,1904年2月19日出生于天津。1919年小学毕业后,她以优异成绩考入天津私立严氏女子中学。读书期间,她不仅学习勤奋刻苦,而且关心国家前途,积极参加抗议帝国主义侵犯中国主权独立和领土完整的集会、游行、演讲等活动。1923年,她考入燕京大学女校预科,次年升入燕大女校理科数学系。1926年3月18日,在反抗帝国主义和北洋军阀的斗争中牺牲,年仅二十三岁。

当时,文史专家、翻译家、俞樾的侄孙俞泽箴,正负责燕大文理科男女两校学生国文必修课的教学任务,这使他不仅认识魏士毅,而且在日记中记载了魏士毅遇难前后的情景。

1926年3月18日,为反对日、英、美、法等八国公使对中国提出的最后通牒,北京各界民众数千人在天安门前集会抗议。会后,游行至段祺瑞执政府门前请愿,要求驱逐八国公使出境,遭到军警开枪镇压，死伤者众多，造成震惊中外的"三一八"惨案。

那一天，燕大男女两校学生在参加示威游行中也不幸死伤多人。俞泽箴在日记中记下了造成惨案的具体缘由。他写道："连日报载国民军在大沽口筑炮垒以防奉舰攻袭。前数日以误会故以炮击日舰，双方死伤不及二十人。日使单独提出抗议外，且纠合公使团下最后之警告，谓于十八日正午，中央政府不予保障，各国即承认中央无约束军阀能力，将自动的排去阻碍交通之障碍物。"鉴于此，1926年3月17日，学生们已经"同赴国务院请愿，结果与卫队冲突，数人负伤"。

3月18日清晨，俞泽箴照例至燕大女校授课，而此时学生们已无心听课了。第一时段为本科一年级上国文课时，学生们即向他询问中外所订《辛丑条约》及大沽口冲突的实情，他给予详细解答。第二节课因为学生们要开临时会，本科二年级的国文课就取消了。俞泽箴眼见燕大女校的学生们"结队出校，始知今日天安门尚有国民大会"。那天午后二时许，他听到北京城"南方起枪声，声若贯珠，为之憷然"。他赶紧跑到路上询问，方知"国务院中正在围杀请愿学生"。他立即给燕大男女两校打电话询问情况，而电话已经不能接通。因为惦念学生们的安危，他一夜"辗转不能成寐"。

3月19日，刚好是星期五，燕大男校有课。俞泽箴冒雪前往，方得知18日的请愿，燕大男生受伤七人，女生死、伤各一人，而这两名女生又都是他的学生。殉难烈士魏士毅的遗体已由燕大女校文理科科长、美国女学者费宾闺臣亲往领回，停放在燕大女校的礼堂中。在此情况下，课是上不了了。于是，他购买了一束鲜花，至女校吊唁学生魏士毅。他在当天的日记中写道："魏生在二年级读书，人极温淑，无疾言遽色，遭此摧折，至堪惋惜。"

他还记载了魏士毅"所受之伤自左乳入，自右脊出，大概所中系心房，谅亦无多痛苦。尸身系昨夜由费科长亲往领回"。魏士毅的无辜惨死，深深刺痛了俞泽箴的心。

那一天，俞泽箴一直留在燕大女校，等待参加下午四时举行的追悼会。中途，他感到身体不适，"胸中作恶，所食皆吐"，然而，他仍然坚持参加完追悼会，才回住处休息。那一天"竟日雪，涸阴冱寒"，他感到老天似乎也在"助人悲痛也"。

1926年3月23日和24日，俞泽箴照例"晨起至女校"，"至燕大"，均未能上课。当时，民国大学校长曾提议于北京中山公园公葬殉难诸烈士，并来函征询燕大的意见。为此，俞泽箴代燕大校长司徒雷登拟了一纸复函，告之："当以此函转告魏士毅女士家属，取其同意，再行奉复。至于此案倘能成立，当然赞同。即魏女士遗骸未能加入，凡有公葬、公祭典礼，本校得有通知，决当敬谨参予，以慰殉难诸烈士英魂。"俞泽箴的复函明确代表燕大校方表了态。

在"三一八"惨案发生后的几天里，学校里的课程几乎全都无法正常进行。及早安抚学生们的心情，补上落下的功课，就成了学校的当务之急。作为教师，俞泽箴很能理解学生们的心情，他拟出缓解情绪的好办法。3月27日上午，他将燕大女校两个年级的课程均改为谈话会，并向全体学生发起征文活动，让她们撰写纪念魏士毅烈士的文章，借以寄托哀思，舒缓情绪，排解忧伤。此时，俞泽箴已是癌症晚期患者，他以对学生的爱心、同情和理解，为魏士毅烈士和她的同学们做了他能够做的所有事情。四个月后，他在北京病逝。

1926年秋，分散在北京东城的燕京大学男女两校，迁入了以未名湖为中心的海淀燕园新校舍中。1927年3月，燕大男女两校及女附中学生会全体会员在燕园修建了"魏士毅女士纪念碑",碑的基座上刻着《魏士毅女士纪念碑铭》:"……国有巨蠹政不纲,城狐社鼠争跳梁。公门喋血歼我良,牺牲小己终取偿。北斗无酒南箕扬,民心向背关兴亡。愿后死者长毋忘。"

魏士毅虽然没有享受到燕园新校舍的温馨,但是,她的纪念碑被修建在了师生们去上课的必经之地,让烈士的英名与燕园同在。

魏士毅女士纪念碑

魏士毅女士纪念碑铭

1928年初,"三一八"惨案发生后的第三年,燕京大学国文系教授周作人为纪念在惨案中殉难的诸烈士,特将燕大修建的"魏士毅女士纪念碑"照片,寄给上海北新书局的李小峰,请他发表在《语丝》杂志上,提醒人们不要忘记"三一八"惨案所付出的惨重代价。那时的《语丝》周刊已由北京移至上海编辑出版。周作人在信中说:"偶检出燕大'魏士毅女士纪念碑'照片,不禁慨叹,三一八至今已是三年了。北方不必说,南方亦热狂地讨赤,仿佛国民党之宗旨是在灭共者,想更无暇来管别的闲事,三一八的死者恐怕终于是白死了。北京各校唯燕大及清华两处总算已建立了一座石碑,——去年三月十八日到清华去时曾见到韦君的碑,这一块碑则每礼拜去上课必要走过几次,所以记得更为明白。在南方者大约未必知道,故附上,乞察收,如有机会时制铜板(稍放大更好)能在《语丝》等上一发表亦佳。"

李小峰收到周作人的信和照片后,即在1928年1月14日《语丝》第4卷第5期上,一并刊登出来。周作人的信以《"三一八"的死者》为题,发表在杂志的最末,而纪念碑的两张照片放大后发表在杂志的最前边,一为纪念碑全景,一为基座和碑铭,碑铭上的小字也依稀可见。两张照片整整占用了32开杂志的两个版面。而此时距燕大"魏士毅女士纪念碑"的建成还未满一年。《语丝》杂志通过刊登纪念碑的照片和周作人的"慨叹",为魏士毅烈士留下了永久的纪念。

(原载2016年3月14日《天津日报》)

顾颉刚日记中的天津

史学家顾颉刚，1920年毕业于北京大学，曾任厦门大学、中山大学、燕京大学、北京大学等高校教授，中央研究院院士，中国科学院（后哲学社会科学部分出，成立中国社会科学院）历史研究所研究员。虽然从未在天津工作过，但他对天津是熟悉而有感情的。天津不仅有他的同窗好友，而且，天津图书馆关于历史的收藏也是他所喜爱和向往的。顾颉刚一生走南闯北，途经天津是常有的事。可惜逗留大都比较短暂，不过，留给他的印象却是深刻的。

1926年8月5日，顾颉刚从北京动身，应聘到厦门大学任教。他拟乘火车到天津，然后走水路南下。当日下午，他偕夫人和两个女儿乘四点多的火车，近晚八点才抵达天津。因"途中屡候兵车"，遂晚点一小时。当时正在南开中学任教的北京大学校友范文澜到车站迎接顾颉刚一家，并安排他们在长发栈下榻，随后，便邀请他们到天祥市场共和春进餐，将近十一点才把他们送回客栈休息。顾颉刚在当天的日记中感慨："前数年到津时，最热闹者为日界，今则转至法界矣。"这里所说的"日界""法界"，均指当时的租界。

8月6日一早,范文澜便到客栈看望顾颉刚,先陪他到长春栈买好船票,然后,邀请他一家到南开中学参观,又雇船游览了南开大学和望海寺。顾颉刚在日记中写道:"仲沄来,同到长春栈买票,同到南开中学参观,留饭。在中学晤喻塵涧兄。饭后雇船游八里台南开大学,又望海寺。归舟遇雨,愈下愈大。在南开中学进晚餐。"这一天的活动安排得十分紧凑,参观游览也给他留下了好印象。关于南开中学和南开大学,他写道:"南开中学分高级、初级、女子三部,共有二千人。南开大学秀山堂及思源堂两处建筑甚伟,地方甚幽静。"秀山堂和思源堂是南开大学建校初期新建的两座楼,用来行政办公和教学的秀山堂时尚气派,作为科学馆的思源堂古朴典雅。看得出,这两座建筑令顾颉刚由衷欣羡。其次是对八里台望海寺的印象,他在日记中写道:"望海寺中有佛像一尊,抱膝而坐,极有优游自得之趣。与其旁呆板之塑像不类。不知是何名手所塑。"望海寺原为津门古刹,位于三岔河口,1918年因海河裁弯取直而拆除,后用其原料、物件于八里台复建。从顾颉刚的日记来看,他当时去的就是复建的望海寺。近年有研究文章说八里台的这座望海寺并未维持多久,20世纪20年代初,大殿改为学校,碑亭移至南开大学木斋图书馆西边,成了图书馆纪念碑的碑亭。而南开大学木斋图书馆竣工于1928年10月,由此可知,"20世纪20年代初,大殿改为学校"的说法有待斟酌。

当晚,范文澜冒着倾盆大雨,将顾颉刚一家送上新丰轮。次日天明开船,顾颉刚一家便离开了天津。他在天津的游览是短暂的,但是,他对天津景观的描述却为我们留下了九十年前的历史记忆。如今,面对日益繁华喧嚣、车水马龙的天津都市景象,我们已经很难想象乘船游八里台南开大学和望海寺的滋味了。

(原载2016年5月11日《今晚报》)

顾随与《大公报》副刊

1927年与1928年夏,著名词人顾随的首二部词集《无病词》《味辛词》相继排印问世。1928年11月26日,天津《大公报·文学副刊》发表"镜"(即赵万里)的《评顾随〈味辛词〉》短文,称"其词直追稼轩",不同凡响。"其《八声甘州·哀济南》二阕。慷慨激越。读之令人神往。"1929年6月3日,该刊第73期,又以整版篇幅发表了吴宓的《评顾随〈无病词〉〈味辛词〉》,署笔名"馀生"。吴宓说:"文学创作之事极难。而诗词为尤甚。"他认为"以新材料入旧格律,合浪漫之感情与古典之艺术,此乃惟一之正途"。他分析了顾随作词的途径与方法,从四方面举例论述顾随"以新材料入旧格律"的妙处。他对两部词集进行比较,认为前者较多浪漫之感情,较多个人之心情与柔靡之嗟叹,后者较多现代人之心理,较多国家之大事与雄壮之悲歌,造句遣词也较为圆融自然。总之,《味辛词》优于《无病词》。吴宓的评价是客观公允的。

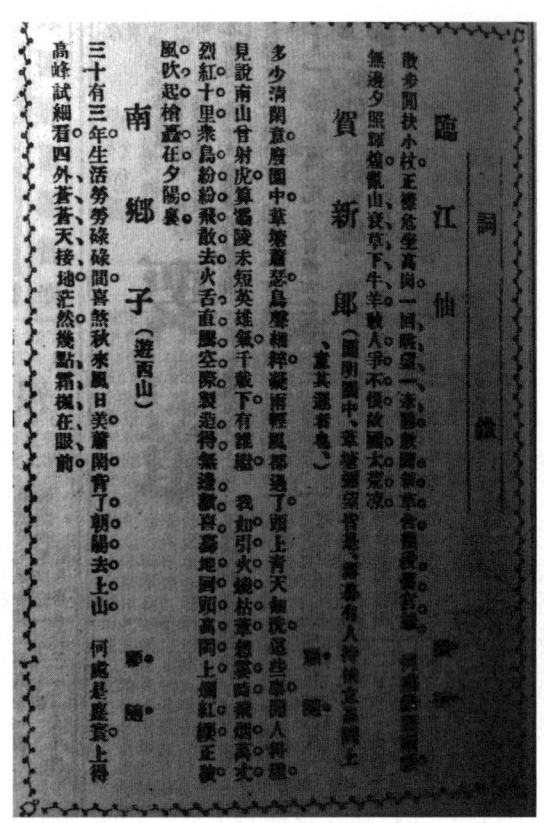

《大公报》发表的顾随词

　　吴宓介绍顾随的两部词集"各印五百册。非卖品。欲得之者只有函请顾君寄赐"。此言一出，索书者纷纷，"数日以来，积牍盈寸。惟存者无多，供不应求，甚为歉然"。于是，在6月6日，顾随致函《大公报·文学副刊》主编吴宓，请他在副刊上给予说明，以免"一一裁答之劳"。6月17日，《顾随君来函》全文刊登在《大公报·文学副刊》第75期，从此，一切归于平静。此信为集外佚文，《顾随全集》失收。

　　吴宓在谈到顾随以春蚕喻人生的词句时，联想到王国维"以蚕喻已身并喻一般人生之诗。其词旨至为悲苦"。他说："王先生之词，不但意境高超，自然浑成，且深含人生哲理，是真能以新材料入旧格律者之好榜样，造诣复绝，而数近世词人者多不及王先生。"顾随似乎从中读出了话外音，因此，在信中回应："贵刊第七十三期评拙作《无病词》《味辛词》一文已拜读，不胜惭惶。随之为词，自写其胸中所欲言而已。此外即在所不计，亦非所敢计。至与近世文坛诸作家，争一日之短长，则尤非素心。闲尝与二三友人谈论，辄谓今后词坛已届强弩之末，静庵先生则回光之返照也。极盛难继，途穷则变，证之古今中外，莫不皆然。至于随之好此而不疲者，故步自封、了不长进而已。馀生先生所评云云，不独使下走愧汗不止，亦且内疚于心已。"

吴宓文中也有笔误之处。如他说："读顾君词，似觉其为江南人，然闻其籍隶山东德州，而居济南与青岛甚久。"显然他把顾随的籍贯说错了。因此，顾随在信末纠正："随原籍并非山东德州。"他是河北省清河县人。

1929年暑间，顾随辞去天津河北省立第一女子师范学校教职，10月就任燕京大学国文系教职后，他与清华大学教授吴宓、浦江清等有了互访的机会。虽然他与吴宓交谈不甚契合，但吴宓对其词作是欣赏的。同年12月9日，在《大公报·文学副刊》第100期，刊发了顾随游圆明园与西山的新词三首。1930年秋，吴宓赴欧洲访学期间，由浦江清代编该刊，又先后分四次发表顾随词作24首。

吴宓评论顾随词集、在《大公报·文学副刊》连续发表顾随词作以及《顾随君来函》等事，中华书局2006年出版的《顾随年谱》均无记载。仅以此文为《顾随年谱》补遗。

（原载2015年10月28日《今晚报》）

顾随早年译作

叶嘉莹先生说,多年前在美国查到一本20世纪20年代末出版的杂志《朝华》,上面刊有顾随先生与卢季韶合译的英文诗。但此刊物在国内图书馆查不到。日前,偶然与《朝华》杂志相遇,我竟然找到了这篇顾随集外佚文——合译文章《英文诗中之恋爱观》,印证了叶嘉莹先生过目不忘、精准超群的记忆力。

《朝华》杂志是河北省立女子师范学院校刊,1929年12月创刊,"以研究学术文艺为宗旨",说是欢迎"外来稿件",实际还是以本校师生的稿件为主。刊发的文章有国学论、古典文学研究、新文学创作、填词等,同时,也注重外国文学译介,如莫泊桑的小说,雪莱、拜伦的诗歌等。

《英文诗中之恋爱观》是根据文艺评论家小泉八云(1850—1904)在东京帝国大学的讲义翻译的,连载于1930年3月、4月《朝华》月刊第1卷第3、4期,署名顾羡季、卢季韶译。在该刊创刊号上,已经刊发了卢季韶译小泉氏《读书与文学之关系》一文。

1926年秋至1929年暑期,顾随曾在坐落于天津河北天纬路的河北省立第一女子师范学校任教。译文发表时,他已到燕京大学国文系任职。而此时的女校,也已增设河北省立女子师范学院。

经顾随推荐，卢季韶也在该校任英文与国文教师一年有余。

《英文诗中之恋爱观》全文两万余字，1928年，卢季韶依据商务印书馆版本译出。文章发表时，他说："文中所引的诗，我一首也没有译，这是去年顾先生为我修正译文的时候，顾先生译的。"这说明1929年顾随曾校阅该译文并将原文中引用的诗歌全部译出。其中涉及英国诗人迭尼生（今译丁尼生）、勃郎宁（今译勃朗宁）、济慈、罗色蒂（今译罗塞蒂）以及法国雨果等人的作品，共计二百余行，占全文近四成的篇幅。顾随译诗流畅生动，如罗色蒂《刹那的光》："这旧游之地啊，有我的旧踪，/但是我说不出是在何时与怎样的情况：/我认识那户外的绿草茏葱，/那甜美清新的馨香，/与那海上的叹声和那光明……"

早在20世纪20年代，小泉八云及其著作已被陆续译介到中国。1926年9月，朱光潜在《东方杂志》发表《小泉八云》一文，称赞"他能看透东方学生的心孔，然后把西方文学一点一滴地灌输进去"，"能教你如何使自己的心和诗人的心相凑拍，相共鸣"，"就是教文学的教师们也可以学到不少的教授法"。1929年1月，《奔流》杂志刊出侍桁译小泉氏《十九前半世纪英国的小说》，鲁迅先生在《编校后记》中，感慨日本"常有外客将日本的好的东西宣扬出去，一面又将外国的好的东西，循循善诱地输运进来。在英文学方面，小泉八云便是其一，他的讲义，是多么简要清楚，为学生们设想"。朱光潜、鲁迅先生对小泉八云及其讲义的评价，恰好是顾、卢译其文章的意义所在。

早年，顾随也曾研究小泉八云的文艺理论并受其影响，称小泉氏"注意字句的欣赏和写作技巧"，是一个"精工巧丽"的"文艺论者"。

（原载2016年1月20日《今晚报》）

周作人津门淘书

　　1930年2月至1931年6月,沈启无在天津河北省立女子师范学院任教期间,与周作人通信甚勤,为周作人在津购书提供了方便。

　　1930年3月初,沈启无为周作人代购了《希腊医学》,并赠送给他,令周氏欣喜。周作人叮嘱:"此外如有关于希腊的书,并乞费心抄示书名一二,至感。"3月中旬,周作人又让沈启无到天津英文书局代买罗素新出版的《婚姻与道德》一书,并说:"此书声明系托买的,其价俟见时当奉还。特此预约。"此事迅速办妥,3月23日,周作人回信说:"罗素书稍阅一部分,此公有时亦颇兴奋,而亦颇幽默,如七四至七五页所说殊妙。他的 On Education 不知天津可以得到否,便中祈一询'英文书店',请其代搜一下,但有一条件即须是一英国板也。此书不必急之,但请兄便时留意可耳。"周作人再次委托沈启无为其购买罗素的英文原版书《论教育》。随后,他便把罗素两本书的读后感写入文章中。5月4日,周作人在信中称赞天津英文书局的"价钱在现今真是公道",又抱怨:"我托丸善去订购小板 Dance of Life(《生命之舞》),却寄了一本 Modem Library(现代文库版)来,连邮费共计三元二毛二,殊属不廉。"

同年,周作人用英币三先令半定购了一本英国儿童文学作家格来亨的著作《杨柳风》,"乃系讲动物之小说",书寄来后"便从头至尾读完了","觉得亦颇妙",后又阅读了据此改编的剧本《癞施堂的癞施》,他觉得《杨柳风》与《癞施堂的癞施》的确是二十世纪的儿童文学的佳作,值得把它译述出来,只是很不容易罢了"。7月14日,他致函沈启无,索要其被借走的《英国论文及其作者》一书,为写介绍格来亨的小文做参考。8月,周作人的"专斋随笔之五"《〈杨柳风〉》写成并发表。后来,沈启无在津又发现了格来亨的其他作品,询问周氏是否需要。1931年1月21日,周作人回复:"《杨柳风》作者之文想必多佳趣,唯美金至四元五,真有购书难之叹。"外国原版书价太贵了,连周教授也要掂量取舍了。他说:"平常或者有人觉得买洋书总是一件奢侈的事,其实我也不能常买,买了也未必全读,有些买了只是备参考用。"

1931年4月中旬末,周作人到天津办事,顺便逛书店、淘书。他在日后写给沈启无的信中说:"近来因金贵,洋书久不敢买,唯购一二古籍,别无佳本而钱亦不少,不过册数总以十计,不算少耳。""偷闲读一点杂书,稍广见闻而已。"

同年春夏间,周作人还多次托沈启无在天津中原公司附近的副华洋行,为"小儿辈"订购、代买日本歌曲的原版唱片,也大多如愿以偿。

(原载2016年9月26日《今晚报》)

历史的屈辱无法忘记
——潘光旦笔下1937年9月的津沽

1937年"七七事变"爆发后,未出一个月,北平、天津相继沦陷。为了保存我国的文化实力,北大、清华等名牌大学纷纷南迁,天津便成了他们南下的必经之地。清华大学教务长、校务委员会成员、著名社会学家潘光旦因为担负着守护学校的工作,直至9月16日才应梅贻琦校长电召,悄然离平,途经天津南下,9月28日抵达湖南长沙临时大学。他把这十三天的旅途日记,命名为《图南日记》。"图南"一词虽有出典,但是,他却取其与"逃难"谐音,曰图南,不曰逃难,看重的是它的含蓄"蕴藉"。然而,我们还是从他对当时津沽见闻的相关记载中,读出了无法抹去的屈辱。

如今,京津之间的城际火车,只需一个多小时便可到达。而这样的时速,在1937年则是不可思议的。那一年的9月16日,潘光旦等乘坐上午八点三刻由北平始发的火车,由于车速缓慢,沿途有站必停,每停必有敌宪兵登车逐节查看,费时颇多;又有敌粮械忙于装车,耽搁甚久,因此,直至下午五点半才到达天津老龙头车站,一路耗用了近九个小时。火车走走停停,一路下来，潘光旦深感平津全路"已完全成为敌人军事工具，其犹许我人乘坐者，一则格于《辛丑条约》，再则亦所以市恩耳"。就是这样的旅途，仍被清华友人称为"平顺"，因为没有遭到敌人的截留，顺利出站，已经是幸运的了。

由于有周培源教授在津负责接送清华大学南行的教职员工，包租了位于天津法租界十号路的六国饭店作为中转站，所以，潘光旦等人到津的第四天，就拿到了船票。乘船在当时也并非易事，需要从紫竹林码头乘坐驳船到塘沽，再换乘大船南行。

1937年9月20日晨，潘光旦等一行数人早早登上了客满为患的太古公司的驳船。七点开船，近十二点才到达塘沽。当日天空晴朗，不着片云。在船上席地坐上五个小时，仅拥挤和烈日熏蒸就令人不堪忍受。途中，潘光旦看到"有小轮满载敌兵西上；将近塘沽，又见有大营房正在建筑中"，触目可憎。

因为"有大批货物装舱，货船蚁附"，致使他们在塘沽又等待了五个小时，才得以登上岳州轮。在无奈的等待中，潘光旦看到了船客们的躁急和脚夫间的诟詈，也看到了日本运尸船的无所顾忌。他在日记中写道："塘沽当白河之口，一望平芜，鲜可驻目；河中风帆上下，亦无非敌方之人马粮械；大抵每一小轮必拖二三驳船，皆满载，其拥挤程度不亚于我；白河口外当更有巨大之运输舰，我等所见者不过运输手续之一小节而已。敌人军运，自十之八九为进口；间亦有出口者，最引人注目者为一大轮名长江丸，观其排水线印，似亦装载颇重；舷际栏杆上揭一长及寻丈之白布条曰，'北支派遣皇军战殁男子之遗灵'，显示全船内容为兵士之遗体或其遗灰，其数量当必有可观已！敌人于此等所在本多隐秘，而于此特表襮之，岂其意以为津沽一隅水陆既已全入其掌握，可不复有所顾忌欤？抑尚有特殊之迷信存乎其间欤？——是则不可得而知矣。"

旅途的屈辱、国人的不争气、入侵者的嚣张、亡国奴的滋味,令潘光旦痛心不已。他说:"此次行旅本属逃难性质,而此四五小时中所目击者,不啻为全部逃难过程之一缩影。"

潘光旦笔下的津沽屈辱,已经是六十八年前的往事了。正视历史,开拓未来,齐心合力建设我们的强国,这就是我们对抗日战争胜利六十周年最好的纪念。

(原载 2005 年 7 月 7 日《今晚报》)

俞平伯咏海河风光

　　1915年夏，正在北京大学读书的俞平伯初次来津，看望舅父许引之。1917年10月，他与舅父的女儿许宝驯在北京结婚。直至1919年，他借送夫人归宁之机，多次来津小住。岳父家的温馨，也使他越发喜欢天津。1919年春，他在天津创作了新诗《春水船》，描述春光明媚的海河风光、沿岸景物以及河中"破旧的船"、"船头晒着破网"的贫苦渔人生活，虽然与"远远的高楼，密重重的帘幕"形成鲜明对比，但是他感到"这种'浮家泛宅'的生涯，/偏是新鲜，干净，自由，/和可爱的春光一样"。此诗发表在同年4月《新潮》月刊第1卷第4期。这是他在新文学运动中尝试作的第三首新诗，后收入《冬夜》诗集。该诗得到胡适的赞赏，称"这种朴素真实的写景诗乃是诗体解放后最足使人乐观的一种现象"。

　　1930年11月7日，应河北省立女子师范学院文学系主任沈启无邀请，俞平伯与周作人同车来津讲学。次日上午，他们在河北天纬路的女子师范学院分别作了演讲。下午，受南开大学文学院文学研究会邀请，俞平伯陪同周作人前往南开大学大礼堂作公开演说。9日同回北平。

这一次，天津的街景给俞平伯留下好印象。一日傍晚时分，他独自走在街头，回想起早年夫人回天津住娘家，约好日期，他来接夫人时，总能看到夫人在小洋楼上"凭阑"远望，等他到来的那一幕。如今夫人已在"凤城西"的清华园南院居所等他，不免感到有些孤寂。正在他"吟情孤迥成无奈"之时，天津的街灯齐刷刷地一下子全亮了，这让他感到惊异和欣喜，心情也舒畅了许多。回到北平后，他作《天津杂诗》多首，记载他所看到的海河两岸的景物。如今，保存下来的只有三首。诗云：

左右长桥广陌通。沽河水色映朦胧。
金银佳气楼台影。都在单车一望中。

才过中年改鬓丝。秋深凫柳未堪悲。
海河到晚风如剪。惟有寒沙动客衣。

换却归宁燕垒泥。凭阑人隔凤城西。
吟情孤迥成无奈。容易街灯照晚齐。

1956年夏，俞平伯夫妇再次来津看望儿孙，顺便寻访故居旧踪，步行至海河边看风景，夫妇俩深感天津的变化太大了。俞平伯在日记中写道，"迢遥四十余年，人事万变，余等亦皆垂垂霜鬓"，真有隔世之感。海河边"昔颇空旷，余曾为赋《春水船》新诗。今盖屋甚多。见河水滔滔，不殊皱面观河"。

（原载2016年6月22日《今晚报》）

俞平伯的起士林情结

辛亥革命前后,俞平伯的舅父兼岳父许引之(1875—1924)曾任天津厘捐局总办、直隶烟酒公卖局局长、直隶官产处处长兼省公署秘书等职,居住在天津旧德租界德璀琳街一座拥有"临水小轩"、"楼廊及八角屋外观"的小洋楼里。自1915年首次来舅家做客,到1975年最后一次来津看望儿孙,六十年间,俞平伯专程来津或途经天津无数次,除波光潋滟的海河外,他独对起士林西餐厅印象深刻。

1915年夏,初到天津小住的俞平伯就被招待了起士林西餐,由此养成了啜饮咖啡的嗜好。那时的起士林西餐厅就在德租界内,即今解放南路与徐州道口,距离许宅不远。1917年10月31日,农历九月十六日,俞平伯与许宝驯在北京结婚。婚后不久,他便陪夫人回娘家省亲。直至1919年春,他借送夫人归宁之机,多次来津小住,对天津越发熟悉。1920年8月2日,他由杭州回北京探亲,6日下午抵达天津新站中转,下榻乐利旅馆,特意到起士林吃点心。此时其舅父已移居杭州,他仍独自至其旧居一带闲步寻踪。

1956年夏,作为全国人大代表,俞平伯参与赴浙苏地区考察，返京途中，于6月9日在津下车，顺便看望儿孙。当晚，天津市政府招待在干部俱乐部晚宴，他在日记中注明"旧英国俱乐部"。次日上午，他与特意来津与他相会的夫人一起，至马场道一带看望亲友，并在起士林午餐。此时的起士林已迁至马场道附近的浙江路。这一次，夫妇俩再次至"舅氏旧居"寻觅过往屐痕，"迢遥四十余年"，心生无限感慨。

1974年5月24日至27日，俞平伯夫妇专程来津看望儿孙。26日中午，南开大学教授、俞平伯的学生华粹深夫妇在"天津餐厅"宴请俞先生全家。这个餐厅就是起士林。"文革"期间，起士林改名"天津餐厅"，"文革"结束后才得以恢复原名。俞平伯夫妇在津短短几日，心情舒畅。而师生经历了"文革"磨难，能够再次相见，"偕游醼饮"，实属难得。

因为喜欢起士林，以至于对其分店也情有独钟。1962年夏，中国作家协会组织老作家偕眷到北戴河休养，冯至、郭小川、金克木、萧三、许德珩、朱光潜等作家、学者均在列。俞平伯偕夫人同往，被安排在广播事业局招待所居住，距离作协的饭堂"须步行七八分钟，而路又不平，且有水"，多少有些不便。到北戴河的第三天，恰逢俞夫人六十八岁华诞，夫妇俩本拟到中餐馆海滨饭店庆生，却意外发现了起士林分店，惊喜之余，心情大好，竟然感觉此处"较京津两地西餐馆为佳"。

可以说，拥有百余年历史的天津起士林餐厅，在俞平伯夫妇的生活中，留下了太多的美好记忆。

（原载2016年12月26日《今晚报》）

俞平伯与吴玉如的唱和诗

抗战胜利后,教育部在北平设"临时大学补习班",俞平伯被聘到北大红楼临时大学补习班第二分班,即文学院,教授古典诗词。在此期间,吴小如通过书信形式,向俞先生申明求学意向,被接纳为及门弟子。

那时,俞平伯吟述燕冀沦陷期间,"寄迹危邦,避人荒径","聊忏幽忧",以表达十年徒挪之悔的五言长诗《遥夜闺思引》完篇不久。吴小如遂以小楷写俞师新作奉为赞敬。俞平伯十分欣赏吴小如的法书及其家学,特将他的写赠本《遥夜闺思引》赠与夫人许宝驯保存,并为之作跋语《跋吴小如写本〈遥夜闺思引〉二则》,发表在1946年1月18日天津《大公报》上。

1946年5月,时在天津工商学院任教的吴玉如通过儿子吴小如,邀请俞平伯来津讲学,得到欣然应允。5月下旬,吴小如陪同俞平伯到天津工商学院,校址即为现今的天津外国语大学,为文科学生演讲了《诗馀闲评》,由吴小如笔录。后稍加修改,发表在同年12月8日天津《大公报·星期文艺》第9期,后收入1947年8月版《读词偶得》,"以代本书之导论"。

俞平伯在吴玉如书对联前留影

在津期间,俞平伯受到盛情款待,下榻吴宅,与吴玉如谈诗论道,十分契合。当时天津工商学院的许多学子也来到吴宅,参与聚谈。俞平伯深受感动,在回北平前夕,赋五律《薄游津门假寓清斋　承尊公厚款　口占律句求教》一首。此诗收入1989年出版的《俞平伯旧体诗钞》时,改题目为《天津赠吴玉如先生》。诗云:"十载京尘永,今兹喜出游。梅阴才入夏,客鬓屡经秋。邂逅苔岑乐,萦纡家国忧。深惭悬榻意,珍重为君留。"吴玉如先生随即和诗一首,诗云:"词客洒然至,乱离忻与游。风华馀百首,述作有千秋。闲话襟弥远,边氛事可忧。中原何日靖,牢落此淹留。"诗中抒发了两位学者互尊互重和忧国之心。20世纪80年代中期,俞平伯整理自己散落的诗篇时,忆起往事,仍然记忆犹新。

(原载2016年9月19日《今晚报》)

陈荒煤与天津的文化缘分

陈荒煤（1913—1996）是一位有着丰富革命经历的作家。20世纪30年代初即开始文学创作，并在上海参加左翼戏剧家、左翼作家联盟。1938年到延安鲁迅艺术学院任教。他是湖北人，出生于上海，却与天津有着深厚的文化缘分。

1949年1月15日，伴随着解放的炮声，天津市军事管制委员会宣告成立，陈荒煤任文教部文艺处处长。作为进城的解放区文艺工作者，他清楚地意识到文艺为人民服务的对象已经发生了变化，因此，他们制定了"以工人阶级为主要的工作对象，兼顾学生文艺活动的方针"，要用新艺术占领文艺阵地。首先通过报刊大力宣传他们的文艺方针。如1月18日《天津日报》发表了孙犁《谈工厂文艺》一文，指出"进入城市，为工人的文艺，是我们头等重要的题目"。文章说："我们就要有计划的组织文艺工作者进入工厂。工厂和作坊要初步建立自己的文艺工作。"

同年3月16日，《天津日报》副刊编辑室召开文艺座谈会，邀请经常为该刊写稿的工人、学生、战士及文艺工作者三十余人参加。副刊编辑室负责人方纪主持座谈会。陈荒煤在会上要求来自旧社会的作家,要努力进步,改造自己,为工农兵服务。他要求一切专业文艺工作者应注意扶植工农兵劳动人民自己的作家。同月21日,军管会文艺处又召开文艺座谈会,讨论天津工人文艺运动问题。华北总工会驻津办事处宣传部长王林及侯金镜、鲁藜、芦甸、孟波、王雪波等五十余人参加。与会者对文艺工作者到工厂去与工人结合问题提出具体的建议。陈荒煤作总结,充分肯定天津解放以来在文艺方面发生的根本性改变,歌颂人民、歌颂解放战争和表现劳动人民力量的新文艺受到广大群众的欢迎。他还指出新文艺园地是要文艺工作者和工人共同开垦的,这是天津文艺工作者最光荣的任务。他号召:"争取迅速的开展工人文艺活动,创造反映工人阶级的艺术!无论有多少困难,我们一定要担当这样一个光荣的任务!"他的发言以《天津文艺工作者光荣任务》为题,发表在3月24日创刊的《天津日报·文艺周刊》上。

随后的4月10日,军管会文艺处和华北总工会驻津办事处宣传部再次联合举办座谈会,讨论如何开展工人新文艺活动问题,本市各工厂职工代表一百余人到会。会上,陈荒煤根据职工代表所提的意见,作了总结发言,指出开展工厂文艺活动的目的"是为了提高工人阶级的觉悟,加强职工团结,鼓舞生产热忱。换句话说,就是为了发展生产"。他鼓励工人同志们要有信心,要相信自己有力量来开展工厂文艺活动,要大力提倡自己写、写自己,自己演、演自己的文艺方向。陈荒煤的讲话,也曾以《开展工厂文艺活动是为了发展生产》为题发表。为了更有计划地推进工厂及学校的业余文艺活动,培养文艺骨干,文艺处还专门成立了"工厂文艺工作组"和"群众文艺工作组"。

同年8月,因工作需要,陈荒煤被调任中共中央中南局宣传部副部长兼中南军政委员会文化部副部长,他在天津的工作,由全国文联常委阿英接任。陈荒煤在天津工作的时间是短暂的,但是他的业绩,天津人民是不会忘记的。

(原载 2014 年 9 月 27 日《今晚报》)

陈荒煤的五封手札

2013年12月23日,是我国著名作家、文艺理论家、文化艺术事业优秀领导者陈荒煤(1913—1996)百年诞辰纪念日。他是一位有着丰富革命经历的作家,20世纪30年代初即开始文学创作,并在上海参加左翼戏剧家联盟、左翼作家联盟。1938年到延安鲁迅艺术学院任教,新中国成立后长期从事文化工作。改革开放后,陈荒煤出任中国社会科学院文学研究所副所长,主持工作。1980年代,他主编的"中国现代作家作品研究资料丛书"被列为国家"六五"重点规划项目,我也曾参与编选了一本《俞平伯研究资料》。

我有幸见到荒煤老,是1990年8月24日在北京中纪委招待所召开的《中国解放区文学书系》(以下简称《书系》)编委扩大会上,他是作为编委会成员应邀出席会议的。会上主要商讨解决在编选过程中发现的重大疑难问题,修改完善编辑体例并讨论了《书系》总序的初稿等。荒煤老在会上发言,提出《书系》要反映解放区文学的整体风貌。他说:"解放区文学是中国现代文学史上不可缺少的一部分,《书系》就是要为中国现代文学史留下解放区文学这光辉的一页。我们不可自己降低《书系》的价值和出版它的深远意义。"他的发言给我留下深刻印象。午休时分,按照编选要求,我把《书系·散文杂文编》所选他的篇目,顺便向他征求意见,他答应考虑一下。两天后,他托中国社会科学院学部的同志转来一封信,写道:"我仔细考虑,还翻了一下旧作,有一点意见供参考。""所选的《童话》与《新的一代》都是写儿童一代的。当然,《童话》则写到敌人对孩子们的残害,后者则着重写新的一代在战争中诞生。""我建议把《童话》改为《抬一口棺材回来吧》。我觉得揭露敌后国民党统治的腐败,对照我八路军战士的英勇作战,让现代人了解过去,更有意义。请参考。"他还提出:"《谁的路》与《破坏吗?建设吗?》二篇基本内容相同,请再比较一下,选哪篇更合适?"

陈荒煤致孙玉蓉信(1990年8月30日)

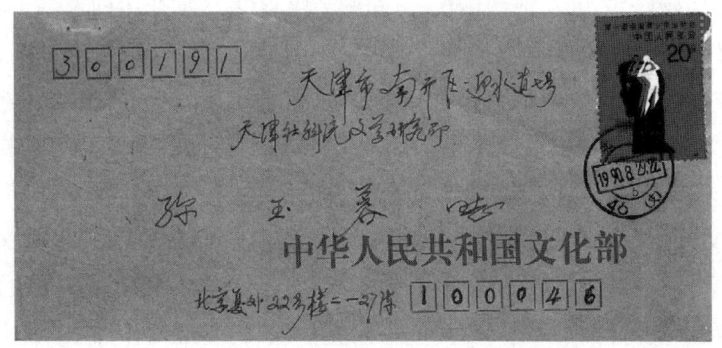

陈荒煤致孙玉蓉信封

8月30日,他再次来信,谈解放区划分问题。他说:"你把我的几篇散文都收在晋察冀解放区内。实际当时这些散文大都是我1939年在太行八路军前线写的。当时被称为太行根据地,并不属于晋察冀边区。""按历史情况,抗战初期,最早建立的是太行根据地,系八路军总部所在地,在此地活动的是129师(师长刘伯承),晋察冀根据地是聂荣臻部队。之后建立了太岳根据地、冀鲁豫根据地。直到解放战争时才一起叫晋冀鲁豫根据地。"他所谈的问题很重要,是《书系》各编都会遇到的。为了稳妥,也为便于读者查阅,《书系》按照作家姓氏笔画排列作品,这样可以把作者在不同时期、不同地域所写的作品放在一起,按发表的先后排列。随后,我将解决的办法函告荒煤老,并欢迎他"随时提出意见,给予指教,使我们少出一些差错,确保书系出版后的质量"。正因荒煤老的提醒,引起出版社重视,后在《编辑凡例》中,就写入了"地域的界定"一条。

11月14日,我再次函询荒煤老,他的《破坏吗?建设吗?》一文收入"延安文艺丛书"时,题目为《路》;收入《荒煤散文选》时,才用了这个题目。此题目是否是后改的?文章也有一点改动,应以哪个为准？他回信说:"《路》是1939年六月在山西发表的，《破坏吗？建设吗?》则是1940年在延安发表的,是两篇散文。两篇都收入荒煤散文选集中。我记不清楚,给你写信是建议两篇中可选一篇,不必都选。"事实证明他确实"记不清楚"了，被收入《荒煤散文选》中的是《谁的路》和《破坏吗？建设吗?》两篇散文。而《路》与《破坏吗？建设吗?》恰恰是不同题目的同一篇文章。经过斟酌,最终我们将他的散文《塔》《路》《悼闻一多先生》和杂文《打倒书呆子》《"先生！天亮了没有?"》五篇作品收入《中国解放区文学书系·散文杂文编》中。

此外,我在11月14日的信中,还曾请他帮忙给何其芳夫人写一封介绍信,以便去拜访。当时,我应中国现代文学馆之约,正在搜集编选《俞平伯书信集》。我与何夫人素不相识,不便贸然造访。我是拜读了荒煤老的散文《忆何其芳》后,知道他们曾是延安鲁艺的老战友。善解人意、心细如发的荒煤老不仅给何夫人牟决鸣写了信,还给时任中国社会科学院文学研究所所长马良春写了信,请他帮忙,并请他看看"所里还有哪位老同志与俞老有过书信来往,也请一并协助予以解决"。这种意外的收获是我不曾奢望的。

荒煤老有求必应、不厌其烦、热心提携后进的往事,始终温暖和感动着我的心,令我永生难忘。

他在致牟决鸣的信中说:

决鸣同志：

　　许久不见,你好！

　　现介绍天津社科院文学所孙玉蓉同志来看你。她将负责编一本《俞平伯书信集》。听说俞老与其芳有过通信的关系,不知现在是由你保管,还是交到所里去了。如仍由你保管,请你帮忙查一下,让玉蓉同志复印一下。

如你已交所里,由谁负责保存,可让玉蓉同志到所里去找他们。

谢谢你的帮助!

祝好!

陈荒煤
十一月十八日

荒煤老在致马良春的信中说:

良春同志:

许久不见,你好!听说你因病住了一阵医院,颇为挂念,现在出院,还望多多保重!

现介绍天津社科院文学所孙玉蓉同志来找你。她原是《俞平伯研究》的编者,现准备编一本《俞平伯书信集》,希望将何其芳同志与俞老的通信借她用一下,复印一份即可。

如知所里还有哪位老同志与俞老有过书信来往,也请一并协助予以解决!谢谢!

匆匆

祝好!

陈荒煤
十一月十八日

(原载 2014 年 7 月 16 日《中国社会科学报》)

周汝昌与天津教席

1951年秋,周汝昌在燕京大学中文系研究院攻读研究生期间,接到成都华西大学邀请,聘他任外文系讲师。1952年5月1日,他走马上任。同年秋,全国高校院系调整,他被调入四川大学外文系。他在华大、川大任教期间,独创了启发式教学法,充分调动学生独立思考、用心钻研的积极性,深受学生欢迎。1953年秋,红学专著《红楼梦新证》问世后,他在校内外、国内外更是名声大振。"木秀于林,风必摧之。"青年讲师周汝昌的走红,很难不引起同行的羡慕嫉妒恨。或许是为了平衡复杂的人事关系,也为顺应当时形势的需要,川大外文系的领导竟然派周汝昌去哈尔滨学俄语。对此重任,双耳接近失聪的周汝昌实难胜任,再加上他是北方人,对南方生活水土不服,这一切都强化了他北返的决心。

与此同时,周汝昌的《红楼梦新证》得到了人民文学出版社古典部负责人聂绀弩的赏识,千方百计邀他回京工作。周汝昌说:"我当然愿意进京。川大不放行,冯雪峰社长请中宣部下调令,几经力争,方得如愿。"1954年春夏之交,他回到阔别两年的北京,成为人民文学出版社古典文学部的编辑。

周汝昌在川大时的境遇以及拟调回北方的想法，都曾与业师顾随书信倾谈过。他的"抑郁不平之气"在1953年上半年的书信中就已"流露于字里行间"。北京是他的首选，可是，顾随却希望他能来津任教，并积极为他联系天津师范学院（1958年扩建为天津师范大学，1960年改为河北大学，1970年迁到保定）和南开大学的教职。师院中文系主任王振华的爱人是南开大学中文系主任李何林，于是，夫妇俩一同为周汝昌来津而努力。1953年暑间，李何林就曾致信川大，商调周汝昌来津任教，未得应允。后来，周汝昌听到了拟调他回京的消息，心里有了底数。同年11月24日，顾随函询："大驾北返事有何进展？此时殊不愿强玉言（周汝昌的字——引者注）来津矣。赴京专心著述，于玉言身体性情俱合适，报国为民之日正长也。"

对于周汝昌，京、津两地都与他有缘。就在他举棋难定之时，顾随于1953年岁末，再次为师院、南开说项，曰："此间王主任及南开李主任决意请玉言明夏北检，千祈勿拒。在马场道，在八里台，请兄自定。"周汝昌不相信自己会有如此的魅力，他认为师院、南开的盛情邀请，都是身为师院教授的顾随师所为。顾随立即回信鼓励，打消他的顾虑。顾随的高足、师院教师杨敏如还提出了当编辑与任教两不误的高见，即师院与人民文学出版社合聘周汝昌北返。由此可见师院的求贤若渴。至1954年3月，顾随仍在为师院力请不舍，并函请周汝昌"速速作复说明意向"。最终，周汝昌选择了回京工作，师院的邀请暂告一段落。

顾随对周汝昌未能回津任教似有不甘，两年后的暑假前夕，他又在信中谈及聘周来津之事。一是南开英语系停顿一年后将恢复，教授出缺；一是师院俄文系将扩大为西语系，英法文诸课皆将添聘教授，希望周能来。但又明知人民文学出版社"亦决不肯放行耳"。后此事无果，亦在意中。

从通信中，顾随得知周汝昌在出版社并不顺心，自从"调到这个社，就一直走背运，遭白眼，受冷遇"（周汝昌语），所以，一直想调他来天津。1959 年底，顾随再次函告，天津师范大学（即前文提到的师院）教师人手缺乏，系主任有意邀他前来任教，并问他："能脱离出版社否？此是最大前提，此一关如过不去，其余俱无从说起矣。"这一次，周汝昌明确表示了回津的意愿。1960 年 1 月 7 日，顾随复信表示"极为欢迎"，"惟按现下手续办事，须此间党组织与人事科与出版社组织与人事科联系，始能定局，个人意愿与私人交谊只起得辅导作用而已。"他请周汝昌"且稍安勿躁"。待周汝昌来津事得到师大党政领导同意后，顾随与系主任反而犹豫了。因为周汝昌此时身体欠佳，来此教书，他能胜任愉快，惟此间各种会议偏多，对他的病体极为不利。经过多次函商后，遵照周汝昌之意，来津之事"暂缓进行"。

1960 年秋，顾随在津病逝。他多年的努力未能如愿，而周汝昌与津门教席也最终失之交臂。但是，他为调周汝昌来津之事锲而不舍、不厌其烦，表现出爱惜人才的学者襟怀。晚年，周汝昌在自传中追忆，顾随师"百计想调我到津，与他合作一桩胜业（虽未明言，料是研著一部中国诗论大系的巨制）"，"此愿未酬，先生长往矣"。言语中也充满了遗憾。

（原载 2014 年 1 月 12 日《今晚报》）

新闻前辈范瑾老人的两封手札

一

燕瑾同志：

　　惊悉王林同志病逝，我心中十分悲痛（讣告刚收到）。

　　王林同志是好党员，我们的老战友、好朋友，对我们帮助很大，我们永远不会忘记他的优秀品质和革命精神！

　　我去看你，未见到，特此表达我的深深的慰问。

　　祝你全家安好！保重身体。

范瑾
84.7.18

二

燕瑾同志：

　　接到王林同志的讣告，我心中十分悲痛。过去我觉得王林同志身体很好，逝世实出于意外。十七日才收到讣告，十八日我到帽儿胡同去看你，才知道你们都还在天津未回来。

王林同志的逝世，使我们失掉了一位老战友、好朋友、亲切的同志、热情的友人，令我们非常怀念。尤其他对我的帮助很大，言谈之间，告诉我处世为人之道，坦率真诚，永远难忘。

我向你和端阳、克平、庆友、颂英、小燕致以衷心的慰问，希望你们节哀，保重身体，以王林同志的革命精神、创作精神为榜样，为四个现代化做出新的贡献！

祝你们全家安好！

范瑾
84.7.21

这是《天津日报》创刊初期首位女总编辑范瑾，写给天津著名作家王林的夫人刘燕瑾的两封信。1984 年 7 月 2 日，有着资深革命经历的天津市文联副主席、作协天津分会副主席王林以七十五岁高龄在津逝世。因为平时在朋友们的心目中，一直认为他的身体很好，所以，他突然病逝的消息，令亲朋好友倍感震惊。

王林是河北衡水人，1909 年出生，早年投身革命，1931 年加入中国共产党。他参加了著名的"一二·九"学生运动，亲历了"西安事变"。抗战期间，始终在冀中根据地坚持斗争与写作。1949 年 1 月 15 日，随着天津解放的炮声，他与黄敬、范瑾夫妇以及一大批来自解放区的革命干部一起，随军进津，参与了接管和筹建新天津的领导工作。黄敬任解放后天津市的首任市长，负责抓全面工作；范瑾与王亢之等同志主持创办了天津市委机关报——《天津日报》；王林任天津市总工会文教部长。

王林不仅是黄敬的老同学、老战友，而且是黄敬的入党介绍人。黄敬的爱人范瑾，原名许勉文，是著名学者许寿裳的侄孙女，又是史学家范文澜的外甥女。她1936年参加革命工作，1938年加入中国共产党。抗战期间，历任延安抗日军政大学四期五队区队长，八路军总政治部前线记者团第一组团员，冀中导报编委会主任和社长，兼任新华社冀中分社社长，中共冀鲁豫区党委及中共北方局中原分局宣传部宣传科科长。解放战争期间，历任晋察冀日报社编委、采访通讯部主任，中共华北局办公所秘书。1949年1月，范瑾与所有进城干部一起，见证了天津解放的神圣时刻。1952年9月，她随黄敬调到北京工作，任北京日报社社长，1955年任北京市委常委，1964年任北京市副市长。改革开放以后，历任北京市人大常委会副主任、北京市政协主席、中共北京市顾问委员会副主任等。

1984年7月18日，得知王林逝世的消息后，家住北京东城区的范瑾老人立即到王林在北京帽儿胡同的家里去看望刘燕瑾，没有见到，于是，她写了留言信，表示慰问。三天后，她又写了一封信，寄到了王林在天津的家中。她在信中高度评价了王林光明磊落、光辉灿烂的一生，深切而由衷地表达了对老战友的怀念之情，安慰老战友的亲属节哀顺变，鼓励他们以王林同志的精神为榜样，为四个现代化做出新贡献。范瑾老人二十五年前的这两封手札，至今被王林的亲属完好无损地珍藏着。

2009年1月4日，范瑾老人也以九十高龄驾鹤西去了。历史不会忘记他们，天津人民不会忘记他们。在隆重纪念天津解放六十周年的日子里，我们发表范瑾老人的两封手札，以表达我们对新闻前辈范瑾老人的深切怀念。

（原载2009年2月17日《天津日报》）

吴小如与卞僧慧的交往

抗战爆发后,卞僧慧由清华大学返回津门故里,1940年春,受业于吴玉如先生,数十年间,不仅结下了深厚的师生情谊,而且与吴玉老哲嗣吴小如也成为学术知友。

20世纪80年代,由于卞老的引见,我有幸拜访了北京大学教授吴小如。在此后二十余年的通信中,吴小如对卞老多有谈及。1985年元旦前夕,他在回信中说:"我同卞老久未通信,最近我忙得也实在够呛,所以顾不上写信,请代我向卞老致意。"在1985年1月10日的信中,再次叮嘱:"卞老前请代致意。我近奇忙,内人又患病,很少写信。"这种请代问候卞老的事情,已为常事。

吴小如对晚岁孜孜不倦从事陈寅恪研究的卞老,尤其予以关注。1990年3月25日,吴小如来信说:"陈寅恪先生学术论文纪念集已见到(乃敝单位所编,故人手一本),中有卞老大作,已拜读。见时乞转告。写得很好,文体亦很别致,颇有陈寅老文字遗风。"他所说的"论文纪念集",即指《纪念陈寅恪先生诞辰百年学术论文集》,北京大学中国中古史研究中心编,北京大学出版社1989年12月出版,收入了卞老万言长文《重读〈王观堂先生挽词并序〉》。文章得到老友称赏，卞老也很高兴，毕竟学术知音难遇也。

1991年初，《文史知识》编辑部请吴小如"代约卞老写有关陈寅恪先生的文章"，卞老的大作《试述陈寅恪先生治学特点》就在当年《文史知识》第6、7期上连载。而在约稿和发稿之间，杂志编辑竟然"把卞老天津地址弄丢了"，又向吴小如求助。同年8月6日，吴小如来信说："恰值四、五月份我偕内人到上海住院治病，我从上海给他们回了信。而编辑部的人胡涂之至，竟把我上海小儿处的地址当成卞老的地址，卞老大作的校样是我在上海代校的，他要修改的地方只好留着无法改动。最近听说又把信和书寄上海，已由小儿转我，闻已寄出，我收到后即转给卞老。如晤及卞老，望代为说明。"为了一篇文稿，给吴小如增添了许多麻烦。如果不是吴小如亲述，这些文坛往事我们是无法得知的。

1991年底至次年3月，为给夫人治目疾，吴小如夫妇到香港住了八十多天。其间，卞老请吴小如代买几本有关寅恪师的书。1992年4月21日，吴小如来信说："卞老托我买书，我遍烦熟人，一本也未买到。已把书目留港，继续托人物色，望转告卞老。"可见吴小如在治学方面对卞老的理解与支持。

随着年岁的增高，吴小如对卞老也愈加挂念。1999年夏，吴小如辛劳成疾，他说："突患眩晕呕吐，与十年前所患美尼尔症相似，医言仍是疲劳过度（前一阵子照看内人太辛苦），脑供血不足。"由此，他想到了"卞老久未通信，不知他身体怎样？他的《陈寅老年谱》是否比蒋书详尽而更真实？近读蒋书，虽已增补，仍吞吞吐吐。如陆键东书中据档案材料写定者，卞谱应列入。如通电话，望代致意"。吴小如所说的"蒋书"，就是蒋天枢的《陈寅恪先生编年事辑》增订本，1997年6月出版。他希望卞老的《陈寅老年谱》能够吸纳陆键东在《陈寅恪的最后20年》书中所披露的鲜为人知的档案材料,使卞书比"蒋书"更详尽、更真实、更完备。吴小如的希望,也是所有读者的期待,经过不懈努力,卞老最终交上了满意的答卷。

1999年夏秋之间,卞老从《文汇读书周报》上看到吴小如《读〈龙榆生年谱〉(未刊本)》一文后,即向他"询及南京大学张晖君《龙榆生年谱》稿中有无录存陈寅老佚诗",因为《龙榆生年谱》稿本被人借去,吴小如无法查寻答复。事隔月余,吴小如来信告知了张晖的通信地址,并让我转告:"如卞老拟访寅师遗作,不妨径函询之,或向彼索年谱稿本一读,彼当不会拒绝也。"为编纂《陈寅恪先生年谱长编》,卞老搜集资料之全、用心之细,由此可见一斑。

2010年4月,这部搜罗最全、史料最翔实、下功夫最深的《陈寅恪先生年谱长编》由中华书局出版。出版前夕,卞老请相识七十年的老友吴小如作序。吴小如在通读书稿后,写道:"僧慧长僕十岁龄,谊兼师友,今年九十有八矣。以世纪老人艰难著述而卒底于成,视之以逐利竞名为贤者,其风操学问为南辕北辙,固无待僕觍缕指陈也。"充分肯定了卞老锲而不舍、严谨治学、淡泊名利的高尚品质。从吴小如书信的只言片语中,我们已清晰领略到两位宿儒贤达之间真诚、清淳的君子之交。

(原载2015年4月27日香港《大公报》)

缅怀乡贤

劳荣,一位不该被遗忘的作家和翻译家

一 劳荣的文学生涯

作家、诗人、文学翻译家劳荣(1911—1989),原名李桂存,曾用名李守先,笔名劳荣,取义"劳动光荣"。他是农民的儿子,出生于上海。因家境贫困,孩童时代只能入"上海贫儿院"读书。在工厂学徒期间,他在王任叔等组织的流动读书会里,受到高尔基、鲁迅作品的影响,对文学产生了兴趣。后来,因为阅读了胡愈之的《莫斯科印象记》,受到启示,他开始自学世界语并接触了马列主义理论。1933年,他与瞿白音等共同创建了南京世界语协会并当

青年劳荣(摄于1935年)

选为执行委员。他是靠自学成材，用业余时间从事文学创作和翻译的。

20世纪30年代初期，劳荣已经开始向津、沪等地的报刊投稿。1936年，他加入了上海教育救国会，后经王任叔介绍，参加了上海文化界救亡协会宣传部的工作。1938年2月，他到天津谋生，历任英文《华北明星报》校对、《每月科学》杂志、《科学知识》杂志编辑长等。抗战胜利后，他在《大公报》任英文翻译兼《大公园地》副刊的主编。在《大公报》工作期间，他的住宅曾经作为地下党干部往来的临时食宿处，使他们躲避了国民党当局的追捕，为保护干部提供了便利。1948年，在地下党的安排下，他带领全家去了解放区。在泊镇华北局城工部集中学习后，他随解放大军重新进入天津，与方纪、孙犁等一起，参与了《天津日报》的创办，任天津日报社副刊组编辑、组长等。

1949年7月，劳荣与方纪等二十余人作为天津文艺工作者的代表，参加了中华全国文学艺术工作者代表大会，并成为全国文学工作者协会的首批会员。同年底，他与方纪、鲁藜、孙犁等十八人当选为天津市文学工作者协会委员，他分任翻译组组长。1950年9月，天津市文联成立之后，他与吴云心任编辑委员会副主委。他还兼任天津外国文学学会副理事长、中华全国世界语协会理事。1956年，中国作家协会天津分会成立后，他任理事，兼任南开大学客座教授。1960年，他被调到天津市文联，先后任《新港》文学杂志编委、副主任等。自1963年起，他历任天津市第三至第七届政协委员。

劳荣一生著译颇丰，他创作出版的诗集、散文集有三部，翻译出版的作品有十五部。他晚年的作品散见于京津等地的报刊，经搜集整理后，被收入十卷本《劳荣文集》中。

二 劳荣的散文随笔创作

作为作家的劳荣,他的散文随笔集《新生的历程》是上海文化工作社1950年出版的。书中收入1937至1950年所写的文章三十八篇,分为三辑。其中1937年所写的三篇编为第一辑,1946至1948年所写的《民族魂》《还乡杂记》等十二篇编为第二辑,1949年1月天津解放以后所写的作品二十三篇编为第三辑,他说:"主要是总结这不到两年内新社会所给我的改造教育。也就在这一点意义上,我觉得多少可以给像我一样半瓶醋的半知识分子作个参照,加速改造过程,为崇高伟大的人民事业,作一个发挥性能的螺丝钉,虽然自己在这个改造过程中的进度并不很快。"[1]这就说明他的作品是反映了时代精神的。

劳荣的第一篇散文《屠场》曾被收入茅盾主编的征文集《中国的一日》中,这为他最初的文学创作增添了自信。1937年夏,国民党反动政府在苏州公开审判救国会七君子,劳荣曾受邀到法庭上为被告方作记录。事后,他将所见所闻写成了《沈案杂写》《救国会七君子案苏州审判亲历记》等文章,刊登在《大公报》上,产生了不小的影响。在此期间,他创作的小说、散文、诗歌等作品也陆续发表在《申报》《人间十日》《小说家》等报刊上。

随着时代的发展,劳荣的思想也在不断进步。20世纪60年代初,他曾到长芦汉沽盐场深入生活,走访老工人,查阅了大量历史资料,写出了长篇报告文学《盐海风云》。接着,他又写了一系列反映解放后天津新貌、歌颂天津巨变的作品,发表在报刊上,后结集为《没有写完的新卫志》。这两本书均因"文革"运动爆发未能出版。进入改革开放新时期以后,他继续执笔写作,用

---

[1] 劳荣:《新生的历程·后记》,上海文化工作社1950年版。

优秀的精神文化产品,为建设文明美丽的新天津贡献力量。

老年劳荣(摄于1988年)

劳荣在建国初期,曾先后出版了十余部创作与翻译作品集,然而到了晚年,他想最后出版一本作品精粹选,都已经变得很难了。这种情况在很多老作家身上都出现过。他们有苦闷,又很无奈。但是,从长远的眼光看,这其实是很正常的现象。长江后浪推前浪,然而,历史是不可以割断的。前辈作家的历史功绩是应该被公正、客观地载入史册的,这个任务将由我们后人来完成。

三 劳荣的诗歌创作

作为诗人的劳荣,他先后出版了两本新诗集。1950年出版的《脚印》，收入了他从抗战到解放初期创作的诗歌三十七首。著名作家王任叔（巴人）在为其写的《序》中说："劳荣同志是中国劳动人民的儿子，他的诗集《脚印》底问世，却也标志着：一个中国劳动人民的儿子，是如何艰难困苦地由于自己的奋勉，闯入了一向为压在人民头上的统治阶级服务的文化殿堂，箕踞一角，尽情歌唱，传达出中国劳动人民底感情和思想的这一崇高的意义。"①

劳荣能够走进诗歌创作的行列，一是受时代的感召，二是得先贤的指点。抗战前夜，他开始写作和发表新诗时，便得到了王任叔的鼓励与支持。这给初出茅庐的劳荣增添了动力，增强了自信心，增加了责任感和使命感。《脚印》中的作品，反映了作者的创作激情和强烈的正义感，传达出对旧时代的憎恨和反抗，对新时代的热爱与追求。

1959年出版的《天津之歌》则是建国十年来劳荣诗作的选集，收入诗歌二十六题三十二首，其中包括《天津，从此成了人民的城市》《红星——新天津元宵夜的一个镜头》《新港杂咏》《人类的春天——在建国十周年欢腾的日子里有感》等，反映了解放以后天津的新气象和人民的新生活。这一时期的诗歌，内容比较空洞，阶级斗争的弦绷得比较紧，致使诗句都比较直白，缺少诗的意境和韵味。

《天津之歌》书影

---

① 《脚印》，上海文化工作社1950年版，第1—2页。

当然,这也是时代的产物。

劳荣诗歌的特点,首先表现在时代气息浓厚,紧扣时代的脉搏。抗战初期,他的父母在日寇的轰炸中死于街头,这种家国之恨让他刻骨铭心。他写下了《哭父母》《母亲的声音还响在我耳边》《孤儿自诉》等诗歌,悼念"在苦难中生长,在民族受难中死亡"的劳苦了一生的父母;他也常常在睡梦中惊醒,因为在梦中听到了母亲的声音,看到了母亲粗糙的手。慈母对儿子的爱,让作者久久不能忘怀。因此,他在《脚印》诗集的扉页上,写有:"献给一九三七年十一月十一日日寇侵占上海南市时遭难的祖母、父母和故乡的人们。"

其次,是真实的历史事件的记录。从抗战初期的怒火中烧,国民党反动统治给人民带来的不幸、愤慨和反抗,一直到解放战争的胜利,人民政协的召开,中华人民共和国中央人民政府的成立引起的鼓舞、喜悦与狂欢,这一连串"轰动过全中国,影响过全世界,决定了我们国家民族和每一个人的命运"的伟大事件,都被劳荣清晰地记载下来。

1949年1月15日天津解放后,劳荣满怀欣喜,写了长诗《天津,从此成了人民的城市》。诗中,他把解放前后的天津作了鲜明的对比,用事实证明了解放后的"天津,从此成了人民的城市!"人民当家做主人的感觉真好!

1949年7月2日至19日,中华全国文学艺术工作者代表大会在北平召开。劳荣参加了盛会。7月6日,毛泽东、朱德亲临大会并讲话,周恩来作了政治报告。来自全国各地的文学艺术工作者代表七百余人聚首在怀仁堂,很多人都是第一次见到毛泽东主席,那种兴奋和喜悦是难以言表的。会后,劳荣写出了新诗《一九四九年七月六日——记毛主席出席第一届文代会》,把这一历史盛况永远定格在这首小诗里。

劳荣的诗歌为我们留下了时代发展前进的历史足迹。正如诗人臧克家所说:"这个'脚印',是劳荣兄的'脚印',也是'历史'巨人的'脚印';给这些历史事件灌上血、长上肉的是劳荣兄的情感和思想,也是无数同类型的进步的革命的知识分子的情感和思想。"①"从这本小书里可以看出个人生活与思想发展的脚印,也可以看到一个民族从苦难走到光明的历程。"②

四 劳荣的文学翻译

早在20世纪20年代,我国新文学运动的先驱者就已经十分重视译介外国文学作品,为中国读者提供丰富多彩的精神食粮。如改革后的《小说月报》,不仅每一期都有关于外国文学的文章和消息,还曾专门出版过"被损害民族的文学"专号和"俄国文学研究"等增刊,为读者和文学界提供了一个可资借鉴的窗口。受新文学的影响,劳荣也义无反顾地担当起了译介外国文学的历史使命。

作为文学翻译家的劳荣,他是从世界语开始走上文学翻译之路的。数十年来,他虔诚地、始终不渝地从事着世界语运动,对世界语倾注了毕生的心血。晚年,他扶病写出了回忆录《世界语之路》,阐发了许多精辟的见解。他是名副其实的世界语运动的积极分子。

劳荣用世界语翻译出版了《被打穿了的布告》《枞林的喧嘈》《沉默的防御工事》等小说集和《裁判》《中国的微笑》《奴隶之歌》《西里西亚之歌》等诗集。他在五六十年代翻译完成的《西里西亚之歌》,经历了十年浩劫之后,直至1983年才得以出版。该书

---

① 《脚印·臧克家跋》,上海文化工作社1950年版,第278页。
② 《脚印·后记》,上海文化工作社1950年版,第289页。

是捷克斯洛伐克诗人彼得·贝兹鲁支(1867—1958)的成名作,早在20年代,就已受到我国著名作家的关注。1921年,鲁迅先生在《近代捷克文学概观》中,称颂诗人贝兹鲁支是"用矿工的心血来著书"①;茅盾先生在《杂译小民族诗》的译后记中,说:"《西里西亚之歌》曾被批评家称赏为斯拉夫文学中最好的歌。"②1937年和1956年,劳荣也在文学杂志上译介过贝兹鲁支的几首短诗。《西里西亚之歌》这部享誉世界文坛的诗集,自1921年被介绍到中国,直至六十余年后,它的中译本全书才得以在中国问世。可以说,是劳荣的不懈努力,实现了鲁迅与茅盾等文坛前辈向中国人民译介《西里西亚之歌》的夙愿。

劳荣在精通世界语的同时,也靠自学掌握了英语。建国后,他又学习了俄语、捷克语、法语、德语和日语。多精通一种语言,就多了一扇通向世界的窗口。他还从英语、俄语、捷克语翻译出版了剧本、童话寓言故事集、报告文学作品和诗集等。总之,劳荣翻译的文学作品不仅繁荣了我国的文坛,而且,也为我国的社会主义建设事业提供了文学借鉴。

劳荣翻译出版的外国文学作品多达十五部。他对翻译外国文学作品是有着深切感受的。他说:"翻译虽然好象做媒,不算太难;但是实在不是一件容易做的工作,尤其是译诗。诗,其实是不能译的,经过一次翻译多少要损伤一次原作底精神气质,重译的当然多一次损伤的机会,而翻译者的修养有限,当然会使损伤的程度还要加大。"③"无论是怎样精当的翻译和原作总是有一些距离的。"④他希望做到"译文忠实于原文而又不拘泥于原文;

---

① 见1921年10月《小说月报·被损害民族的文学号》。
② 同上。
③ 《裁判·写在前面》,知识书店1950年版。
④ 《脚印·后记》,上海文化工作社1950年版,第288页。

劳荣著译书影

传达原作的精神而又遵循原文的形式"①。劳荣永远是谦虚、谨慎的。其实他的译作是很下功夫的。他的文字功底是十分深厚的。阅读他的译作,我们会从流畅的语言中感到轻松和愉悦。艰深、拗口的语句,在他的译作中是没有藏身之地的。他把自己对作品的理解融入了译文之中。如1921年,茅盾先生在《杂译小民族诗》中,翻译介绍了《西里西亚之歌》中的一首短诗,诗的题目被译为《坑中的工人》。后来,劳荣将这同一首诗的题目译为《煤矿工人》。前者显然是直译,而后者则更形象、更贴切,也更准确地表达了原作的意思。没有比较就没有鉴别。由此可知劳荣在翻译的过程中是如何字斟句酌的。可以说,他的翻译做到了"忠实于原文而又不拘泥于原文;传达原作的精神而又遵循

---

① 《奴隶之歌·后记》,上海文艺出版社1960年版,第82页。

原文的形式",他做到了翻译文学的最高境界——信达雅。

　　作为诗人、作家、翻译家,劳荣所歌颂的是劳动人民,他所翻译的是弱小民族反抗压迫的作品。在他的文学生涯中,和创作相比,翻译文学作品占的比重更大些。他的所有写作和翻译都是在工作之余完成的。勤奋贯穿了劳荣的一生。他在《花束集·后记》中说:"我只要活着,我总是要学习和工作的。"这正是他一生的写照。他积极、自觉地传播着先进文化,他为我国的文学事业辛勤耕耘了六十年。他是我国文学事业承前启后的有功之臣,是不该被遗忘的作家和翻译家。

（原载2008年5月《文艺理论与批评》第3期）

深切缅怀卞僧慧先生

2015年2月23日,农历乙未年正月初五,著名史学家、天津社会科学院研究员、天津市文史研究馆馆员卞僧慧先生,走完了自己的人生历程,以一百零四岁高龄,平静、安详地驾鹤西去了。我由衷敬重的慈祥和善的前辈学者,循循善诱的好老师,一生脚踏实地、严谨治学、远离名利的楷模又弱去了一位,留给我们的是无尽的怀念与惋惜。

卞僧慧先生(摄于2009年)

在我心目中,卞僧慧先生才是真做学问的大学者。如今,社会科学研究事业蒸蒸日上,国家级、省市级、院级科研课题比比皆是,课题经费资助为科研

卞僧慧中年照片

工作提供了便利。可是,这些好的科研条件,卞老都没有享受到。他退休后的数十年间,继续治学的所有费用,全部出自退休金。他的代表作《陈寅恪先生年谱长编》的编纂工作都是在退休后完成的。因为年迈行动不便,他不能常到单位图书馆和市内各大图书馆去查阅资料,所以,比较重要的参考书和学术报刊,都是自费订购,连同稿纸、复写纸、信封等都是自备。为了留有备份,他日日以圆珠笔繁体字复写文稿。晚年的卞老如果能有一名史学专业的年轻助手,情况或许会好得多。幸好后来他的哲嗣学洛先生退休了,能够帮助他用电脑录入、整理文稿,这才加快了完稿的速度。

《陈寅恪先生年谱长编》的大功告成，也谱写了学术薪火接力相传的典型范例。1981年9月，蒋天枢（1903—1988）先生的《陈寅恪先生编年事辑》出版后，卞老便发现了许多遗漏，于是，将自己所存及搜集到的资料抄寄给蒋先生。蒋先生在进行补充修订中，也曾想将其编撰成年谱。后蒋先生以卞老在校听过寅师历史课数年，不少情况为蒋公所不知，也"因年迈体弱，无力完成"，遂将寄去之资料以及自己的《陈寅恪先生编年事辑》贴补本和后续所得之资料，一并邮寄到天津，将编纂"陈寅恪先生年谱"的重任委托给卞老，并叮嘱："任由为之，无庸再请示。"卞老牢记嘱托，不负重望。经过二十多年的努力，2010年4月，《陈寅恪先生年谱长编》作为"清华大学国学研究院四大导师年谱长编系列"之一，得到天津市社会科学界联合会的赞助，由中华书局出版。陈寅恪先生的亲属见到书后，十分感激，想对卞老前期支出的资费给予一点儿补偿，以表达谢忱，也被卞老婉言谢绝了。卞老觉得作为陈寅恪先生的学生，能在有生之年，经过不懈努力，为老师著书立传，完成"宿诺"，弘扬老师的学术精神，这也是自己的荣耀。

《陈寅恪先生年谱长编》是目前搜罗最全、史料最翔实、下功夫最深的一部学术专著，为读者全面了解和深入研究国学大师多彩的学术生涯、坎坷的人生经历以及豁达的人生态度，提供了珍贵的资料，在学术界获得好评。一分耕耘，一分收获。2013年，该书无可争议地被评为天津市第十三届社会科学优秀成果一等奖。大家都为卞老高兴，向他致贺，卞老却依然是低调做人，扎实做事，淡泊名利，宠辱不惊。

卞僧慧先生尊师重道，他对业师、著名书法家、学者吴玉如（1898—1982）先生始终如一的敬重与关照，同样为我们做出了榜样。1937年，卞老由清华大学返津后，曾受业于吴玉老，立雪吴门数十年，不因荣辱而亲疏先生，让历尽沧桑的吴玉老颇生感慨，于是，在1972年书赠一幅篆书对联，"念我如君曾有几，论交故旧已无多"，请卞老"补壁"，藉以表达对他的感谢与称赞。多年前，我曾在卞老书房的墙壁上观赏到这幅珍贵、精致的书法作品。卞老自己也不常悬挂，因为他不想以此炫耀自己的人品。

卞僧慧先生是天津当代十大藏书家之一，藏书数万册，其中也收藏了一些名人手迹。他注重文献收藏，但是，更看重文化的传承与历史的延续。2011年8月22日，在南开系列学校创始人严修、张伯苓文史资料征集委员会成立暨南开校友捐赠大会上，卞老捐赠的家藏严修（1860—1929）手书真迹条幅，节录宋代文学家欧阳修的《丰乐亭记》，成为当场最受瞩目、最为珍贵的文物。卞老一家对南开中学感情深厚。他的父亲卞藩昌是南开中学第一届毕业生，与曾任清华大学校长的梅贻琦先生同窗。卞老1926年考入南开中学，1932年毕业后，以优异成绩考入清华大学。他终身持守的"温和平静，低调做人；顺其自然，淡泊名利"的人生准则，即得益于早年在南开中学的学习修养与熏陶。因此，在卞老一百周岁生日时，他将传家之宝——父亲1908年的中学毕业文凭，郑重交给建校一百零八周年的南开母校保管，由衷表达了对南开母校的热爱和感激。

卞老不仅注重收藏书籍文献，也舍得以珍藏嘉惠后学。1999年，单位最后一次福利分房，我有幸搬入新居，卞老为我高兴，特到寒舍看望，还针对我的爱好，将自己珍藏了数十年的四本俞平伯著作，即《读词偶得》的初版本和修订再版本，《清真词释》的初版本以及《古槐书屋词》的初刻本，送给我留念，并在书衣上题词，令我受宠若惊。这四本比我年长的书，也成为我的镇斋之宝。日前，得学洛先生电话告知，在整理卞老遗物中，发现了一本1940年出版的俞平伯著作《燕郊集》，卞老在2004年就已题字,拟送我惠存。虽然当时没有送成,学洛先生仍然希望按照卞老的遗愿,把书交给我保存。叠承厚贶,深荷雅意,铭感不忘。

与卞僧慧先生相识三十余年,平日偶有书信往还,每到年节,我会寄贺卡拜年、问候,卞老无不回赠,而且在题字中始终尊称"同志",而落款总是"僧慧敬祝"、"敬贺"、"敬赠"等。我的年轻同事认为"卞老是前辈宿儒,竟谦抑如此,实在令人惭愧",我则觉得除了"谦抑",这更是老辈知识分子难能可贵的修养,中华文明的礼仪传统,在卞老的书信用语中得以呈现。卞老对待年轻人,永远是和蔼慈善,有求必应,有问必答,永远是鼓励读书,勉励上进,严以律己,宽以待人,对所有的事情都能够予以理解。在卞老的言传身教下,年轻人会自觉约束自己的言行,这种自制力和约束力,全是无声的,这或者就是见贤思齐的一种表现。

(原载 2015 年 3 月 23 日《天津日报》)

怀念关永吉先生

一 笔名众多

提起关永吉（1916—2008）先生，天津的父老可能知道得不多。其实他就是天津师范大学的张守谦教授，因为抗战期间他在华北文坛崭露头角，以"关永吉"笔名发表小说，因此也以"关永吉"出名。

那时，他的笔名众多。他以"上官筝"笔名在《中国文艺》发表了《刘萼论——新作家论之一》，同时还拟写五篇评论袁犀、高深、梅娘、马秋英（马骊）和萧艾的文章，组成系列新作家论。"牛蒡"认为太少了，他在《新作家论补》一文中，幽默地指出在新作家论中，应该再补上六章，分别为上官筝、林垄、关山、吴楼、吴公汗、关永吉。他说上官筝"在如今的华北文坛，已是小有地位的评论家了"；林垄、关山的小说"文笔都相当不错，作风相同，很显明的受着北欧作家的影响"；"吴楼写杂文的"，"文笔犀利，有鲁迅风"；"吴公汗也是写杂文的，文笔犀利，有鲁迅风，就连笔名也是承继鲁迅的。文中常以鲁迅标榜，但不曰鲁迅，不曰周树人，而称'豫才先生'，其亲热的劲头可见一斑"。原来这"吴公汗"笔名中的"公汗"即是鲁迅先生的笔名。"牛蒡"还说:"关永吉是个新进作家,在文坛刚一露头,就红了","这都是得道的新作家,可惜从没有人给写评论,以上所写,究嫌过于简略,但总比上官筝写来方便多了;虽然那几位作家的事'上官筝大概比谁都知道的清楚'。""牛蒡"最终还是泄漏了天机,告诉读者他所介绍的六位作家,其实都是分身有术的关永吉一人。

关永吉是静海人,1932年入天津河北省立第一中学(今铃铛阁中学)读初中,次年开始发表小说并主编《益世晚报》副刊《诗神》。1935年入北平汇文中学读高中,主编校刊《汇文》月刊,在"一二·九"运动中,因有共产党嫌疑被判刑两年零三个月。"七七事变"后考入北京师范大学教育系,又因涉嫌抗日罪被逮捕。出狱后便以编辑杂志和写作为生,曾任《东亚联盟》《读书青年》等多种杂志编辑。1944年秋因在北平处境不利,不得不潜往南方谋职。同年底在汉口任《大楚报》总编辑,其间,曾主编"大楚报快读文库"与"南北丛书",出版了许多有影响的抗战作品集。抗战胜利后,返回华北,在中共华北局城工部等部门工作。1948年被派往上海做敌后工作,1951年回到天津,先后在第三中学、速成中学、师范大学工作。

关先生一生经历丰富而且坎坷,青年时期两次被捕入狱,中年时期被错划为右派分子,承受了各种磨难。

二 抗战作家

关永吉是位才华横溢的作家,抗战期间出版有小说集《秋初》《风网船》、中篇小说《苗是怎样长成的》和长篇小说《牛》等。另有边写边发表的长篇小说《泉》未能完篇,杂文与评论结集为《食客集》《怀狐集》《寻梦庵杂文》而未能出版,万行长诗《我的写照》也未能结集。

在抗日战争中后期,身处北平的关永吉先生在编辑、写作的同时,也响亮地提出了具有爱国主义和民族意识的"乡土文学"创作口号,作为当时"解救文学堕落的唯一途径",为纠正华北文坛不良的写作风气、确立正确的创作方向做出了贡献。

1943年,他陆续发表了《新英雄主义、新浪漫主义与新文学之健康的要求》《揭起乡土文学之旗》等系列阐发"乡土文学"创作理论的文章,明确提出:"对于题材的把握是'乡土文学',对于主题的处理是'新英雄主义、新浪漫主义',而此两个要求,又都是基于'现实主义'的。"他提倡写现实生活,写祖国的灾难、人民的痛苦、日伪统治下社会的黑暗,唤起沦陷区人民的民族意识,增强中华民族自身的活力,以抗击入侵者。他的文学主张得到当时进步作家的支持与响应。随着"寓民族意识、社会意识于乡土意识之中"(杨义语)的"乡土文学"的兴起,华北文坛出现了多位坚持现实主义创作道路的青年作家,并与关永吉一起被载入抗战文学史册。

关永吉的小说多以他熟悉的静海周边地区和天津为背景,真实、深刻地反映了各层面民众在动荡变乱的年代里,所经历的苦难、穷困与无望的现实生活,从中可以感受到我们的前辈曾经走过的艰难岁月。

反映农村题材的作品《牛》是关永吉拟写的《地主》三部曲的"序曲",他从辛亥革命写起,力图描绘出近代农村的动乱与变迁,以及在此过程中所发生的惨烈故事,将其写成"一部灿烂悲壮的一百年来北方农民的大历史"(关永吉语)。作品用牛象征眷恋乡土、勤劳淳朴的庄稼人。学者张泉称,《牛》"对农村现实作了比较深入的开掘","成为华北沦陷区乡土文学中的优秀作品之一"。学者杨义认为:"在沦陷区的乡土文学中,关永吉是一位具有典型性的作家……他的小说多写沦陷区自耕农的破产以及青年农民的内心波动,被时人称为'以其特出的笔法,写着现实的各方面,直接而深入'。"

关永吉小说中天津方言与天津地名的运用也是一大特色,读起来感觉亲切。

三　现代文学百家之一

2016年2月16日,是关永吉先生百年诞辰,重新阅读他早年的文学作品,如同听他娓娓述说那往昔的事情,他的音容笑貌,他的豁达、乐观以及晚年与疾病抗争的样子,都浮现在眼前。一位多么可亲可敬的老人!

1998年秋冬时节,我从《沦陷时期北京文学八年》一书中,读到了有关关永吉的研究,这才初步了解了关先生在沦陷时期的文学活动和成就。我很欣喜,似乎发现了新大陆,于是写信相告。同年年末,关先生在寄给我的贺卡中写道:"前承告张泉书已见,此种书尚有二三种,多有友人寄来。杂志中此类文章亦多,北大中文系有几位先生带博士生,专研究此问题。"至此,孤陋寡闻的我才知道北京大学不仅有教授在从事沦陷区文学研究,而且已带博士生专门从事"关永吉研究"。任凭外埠当代专家学者去挖掘、研究他早年的文学作品,但是我们在交谈时,关先生却只字不提他早年参与的文学活动、创作的乡土文学作品以及阐发的"乡土文学"创作理论,相反,他说抗战期间天津有一位作家公孙嬿值得研究,天津师范大学图书馆有关于他的藏书。那时的人文环境还没有那么宽松,对于抗战期间以"色情文学"出名,后在军界任职,1949年随军去台湾的公孙嬿的研究,也只是说说而已。从关先生对公孙嬿的推介中,我们不仅看到他的超脱、豁达和大度,而且看到他的思想解放与意识超前,同样是难以企及的。如今研究沦陷时期天津文学史,公孙嬿是绕不过去的。

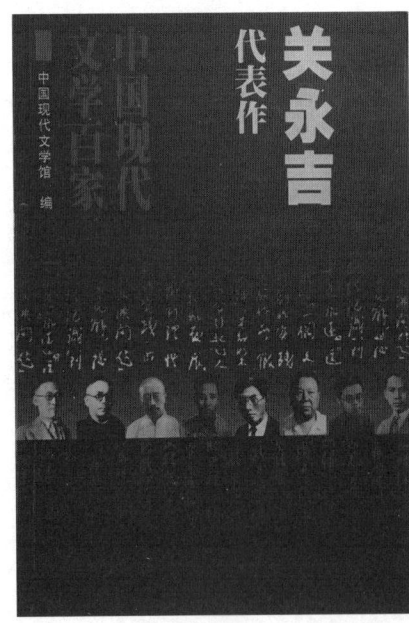

《关永吉代表作》书影

1999年10月,《关永吉代表作》作为中国现代文学馆主持编选的"中国现代文学百家"系列图书之一,由华夏出版社出版。该书由北京大学封世辉教授编选,选收他40年代初期创作的小说十四篇,另附录1933年发表在母校河北省立第一中学校刊《铃铛》第一期上的小说两篇,"从中可以看到他文学创作的起点及其所受左翼文学的影响,也可从中探讨他在沦陷区逆境中坚持新文学的方向,反对日伪控制文坛,提倡乡土文学的思想根源"(封世辉语)。他的小说多反映社会底层人民的艰辛、悲苦生活,折射出沦陷区人民的痛苦、困惑与不满。当年被列入"中国现代文学百家"的沦陷区作家,只有关永吉、袁犀和梅娘三人。

2000年4月,我得到关先生赠送的《关永吉代表作》。先生在扉页上写道:"此是四十年代初的作品,距今已五六十年。少年之作,幼稚可笑。现得被重印出版,又列入百家行列,与巴金、沈从文先生为伍,惭愧。张守谦记,二千年四月脑血栓整三年,仍不能站立。八十五岁矣。"

先生早年创作的反映乡土文学的作品,在半个多世纪后,能够重新被现代文学史家所发现、所重视,重新被"新时期"的文坛所认知,并且能够"列入百家行列,与巴金、沈从文先生为伍",先生虽然早已淡出文坛,但是从他的文字中,还是流露出淡淡的欣喜和些许的自豪。

四　祝福她"永远吉祥"

1998年7月,由刘叶秋、朱一玄、张守谦(关永吉)、姜东赋联合主编的大型工具书《中国古典小说大辞典》由河北人民出版社出版,定价128元。该书完成于1990年,共分四编,即总论编、文言小说编、话本小说编以及章回小说编。朱先生和张先生负责通俗小说条目的撰写、组稿、审稿、编辑工作。朱先生兼负责小说研究著作条目,张先生兼负责小说版本学条目。两位先生定期聚在一起讨论稿子,有时在南开大学朱先生家,张先生就走过去;有时在位于王顶堤的张先生家,朱先生便骑着自行车过来。后来,编辑辞典的工作完成了,他们定期聚会的习惯却仍然保持着。张先生告诉我,你有兴趣也可以过来,大家一起聊聊天,挺有意思的。考虑到我是小辈儿,不好去打扰老先生们,所以未敢贸然参与,却始终心向往之。

1998年末,张先生在寄给我的贺卡中写道:"《中国古典小说大辞典》已出版,样书十月份已见,而撰稿人赠书稿酬尚无说法,无法。"当初,我也有幸参与了一些词条的撰写,但书出版后,没有稿费,没有赠书,自己掏钱买这本大辞典,实在有困难。于是,我想到了向张先生借阅,承蒙先生毫不迟疑地应允:"拿去看吧。"这本样书拿在手里也是沉甸甸的,与张先生的信任一样沉甸甸。不久,李延年的评介文章《中国古典小说的百科全书》在《河北日报》发表,张先生给我寄来的复印件,我至今保存着。

20世纪末,某文学研究会中,有位秘书长名叫班永吉,经常寄会刊来,不仅字写得漂亮,而且每次都在信封末尾署上自己名字,给我留下深刻印象。一次,我告诉张先生,北京有一位与您同名的年轻学者,名叫班永吉。先生听后非常高兴,充满好奇。他说他的笔名关永吉,是为纪念初恋关姓女友而起的,意在祝福她"永远吉祥"。不知北京的年轻人怎么会与他起同样的名字,因此,他很想认识这位年轻人。还说如果他来天津,我可以带他过来坐坐。我爽快地答应了。当时张先生谈兴很浓,要说的话题很多,比如全国文坛,比如天津各大图书馆的藏书状况,无所不谈。谈话的随意性很大,关于"班永吉"的话题,也就过去了。

2001年春,处于偏瘫恢复期的张先生竟然在来信中询问:"北京另一位关永吉有何消息否?甚念。"读信后,我方明白,原来先生把"同名"理解为"同姓名",把"班永吉"听成了"关永吉",这就难怪他老人家对北京的"班永吉"那么感兴趣了。

五 永远的怀念

2008年10月28日,关永吉先生以九十三岁高龄在津辞世后,《今晚报》刊发了消息,称他是"抗日战争时期华北沦陷区乡土文学代表人物、著名现代作家",除介绍他的小说成就外,还谈到"其杂文'评判了沦陷区文化界的颓废、堕落和庸俗',以文笔犀利、健康著称;其文学评论则揭起乡土文学旗帜,'在抵制日伪文学统治和使沦陷区文学健康发展上作出了巨大贡献'"。

2009年10月28日,关永吉先生逝世一周年之际,《天津记忆》特别筹划出版了《勿忘关永吉——张守谦先生逝世周年纪念集》,收入关先生同时代人的追忆文章、学者的研究评论文章以及报刊评介文章,还附录了从各种文献资料辑录的介绍关永吉其人其作的《关永吉断片》。主编杜鱼撰写了前言,为这位"对现代文学有着独特贡献的天津作家"送上了家乡人民最真挚的纪念与敬重。

在华北沦陷时期,与关永吉一样在北平文坛有较大影响的作家梅娘,在《悼念》一文中回忆说:"那是个非常的年代,我们头上顶着日本占领者、傀儡华北政权的双重天穹:什么能说,什么不能说,这个拿捏的分寸,痛苦、艰涩、无奈,我们在锁着脚铐跳舞。"是智者关永吉提出了"乡土文学"的口号,"这个普世公认的爱家情愫逸出了审查者的鬼门关,为我们找对了书写的方向"。她回忆,"有一段时间,我们被情绪化的文坛定名为'汉奸文人',理由是'我们在日帝占领的文坛上说三道四,是为日帝粉饰太平'",对于这个伤害,"张守谦显露了罕见的明智与从容,他不作辩解,只是说:'请检查我的所有作品,白纸黑字,那是炎黄子孙的横颅,没有一丝大东亚共荣圈需要的媚骨。'张守谦又一次作了我们的表率。生存的艰难和政治上泼的污水都熬过来了,我们丧失的是长达廿二年无法握笔的无奈。这是种痛彻心肺的无奈"。

抗战时期的天津青年作家杨大辛,在怀念文章中说:"时人不识张守谦为何许人,殊不知,他在上世纪40年代如旋风般地活跃在北京文坛。那时是抗日战争时期,北京已陷于日本侵略者占领之下,某些卖身附逆的败类和颓废堕落的文痞,弄得文坛乌烟瘴气。但受压抑的爱国者并未就此沉默,他们以继承'五四'新文学传统为己任,挥笔上阵,张扬正气,抢占文化阵地,丰富与充实民众的精神生活。实质上是一场抵制日伪文化专制的斗争,张守谦就是这场斗争中的一员猛将。当时他就读于北京师范大学,血气方刚,才思敏捷,步入文坛后笔耕不息,大显身手。他写小说,也写杂文,更擅长文学评论,笔锋锐利,先声夺人。"

与关永吉结交七十年的老友张道梁深情讲述了他"喜读鲁迅作品,文笔也追求鲁迅风格",总结了他的杂文创作特色。

如今,《沦陷时期北京文学八年》《抗战时期的华北文学》《中国现代小说史》《天津文学史》等多部著作中,均设有专门章节论述关永吉先生的文学成就与贡献,"他获得了应有的理解与尊重","这是社会的承认,是合乎历史的鉴定"(梅娘语)。

(原载 2016 年 4 月 4 日、6 日、11 日、13 日、18 日《今晚报》)

从天津成长起来的女作家张秀亚

20世纪30年代中期,在天津文坛上,曾经出现过一位颇有影响的文学新秀,这就是在20世纪40年代末移居台湾,21世纪之初逝世于美国的女作家张秀亚。

一 在天津

张秀亚,祖籍河南,1919年9月16日出生于河北省沧县(今黄骅县)毕孟镇的一个小康之家。父亲常年在河北邯郸县署做官,母亲带着孩子们与公婆住在乡下。母亲出身于浙江山阴一个累世功名的官宦之家,识文断字,通情达理。因外祖父出仕北方,遂安家于河北。张秀亚后来的笔名"陈蓝",就取自母亲的姓氏。

1924年,祖母去世后,母亲

张秀亚照片

带着张秀亚移居河北邯郸县与父亲团聚。1925年,父亲卸任回到家乡。为躲避家乡变乱,一家人来到了天津,并过着愁苦的日子。这段生活使张秀亚有机会"接近了那些衣服上满了破窟窿的穷人","体味到他们生活的滋味"。半年后,父亲找到了新的工作,生活开始好转,张秀亚也得以进入贞淑小学读书。

1932年高小毕业后,张秀亚考入了河北省立第一女子师范学校。教国文的女教师时常鼓励学生们练习写作,而她在张秀亚作文本写的一些勉励的话,提高了张秀亚的写作兴趣。

1935年初,张秀亚开始在天津《益世报·文学周刊》上发表新诗和散文等文学作品。当她投寄的第一首短诗被刊出时,兴奋的心情难以言表。而收到第一笔稿费更是令她激动不已。20世纪50年代,她曾回忆说:"记得在一个初冬的黄昏,母亲同我在灯下晚餐,女佣拿进来一封信,是《益世报·文学周刊》编辑部寄来的,我的眼前顿觉一亮,打开来看,竟是一张八元银洋的稿费单,我那时真是喜极欲狂了,在高小的时候,我为《儿童周刊》写稿,曾得过一点稿酬,那不过是些信笺、信封和铅笔,如今想不到竟得到这样一笔稿费,在一个十五岁的孩子的眼中,那确是个相当大的数目,我那时因为过于兴奋,竟连晚饭也吃不下了。"

那时,《益世报·文学周刊》正由南开大学英文系的几位教授负责编辑。教授们爱惜人才,因此,张秀亚常常得到编辑的勉励。1935年7、8月间,她开始在天津《大公报·小公园》副刊发表作品;1935年9月,随着《大公报》文艺副刊的创刊,她又开始在《大公报·文艺》副刊、《国闻周报》等报刊上发表作品。她的笔名有陈蓝、亚蓝、张亚蓝、秀亚、心井等。除"心井"笔名只在台湾使用外,她的本名和其他笔名均在30年代的报刊上交替使用过,而使用最多的是"张秀亚"和"陈蓝"两个名字。1936年9月,天津进步文学团体海风诗歌小品社宣告成立。张秀亚成为该社的主要成员,并担任社刊《海风诗歌小品》(后改名为《海风》)的编辑工作。

张秀亚踏上文学之途,除了她的少年聪慧,更受到了家庭的影响。她对文学的爱好,最初得益于母亲。早在五六岁时,她就能学着母亲编一些故事,而且在母亲的鼓励下,逐渐养成了创作的习性。

此外,张秀亚还有一位"嗜书若狂"而又终生不第的舅舅,又有一位不幸早逝的"书痴叔叔",他们为她留下了许多诗书。这些为她打下了中国古典文学和诗词的功底。她曾回忆说:"做学生时,我自己曾有过一间清幽的书斋,春末夏初,草木渐长,窗里窗外,一片绿影,枝间叶底更时时传来几声鸟鸣,我独坐在窗前,乱掀着书页,开始惊讶学问的海洋是如此浩瀚。汲饮着其中一点一滴,心头有一种温润清凉的感觉。后来我常常想,如果世界上没有文字,没有图书,多少人的生活将变得寂寞难堪,多少灵魂将饥渴以死呵!……读了这些书,黝暗的心宫得以照明,衰颓者得以振奋,悲苦者得以乐观,愚懦者得以坚强,这些书,确可以当得起 T. V. 史密斯所赐的嘉名'罐装的维他命'而无愧。"

当然,对张秀亚影响最大、最直接的还是她的哥哥张振亚。张振亚出生于1912年,1935年毕业于北平师范大学西方语言文学系,是当时文坛上活跃的青年评论家,曾在天津《国闻周报》发表了《评〈日出〉》《评〈崖边〉》《读〈批评论〉》等许多评论文章,还参加了天津《大公报·文艺》副刊组织的关于"书评"的讨论。抗战爆发后,张振亚与同学一起毅然南下,投身革命工作,后来到了延安,在延安的《文艺战线》等刊物上发表了《评田间底近作》《读〈边区自卫军〉》《从严肃到文艺》等许多评论文章。50年代后,他任青海民族学院中文系教授。张秀亚能够在30年代末,选择读辅仁大学西语系;40年代初,不恋家庭、父母,毅然到大后方从事革命工作,都与哥哥的影响不无关系。

张秀亚先是对儿童文艺书籍产生兴趣,以后又喜欢文学作品。她贪婪地读着各种文学书籍,还常常饿着肚子省下自己的早饭钱去买书读。在师范学校的六年里,她读了冰心那"明珠般晶莹玲珑的句子",读了"有青果味的苦涩憔悴的庐隐的作品"。而她自己"因为受经济的压榨,少年绯红色的心上竟早早染了秋天的色调。心头上浮着阴云,心底上常埋伏着重愁",这使她对庐隐的作品产生共鸣,成了一个"遁世者",每天沉湎于白日梦中,用梦来温暖、超脱和欺骗自己,于是,她"写成了一些像湖水、叶片一样,只有光丽轻倩的外形,缺少灵魂的文字"。不过,这个酣迷、梦幻的时期很短暂。

后来,张秀亚读了辛克莱的《石炭王》《屠场》和高尔基的作品,思想受到极大震动,使她从"灰色氛围"中解脱出来,明白了在世界辽远的角落里,尚有比自己更凄惨的人。与此同时,她得到了一位"师傅"的指教,这位被称作"师傅"的人,实是一位与北方"左联"有关的进步作家。这位"师傅"不仅告诉她如何写作,而且教她如何做人。"师傅"带着她去看金汤桥下飘来的浮尸,去看三马路上携着柳条篮子、眼睛红肿的女工,教她正视现实,体味大众的苦难,使她看到了世界的真面目,劳苦大众的叫喊、哭声逐渐在她耳边高亢起来。残酷的现实将她那美丽的梦的王国轰毁了,她察觉到自己以往的错误,"明白那隐士的态度是不合理的",从此,不再躲在花丛里寻甜梦,"立志在生活战场上做一员骁将"。此后,她专拣"有辛辣作风,铺陈着广阔人生画面的作品"来读。她感到"一道银流的天河,虽然美,但终究不是人间的。滔滔的黄河泥浪,才应是我们眼光的凝聚点。魏尔伦、王尔德、高蹈派的作品只能令我们插了幻想的翅翼,高飞到另一玄妙境界,却不能给我们生活的实感"。这种认识,使她"跳出了那

'艺术至上'的圈套",开始正视起现实。为了创作更"结实一些的作品",她要求自己"寻求粗糙艰苦的生活",深入劳苦贫穷的大众里,奔向凄暗的角落,用笔揭出大众的悲苦、世界的残酷,在黑暗中为大众鸣不平。这时,她感到有一种不可抗拒的力量,迫使她握紧笔杆去写作。

从此,张秀亚有了明确的创作思想,她说:"我以为创作要等候灵感的到来,只是守株待兔的愚盲举动。况且,凭着一时感兴创作出来的作品,最多只是以文学为个人感情发泄的工具。惟有那扬起一只手臂,向人海最深处,从广阔的人群中,提取作品中的人物,抽绎出大众的共通的情感,才是与时代戚戚攸关的作品。笔杆局促于个人悲喜的小小天地中,不是创作的正轨。一个有着博大胸襟的文艺者,他的笔不是为传达自己,他还有着更重要的使命。"

认准了自己的创作方向后,张秀亚的意志无比坚定。她说:"虽则愁苦的黑云压在我的头上,贫穷的石块撞着我的心,我仍要以支持巨厦的柱石自命!虽则风是暴烈的,雨是狂骤的,但我不肯呈出弱柳般欹斜的姿势。即使有时我睡眠,那是为了清醒;躺下,是为了起来;休憩,是为了要走更长的路。"

在张秀亚做师范生的1935至1936年间,她发表小说十三篇,散文八篇,诗歌七篇,评论六篇。对于一名中学生来说,这已经是很了不起的了。1936年12月,海风社为社员们编辑出版"海风丛书",张秀亚的第一部短篇小说集《在大龙河畔》被列入丛书第一辑,初版时即印了1 500册,由当时的北方文化流通社发行,上海杂志公司经售。此时,她还不满十八周岁,却已成为我国北方最年轻的女作家。

短篇小说集《在大龙河畔》收入了张秀亚1935至1936年间创作的包括《自序》和《我的自白》在内的十五篇作品,大多在报刊上发表过。正如她自己所说:"这集子中,缺少美丽线条,繁富色彩。篇章中既不曾组织一个理想,字句也缺少眩目的光泽。"然而,它却摄下了那个畸形社会——天津贫民区一幕幕的悲剧镜头。如技巧比较圆熟的短篇小说《碾》,描写了天津某条街上一个"受尽了人间苛待的人",一个内心"充满了忿慨悲哀的人"被黑暗社会碾轧得无法生存的故事。作者所描写的这条街上不仅有"寸深的大车轮辙,可以掩埋了行人脚背的厚土;在墙根下,道旁边正不乏有着干硬或稀湿的粪便与碎瓦罐片和砖头"。而"将家安置在这街上"的,"都是卖烤山芋的,拉人力车的……或更艰苦的人。他们的生活是没有人注意的,关心到'他们这条街'的自然更没有人了"。作品中的"二伯"是"一个被时间侵蚀去力与热的老年人",是个凭心给人家干活的忠厚人,是个"总觉着别人的肉贴在自己的大腿上不合捻儿"的耿直人,而在那个社会处处被"挤"被"毁",最后连饭也混不上了,老伴儿也因气、饿而死。作者描述此时此刻的"二伯","在这幽暗的光影里,我看见他在用力的咬着上唇,双手紧紧地握住,他似乎在抑制着几乎可以自己发狂的愤怒,肌肉松弛的脸上,做着可怕的痉挛"。可见作者观察之深刻,描写之细腻,感情之真切。然而,作品中有的是愤怒,缺乏的是反抗的力量。小说《在大龙河畔》《偎依》等作品所反映的生活侧面,基本与《碾》属同一类型。

小说《瞎眼睛》描写一个瞎了一只眼睛的小姑娘,在家里遭到重男轻女的父母的歧视和虐待,连她的小弟弟也敢欺侮她,骂她"瞎眼睛";在外面,又受到邻居们的嘲弄,没有人理解她。她恨透了他们,她想反抗,可是她没有力量,因为她是一个弱女子,是黑暗社会最底层的人,是封建社会的牺牲品。她的一生是一个悲剧。作者大胆地为这些童年的小伙伴鸣不平,呼喊出她们潜藏在心底的悲苦,用笔画出了她们"缺乏色素的脸"和"圆大的泪颗"。小说《杏子》同属这一主题范畴。

稍晚一些时候创作的小说《母亲》,描写了老母亲惦念着下工后久久不回家的儿子,以为儿子去"荒唐了",原来因为工厂不发工资,母亲的儿子组织工人闹罢工被捕了。在这篇小说中,作者运用了类似鲁迅《药》的笔法,罢工、被捕之事都用暗笔写出。虽然写得比较隐晦,但是,它毕竟反映了工人反抗剥削的声音。

张秀亚的第一部短篇小说集不仅是成功的,而且是成熟的。她有着灵敏的感觉和精细的观察力,她的作品有浓重的诗的情调,她是一位有着诗人性格的小说家。她的作品风格独具,意境深远,且能纯熟地运用天津方言,使作品具有浓郁的地方特色。她的创作充分表现出了她的文学天赋,曾受到凌叔华等著名作家的赞赏。

张秀亚也曾有写作长篇小说的打算。1936年末,她在听了朋友讲的"一个忠厚的老人""悲惨得能叫人整夜流泪"的故事后,感触很深。她的社会责任感使她产生了要写一部长篇小说的念头,而且拟好了篇名《烟》。她说:"在《烟》里,也许有苍老的松柏,连绵淡灰的远山,这凄凉的景色,陪衬着人物悲剧的性格。"她说:"人间的一切,都可以拿战斗来诠释。写暴力的压迫,写被损害者的反抗,写力弱者失败后的偃倒,我认为都是一样的。《烟》里的主角,便是这一个拥有忠厚性格,被人推倒了的老年人,大力者含着恶毒的笑来哄骗他,给了他一个肥皂泡似的希望,这个可怜人,却没认出这希望是永不会兑现的。至死,还认这个希望是一个有兑现可能的。嗟叹着:'希望像烟,一会儿便消灭了。'悲剧处在于他不知怨恨那给他假希望的人,误认无辜的一股风是吹散他希望的!""对这老人,我付给他了怜悯、同情与爱。我是以烟雾弥漫的心情,来写这《烟》的。"最终,这部计划中的长篇小说没有问世。

张秀亚不仅有旺盛的文学创作力,而且有很高的文学鉴赏力。她在文学创作之余,也写了许多文学评论文章。如对张天翼的小说集《团圆》、芦焚的小说集《谷》、方玮德的《玮德诗文集》、李广田的散文集《银狐集》等,她都及时写出了书评文章,发表在《大公报·文艺》副刊和《国闻周报》等天津的报刊上。她还以"陈蓝"笔名在1937年1月4日的《国闻周报》上,发表了综述文章《一九三六年中国小说之动向》。该刊编者在《编辑后记》中,称"《一九三六年中国小说之动向》一文是一篇值得赞许的力作,也可以说是去年创作界成绩的总清算"。评论家李影心在《我所见到一九三六年间的创作》一文中,对陈蓝、葛琴等几位青年作者的写作也给予了关注,称赞他们的作品"也蕴有新奇的希望的光芒"。

1936年6至9月,著名剧作家曹禺的第二部剧作《日出》在《文学季刊》分四期连载发表后,担任《大公报·文艺》副刊编辑的萧乾便及时而又热情地在自己主编的副刊上,推出了两期集体批评《日出》的专刊,发表了茅盾、叶圣陶、巴金、沈从文、朱光潜、靳以、黎烈文、陈荒煤、李广田等十五人的评论文章,从不同角度、不同侧面对《日出》作了分析和评价。当时,萧乾在向名家组稿的时候,没有忘记给天津的文学新秀张秀亚留出一席之地。于是,在1936年12月27日的《大公报·文艺》副刊上,张秀亚以"陈蓝"笔名,发表了评论《日出》的文章《戏剧的进展》。她从作品的内容到作品的意义,将曹禺的《雷雨》和《日出》两部作品进行了多方面的比较,发表了很有见地的评论。

1937年,同样在《大公报·文艺》副刊上,曾经引发了一场关于书评的讨论,叶圣陶、巴金、李健吾、朱光潜、李长之、张天翼、施蛰存、艾芜、常风、杨刚等都参加了这场讨论。张秀亚也以"陈蓝"笔名,在1937年5月12日发表了《关于书评》一文,阐述了自己的见解。她认为"一个写书评的人,肩上有着沉重的负荷"。"对作者,他得是个难遇的知音","对读者,他可又得像是一个细心的植物学教师,……一壁分剖,一壁还得解说、诠释,找出那微妙,寻出那作用,记出那特征,寻出那根源,指明用处,评定价值,义务才算尽到。同时,他还得是热心无匹的向导,指点游人,使他们得领略那园林之趣、丘壑之美"。"一篇文章,靠了他的解说,才得字字生辉,给读者新的愉快,蕴藏在文章中的智慧、思想,以前涓滴未出,却能经他的疏引而淙然奔流了"。她认为:"理想的书评,是用欣赏的态度,用想象发现那作者心灵的秘奥,用理智去鉴定那作品表现的方式,去评判作品的价值。作品的外形、内涵,各不忽略漠视,各用不同方法去处理对待。"她的文学天分使她有了足够的胆识,让自己从天津《大公报·文艺》副刊中脱颖而出。

张秀亚在天津《大公报·文艺》副刊发表作品,深得该刊编辑萧乾的赏识,给他留下了深刻印象。1986年10月10日,著名作家萧乾在美国纽约与台湾传记文学社社长刘绍唐会面时,他没有忘记请刘绍唐代为问候在台湾的张秀亚等好朋友,祝他们身体健康,并盼望老朋友们能够早日聚首。

张秀亚对创作有独到的见解。她在谈到自己为什么要写作时说:

> 写作,我认为是神圣的工作,爱的工作。
>
> 我写作,是基于爱——对世界,我怀有温爱;对人,我有一份爱心;对文字,我更有着不可遏制的爱好。爱,如同一阵和风,撩拨着我内心的弦索发出了声响,这心灵的微语,就是我的诗文。
>
> 我写作,可以说是向读者朋友诉心,我希望当我的心灵

与读者朋友的心灵,在文字的桥梁上相遇,会迸放出火花——他们感到愉悦、振奋,受到感动,果能如此,我会流下喜悦的泪点,我觉得我的生活有了意义。

张秀亚自1925年随家迁居天津,至1938年考入北平辅仁大学,她在天津生活了十三年,可以说她的青少年时代是在天津度过的。她对天津的感情是深厚的,天津留给她的印象是深刻的。在她晚年轻盈、优美的散文中,记载着她对天津白河、白河上的小木筏和那临河而建的小学校的眷念。她怀念"水蓝草碧的墙子河"和西沽的桃树林,就是那鸣蝉的喧哗声也时时萦绕在她耳边。她曾回忆起学生时代在天津,"和同学们常在假日坐了白河上的小木筏去西沽,在那桃林里散步,拾取满地的落英"……

二 在北平

张秀亚从河北省立第一女子师范学校毕业后,做了小学教师。1938年,她考入北平辅仁大学中国文学系。次年,为了满足自己旺盛的求知欲,转入西语系就读。在校期间,她仍然是文学创作的积极分子。1939年,她与辅仁大学、燕京大学的几个爱好写作的同学一起,组织了一个业余文艺团体"文艺座谈会",每月聚会一次,互相交流创作经验和读书体会。他们深感沦陷后的北平文艺界的荒凉,为了激发同学们的爱国心志,锻炼大家的写作能力,提高写作水平,他们共同创办了大型文学杂志《文苑》季刊,得到了当时有风骨气节的教授们的支持。然而,出版经费紧缺,发起人不得不自掏腰包,一些教授也慷慨解囊,杂志这才得以出版。鉴于此,辅仁大学决定自第2期起,由校方担负印刷费,于是,《文苑》也就变成了正式的校刊,改名为《辅仁文苑》。

张秀亚与国文系的李景慈(即林榕)等承担了主要的编务工作。她在该刊先后发表了《珂萝佐女神》《海沤》《梦之花》《白鸟的归来》《梦中的故事》等中、短篇小说和《〈幸福的泉源〉序》以及长诗《水上琴声》等。

当年的一首五百行的故事诗《水上琴声》曾经轰动了北平的文坛。那是张秀亚初进大学的冬夜,在"一灯如豆,炉火不温,同学们都已睡去"的时候,她自己"冒着瑟瑟的寒风,在走廊上灯月交辉的一片清冷的光影之下"写就的。她借助想象,在诗中写了一些悲哀的故事。她承认受爱伦坡的影响甚深。张秀亚自幼喜欢读诗,更喜欢写诗。她忧郁的心性和喜爱大自然的性格,使她的诗更多地侧重于写景和抒情,细腻、柔婉、清新是她的诗的特点。后来,随着年龄的增长,她很少写诗了。但是,她对诗的喜爱却是始终不渝的。她认为:"诗是少年人写的,自己入世渐深,心中早已失去了当年的单纯,已不配请诗神来居住其中。"于是,她开始更多地转向散文和小说的创作,她认为这"多多少少是诗的延伸"。

1939年和1943年,她的《皈依》《幸福的泉源》和《珂萝佐女神》三个中篇小说分别出版了单行本。1942年,她在辅仁大学毕业后,得到系主任英千里的鼓励,考入了该校研究所史学组,同时担任了该校的编译员。1943年初,她辞去助教的工作,怀着满腔爱国热情,与两位女同窗结伴,辗转奔赴山城重庆,接任了《益世报》社论委员及《语林》副刊编辑的工作。在那里,她认识了风流倜傥的于犁伯,并很快与他结了婚。婚后的三年间,为了料理家务,她不得不暂时告别了笔砚,抛置了书卷,然而,由于双方性格的迥异,"挚情"仍然未能挽回一颗"出走"的心灵,婚变不可避免地发生了。抗战胜利后,她回到北平,在母校辅仁大学任教三年。为了摆脱婚变的阴影,1948年冬,她带着两个幼小的儿女背井离乡,搭船辗转去了台湾。她承认是自己"固执而盲目的,将自己投入那'不幸婚姻'的枷锁,如今落得负荷了家庭重载,孤独的颠簸于山石嶙峋的人生小径,幸福婚姻的憧憬,如同一片雪花,只向我作了一次美丽的霎眼,便归于消溶"。

三 在台湾

到台湾后,张秀亚先是以写作和翻译的稿酬维持生活。1952年,她出版了到台后的第一本散文集《三色堇》。1958年,她应邀到台中市静宜女子英语专科学校任教,长达七载。1965年,辅仁大学在台北复校后,她应邀出任文学研究所及大学部文学教授,直至退休。其间,她还曾应邀到美国讲学。

在繁忙的教学之余,张秀亚始终坚持文学创作,先后出版了《牧羊女》《湖上》《湖水·秋灯》《白鸽·紫丁香》《曼陀罗》《海棠树下小窗前》《诗人的小木屋》《我的水墨小品》《那飘去的云》《秋池畔》等散文、小说和诗集,出版了《圣女之歌》等译作以及《西洋艺术史纲》等学术专著。她的散文集《北窗下》曾获得台湾首届中山文艺奖和台湾文艺协会首届散文奖等。她的很多作品还被翻译成英、法、韩文出版。

20世纪90年代,为了与旅居美国的儿女团聚,张秀亚移居美国洛杉矶,被洛城作家协会聘为顾问。她也曾获得亚洲华文作家协会文学贡献奖,洛杉矶橙县中华文化协会文学成就奖,洛杉矶作家协会文坛导师奖。2001年6月29日,她在美国加州橙县医院病逝,终年八十二岁。因为她终生信奉天主教,被安葬于洛杉矶罗兰岗天主教"天堂母后"墓园。美国国会图书馆收藏了她的全部作品。

张秀亚去世后,她的儿女于金山、于德兰为纪念这位不平凡的母亲,弘扬她为文学事业所做出的贡献,发起成立了"张秀亚文学创作基金会"，以鼓励青少年对文学的喜好和研究，促进东西方文学交流；同时，在大专院校设置相关的文学讲座，并着手编辑《张秀亚全集》和《张秀亚纪念文集》等。

　　写作生涯长达七十年的张秀亚不仅是台湾地区当代著名女作家，而且是我国20世纪著名女作家之一，祖国大陆也尽有她的知音。1987年6月，陕西人民出版社出版了《张秀亚作品选》，收入散文、小说、诗歌、创作自述以及评论文章百余篇；著名作家严文井为该书写了小引。1988年5月，四川文艺出版社出版了张秀亚的散文作品选《快乐的奥秘》；1993年10月，长江文艺出版社出版了"台湾当代著名作家代表作大系"，其中有张秀亚的《杏黄月》；1996年10月，人民日报出版社出版了"名人名家书系"，其中有张秀亚的作品选集《月依依》。

　　张秀亚在天津十余年的生活，为她终生从事文学创作和文学研究奠定了坚实的基础。她在台湾生活的几十年里，曾经出版了数十本散文和小说集，而她早期作品被收入集子保存下来的，却寥寥无几，这不能不说是个遗憾。

（原载2005年《天津文史资料选辑》第2期）

解放区文学研究的促进者
——怀念石坚同志

转眼间,我们崇敬的石坚同志去世已经两年,而他的音容笑貌却常常浮现在我眼前。在天津市解放区文学研究会成立的三十年里,石坚同志担任顾问就有二十八年,我们组织的许多研讨会、座谈会,都留下了他的身影。

2008年1月22日,我们与天津日报社等五单位联合举办《劳荣文集》出版座谈会。石坚因病未能出席,派秘书送来写给解放区文学研究会会长张学新和劳荣之子李海燕的亲笔贺信,书写在六页八行笺上。会议当场宣读了这封贺信:

学新同志并转

海燕同志:

你们好!与会的朋友们好!提前给你们拜年!

我本来打算参加劳荣同志作品的首发式,但因患流行性感冒,而且传染了我的老伴和儿子,市人代会开幕式我也请了假,今天的首发式,我就不参加了,好在有李夫同志代表《天津日报》老同志前去祝贺,请你们多多原谅!

我虽然没有和劳荣同志一起工作过,但我知道他是一位学识渊博的学者、作家,精通几国语言的翻译家。他在《天津日报》副刊组工作期间,和方纪、孙犁、邹明、李牧歌等同志一起勤奋工作,不但为副刊和"文艺周刊"做出了贡献,而且培养了一批文艺人才。劳荣同志功不可没,《天津日报》和天津文艺界的同志们都钦佩他的敬业精神和谦虚谨慎、含而不露、深藏若虚的品格。

劳荣同志还为新闻界培养了优秀的接班人海燕同志。我至今不忘《中国青年报》对《天津日报》的支持。《中国青年报》曾用一版整版篇幅,全文刊登了《天津日报》记者采写的长篇报告文学《刮刀落地》,在全国青年中引生巨大反响。我个人离开《天津日报》后曾向中青报推荐过人才,得到海燕同志的支持,后来虽因故未成,但我和推荐的那位同志对海燕同志和中青报都十分感激。

最后,祝首发式圆满成功,祝海燕同志和劳荣全家新春愉快!敬颂
冬安!

石坚
一月廿二日

石坚同志的信诚恳、谦和、周到,对劳荣的评价客观公允,对李海燕主持的《中国青年报》与《天津日报》的合作表达了感谢与感激。这封信使座谈会的话题更加丰富。

石坚同志是一位有着七十六年党龄的老党员、老革命、老领导,却又那么平易近人,对于解放区文学研究会的事情,更是有求必应。2008年年初,社会团体年检时,我们被告知组织机构代码证已经过期,需要交纳罚款才能补办。一个群众组织的活动经费始终是困难重重的,无奈之下,只好去找热心的石坚同志帮

忙。他听明白事情的原委后,立即给质监局局长写信,说明"市[解放区]文学研究会代码证过期,需交罚款。因该会经费困难,请考虑可否给以减免？屡次麻烦您,实在抱歉"。局长很年轻,石坚同志很客气。有石坚同志说情,问题得以解决。为记住这次的经历,我保存了石坚同志手书复印件,每次翻阅,心中都感觉暖暖的。

2005年9月8日,为纪念抗日战争胜利六十周年,继承和发扬战争年代的革命文艺传统,我们与天津市文联、天津市作家协会等单位联合召开了方纪文学研讨会,石坚出席并讲话,对方纪的文学成就给予了高度评价。会后我们编印了《方纪文学研讨会论文集》。

2006年10月16日,为纪念天津市作家协会成立五十周年,我们与市作家协会等单位联合召开《天津作家纪念文集》出版座谈会,石坚由秘书陪同出席并讲话,感谢我们编印了这样一本为天津已故作家留存真实生动历史足迹的书,他称赞这项工作很有意义,希望能把它继续下去。受他的激励和鼓舞,我们真想很快就能编印出第二集、第三集来,以不辜负他的期望。

2007年5月21日,我们五个单位联合召开纪念毛泽东同志《在延安文艺座谈会上的讲话》发表六十五周年座谈会,石坚出席并讲话,谈到文学艺术作品在战争年代曾经发挥了鼓舞人民、教育人民,打击敌人、消灭敌人的作用,在构建社会主义和谐社会的今天,文学艺术作品的时代使命更加庄严与神圣。我们应该沿着《讲话》的精神继续走下去,通过各种艺术方式讴歌人民、昭示光明、凝聚力量、鼓舞人心,激励人民为建设社会主义和谐社会发挥重要作用。他还即兴演唱了《兄妹开荒》等延安时期脍炙人口的歌曲,把座谈会的气氛搞得十分活跃。

2012年4月,天津市解放区文学研究会会长张学新去世后,

2012年6月,石坚在张学新同志追思会上讲话

石坚不仅出席了张学新同志追思会,还发表了悼念文章《为解放区文艺放光彩——记张学新同志片段》,称张学新是在毛泽东文艺思想指导和鼓舞下成长起来的剧作家,解放区文学研究的开拓者、组织者,满腔热情、不知疲倦的文艺活动家,他终生坚持毛泽东文艺思想,践行新时期党的文艺路线,为革命文艺和社会主义文艺事业做出重要贡献。赞美他把自己的艺术生命同社会主义文化建设事业紧紧联系在一起的高尚品格。

在我的印象中,石坚同志总是慷慨激昂、充满朝气与活力。他灿烂的笑容充满阳光,他热情洋溢的讲话充满激励。他从不吝惜用最美好的语言去赞扬为解放区文学研究事业做出贡献的老战友和接续前辈事业的年轻同志。他生命不息,战斗不止。他为促进解放区文学研究事业做出了重要贡献。

(原载2016年5月9日《天津日报》)

张学新的解放区文学研究

张学新,1937年参加革命,他是在抗日烽火中锻炼成长起来的革命文艺战士,又是拥有七十二年党龄的优秀共产党员,在文学创作及其解放区文学研究方面都颇有建树。

十六岁时,张学新被派到华北联合大学学习文艺理论和文学创作知识,在晋察冀根据地,他运用秧歌剧、活报剧、河北梆子、快板剧、小歌剧和话剧等多种戏剧形式,创作剧本三十余部。其中秧歌剧《万年穷翻身》、河北梆子《变不了天》、快板剧《发土地证》等作品,在战争年代印刷条件十分困难的情况下,仍得以在报刊公开发表或出版,不仅激发了根据地人民的革命斗志,而且保留了战争年代人民群众的生活风貌和创作者的生活足迹。

张学新

1949年1月，张学新跟随解放大军进入天津。1950年10月，为了能够胜任新中国的文艺建设工作，他被选派到北京中央文学研究所学习。三年后回津，他先后担任天津市文联党组成员、秘书长，兼任中国作家协会天津分会秘书长、天津人民艺术剧院副院长等。在从事行政领导工作的同时，他还创作发表了多部剧本、散文、诗歌等文艺作品，并积极致力于文学研究和文艺评论工作。他与王雪波根据天津搬运工人的真实生活执笔创作完成的著名话剧《六号门》，已被载入当代文学史册。

张学新是文艺战线的辛勤园丁，是不知疲倦的文艺活动家，是在毛泽东《在延安文艺座谈会上的讲话》精神指导和鼓舞下成长起来的剧作家和《讲话》精神的忠实捍卫者。他的创作均取材于人民的现实生活，从不同角度反映了历史转折时期出现的新问题、新情况，再现了不同历史时期、不同地域、不同群体生活的真实面貌。他始终保持着旺盛的革命激情，坚持弘扬主旋律，把自己的艺术生命同社会主义文化建设事业紧密联系在一起。

20世纪80年代初，他在天津社会科学院文学研究所任副所长期间，一心致力于解放区文学研究工作。他认为，在改革开放新时期，科学地总结解放区文学的光辉成就和宝贵经验，继承和发扬革命文艺传统，是文艺工作者责无旁贷的历史使命。他从熟悉的晋察冀文艺研究起步，创办了内刊《晋察冀文学研究》，带领年轻科研人员搜集、整理、出版解放区文学史料，撰写研究文章，著述甚丰。其中《晋察冀文艺运动大事记》曾获得天津市哲学社会科学优秀论文奖，《晋察冀文学史料》《聂荣臻元帅与晋察冀文艺》等著作曾获得中国解放区文学研究优秀成果奖。他还主编出版了《晋察冀革命戏剧史料》《创造新世界的文学》《征战之路，文学之路》《让历史告诉未来》《琼崖聚首话文学》《人民文艺的世纪历程》《方纪文学研讨会论文集》《文艺战线子弟兵》《岁月如歌——纪念群众剧社成立七十周年(1938—2008)》等数十部有关解放区文学、艺术研究的专著,认真总结了解放区文学运动的经验,对于继承革命文艺传统,繁荣发展具有中国特色的社会主义文艺起到了积极作用。

离休后的张学新始终继续为解放区文学研究事业做贡献。1985年9月,为纪念抗日战争胜利四十周年,他在天津发起并召开了全国第一届解放区文学研讨会,组织成立了中国解放区文学研究会,担任常务副会长,主持研究会的日常工作。随后的几年里,他在河北、陕西、山东、湖南、江西、海南等省主持召开了多次学术研讨会,对解放区文学研究在全国范围的展开起到了积极的推动作用。1986年,他发起成立了天津市解放区文学研究会,组织开展对老作家、老艺术家革命创作道路的学术探讨与纪念活动。在编辑《中国解放区文学书系》过程中,他邀请康濯、阮章竞、胡可、雷加、黄钢等著名解放区作家挂帅,与天津社会科学院文学研究所合作,最终完成了九编二十二卷本《中国解放区文学书系》,共计一千四百余万字,收录了从土地革命到新中国成立前夕,各革命根据地文艺运动、文艺理论及各种形式的优秀文学作品数千篇,首次完整、系统、全面地将解放区的优秀文学作品集大成,也使天津在这一领域的研究走在了全国的前列。

为了广泛宣传天津解放区作家的文学佳作,提高青年的思想素质和文学修养,他组织天津市解放区文学研究会的会员参与主编了两套"青年文学读物",其中的"红雨文丛"分别介绍了孙犁、梁斌、王林、方纪、鲁藜、袁静、孙振七位作家的作品,"红雨文萃"分别为有着丰富革命经历的方之中、陈洁民、何迟、王雪波、杨润身、万力、王昌定、柳溪八位作家编辑了作品文选,还为两套文学丛书分别召开了出版座谈会,大力宣传老作家们的文学成就。

他在《七十述怀》中写下"万里征程未下鞍"、"为民驰骋终生愿,老马奋蹄不需鞭"的诗句。他也曾为他所要做的事情运筹帷幄,未雨绸缪。为纪念作家王林诞辰一百周年,他提前数年拟好了报告,与天津市作家协会联合向天津市委宣传部申请资助,出版了七卷本《王林文集》,为保存抗战以来王林创作的革命文学作品,深入研究其文学创作的艺术特色,丰富解放区文学创作宝库做出了贡献。

贺敬之这样评价张学新:"(他)坚持毛泽东文艺思想,践行新时期党的文艺路线,为革命文艺和社会主义文艺事业作出了重要贡献。"张学新严以律己,宽以待人,认真做事,踏实做人,始终保持着朴素的共产党人的本色和作风。"老骥伏枥,志在千里;烈士暮年,壮心不已",是他人生最后 30 年的真实写照。

(原载 2012 年 6 月 25 日《中国社会科学报》)

书的故事

京师图书馆失窃案

1925年9月4日,京师图书馆的一部宋刊本《东坡先生和陶渊明诗》失窃,该书为苏东坡晚年所作的追和陶渊明的诗作,窃书者为北京某名牌大学的学生李俊。他是在图书馆阅览室阅读善本书的过程中,趁值班人员不备窃走的。傍晚,当值班人员发现书不见时,李俊已离开图书馆多时。此事令值班人员大惊失色,立即打电话向该馆主任徐森玉报告。徐即刻赶到馆里,派人四处查找而无所获。于是,速以公函上报警署。署长午夜时分才派人来履行勘查任务,直查问到凌晨两点。

次日清晨,徐森玉主任早早到馆,继续派人到隆福寺、琉璃厂一带访查,得知窃书者昨夜已携书到厂肆求售。徐主任立即派人续作公函,向琉璃厂所属区域警署求援,请其协同缉查窃书者。同时,函请某名牌大学舍监胡墨青先生协助查访窃书者。

俗话说,好事不出门,坏事传千里。京师图书馆宋刊本失窃的事很快在业内传开。9月6日,版本目录学家、藏书家李盛铎先生已得到确切消息,失窃之书已由琉璃厂古籍书肆文德堂主人韩逢源收购。既然丢失的书已有了着落,那么当务之急就是赶紧筹钱赎书了。可是,那时的京师图书馆资金十分紧缺,连工资都不能保证按时发放。关键时刻,著名藏书家、版本目录学家和校勘学家傅增湘先生慷慨解囊,以三百元钱从文德堂代为赎回所失之书,为京师图书馆解了燃眉之急。

随后,徐森玉主任又为还款的事费了心思。经过研究,决定由出事当日的轮值收发馆员谭新嘉、邓高镜分摊赔偿三百元,对执行收发遗失出门证的录事李堃停职或记大过一次。徐森玉将处分馆员的意见,连同宋刊本失窃复获的呈文以及赎回的善本书,一并报请教育部审核。

同年9月29日,由教育总长章士钊签署的关于处分善本图书被窃有关人员的教育部指令连同审核过的善本书,一同发送到京师图书馆,处分馆员的意见得到教育部的认可。以当时的工资而论,这个惩罚是比较重的了。他们不吃不喝,也要几个月才能还清呢!这就是当时京师图书馆失职人员所付出的代价。此后,除馆员谭新嘉仍留任外,其余二人均失去了图书馆的工作。

教育部对呈核之"宋刊本《东坡先生和陶渊明诗》一册"也予以认真审核,承认"确系原书",要求京师图书馆"妥慎庋藏",接受教训,加强管理,切勿再出疏漏。章士钊总长签署的这份教育部指令,收在《北京图书馆馆史资料汇编》中。而宋刊本失窃这段往事,则是从俞平伯先生家藏了八十余年的俞泽箴日记手稿中读到的。俞泽箴是平伯先生的堂叔,当时正在京师图书馆任职。他的日记终止于他辞世的1926年。

(原载2013年6月13日《今晚报》)

《红楼梦辨》的奇遇

俞平伯早期红学论著《红楼梦辨》问世已经数十年了,谁能想到当年这部书稿也曾有过一段失而复得的经历呢。1923年初,顾颉刚在为《红楼梦辨》所作序言初稿中,曾记下了这段往事。

1922年5月底,俞平伯带着已经完成了一半的《红楼梦辨》手稿,从杭州到苏州去看望顾颉刚,并商谈书稿的事。顾颉刚便邀请同乡好友王伯祥、叶圣陶和俞平伯同游石湖。顾颉刚后来在序言初稿中回忆道:当时平伯"急于回杭,下午船到胥门,赶乘马车到车站。这稿件是他一个多月中的精力所寄,所以他不放在手提箱里而是放在身边。马车行过阊门,他向身边摸着,忽然这一份稿子不见了。这一急真急得大家十分慌张。我说:'马车倒回去吧!看路上有没有纸包。'伯祥主意好,跳了下去,对准迎面来的人的手里看。一路过去,他忽然远远看见有一个乡下人,手里拿着报纸包着的东西,就上前问道:'这是什么?'拿来一看,果然就是平伯的稿子!于是他抢了回来,大声喊道:'找到了!找到了!'我们都上了马车,我笑着对平伯道:'你的稿子丢了,发急到这样,古人的著作失传的有多少,他们死而有知,在九泉之下不知如何的痛哭呢!'平伯道:'倘使我这稿子真的丢了,这件事我一定不做了。'"多么精彩的记载,可惜顾颉刚在定稿时偏偏删去了这一段,致使此事至今几乎无人知晓了。

80年代末,俞平伯的表弟、团结报社社长许宝骙也曾忆及失稿往迹,他说:"当年平伯以三个月之努力写完他的《红楼梦辨》,精神上一轻松,兴兴头头地抱着一捆红格纸上誊写清楚的原稿,出门去看朋友,大概就是到出版商家去交稿。傍晚回家时,却见神情发愣,废然若有所失,不料竟真有所失——稿子丢了!原来是雇乘黄包车,将纸卷放置座上,下车忘记拿,及至想起去追时,车已扬长而去,犹如断线风筝,无处寻找了。这可真够别扭的。他夫妻俩木然相对,我姊懊丧欲涕,当时情景至今历历在目。无巧不成书,过了几天,顾颉刚先生(或是朱自清先生,记不准了)来信了,报道他一日在马路上看见一个收买旧货的鼓儿担上赫然放着一叠文稿,不免走近去瞧,原来却是'大作'。他惊诧之下,当然花了点小钱收买回来:于是失而复得,'完璧归赵'了。"事隔六十余年,记忆的模糊已为此事渲染上传奇的色彩。

俞平伯生前谈及这段"已全然忘却"的往事,也颇多感慨。

(原载1992年3月6日《厦门日报》)

方纪与《不连续的故事》

1950年6月,方纪创作的中篇小说《不连续的故事》作为"文学丛书"第一辑中的一本,由上海文化工作社印行出版。五十余

《不连续的故事》书影

年后的今天,笔者竟意外地看到了当年7月方纪亲笔题赠天津市第一任市长黄敬夫妇的那本原版书。该书是繁体字、直排、右侧装订,作者的钢笔题字就写在封面的右上方,紧挨着书脊的位置,依稀可见:"黄敬　范瑾同志批评　作者持赠　一九五〇、七、天津",并在"作者"的"者"字上面,很郑重地钤有"方纪"朱文名章,于是,便成了"作者方纪持赠"。

那时,黄敬的夫人范瑾任《天津日报》总编,方纪任报社文艺部主任,他们既是老战友,又是同事,所以方纪送书给他们是很容易的。1953年夏,黄敬携眷调北京工作,1958年2月10日病逝。二十余年后,方纪的这本题赠书出现在了天津的旧书市上。或许是黄敬夫妇当年离津时没有带走,也有可能转赠了他人。总之,书比人长寿。所幸的是这本破旧不堪的小说被有识之士以两毛钱买下了,收藏至今,这才为我们留下了这段有趣的书话故事。

方纪之所以请黄敬夫妇"批评"他的作品,除了出于谦虚、礼貌外,更主要的是因为在该书出版之前,方纪已经受到了党报的批评。1950年3月1日,《人民文学》杂志发表了方纪的小说《让生活变得更美好罢》。这是中篇小说《不连续的故事》中的第五篇,作品反映了农村土地改革运动中,人民提高觉悟,积极参军报国的故事。小说中突出了年轻漂亮、爱唱歌、爱演戏,外号叫"一枝花"的农村姑娘小环的作用。因为她公开明确了与共产党员大群的恋爱关系,大群这才放心地带头报名参军,征兵工作才得到了顺利进展。就因为作者反映了当时农村征兵工作中存在的实际问题,便被戴上了"宣传爱情至上主义"的帽子。

同年3月12日,《人民日报》以读者来信及编者回信的形式,发表了批评方纪的文章:《从一篇小说看文艺创作中的一种倾向》,指责方纪的小说出现了"女人的力量超过党的力量,爱情超过政治的歪曲的描写"。不久,《人民文学》杂志不仅转载了党报上的批评文章,而且刊发了"齐谷"评论方纪作品的文章。

党报的批评,让方纪感到惶恐。他先是给《人民文学》主编写去了带有检讨性质的信,对自己的思想和作品进行了自查自责,说自己"进一步认识了:题材和主题,形式和内容,艺术和政治的必然统一和前者必须服从后者"。随后,便遵照读者的意见,反复修改了这篇作品。他在改后《附记》中说:修改后的"这个样子,我自己也还并不满意"。把它编入集子,印将出来,只想说明"我是在不断努力中,用实际行动来改正错误的"。

与此同时,《人民文学》编辑部已将方纪来信的摘录,以《我的检讨》为题,加了"编者按",相继发表在《人民日报》和《人民文学》杂志。到此,对方纪作品的批评,似乎可以告一段落了。然而,方纪自己仍不放过。他在集子《附记的附记》中声明:《我的检讨》"那还是最初的认识,自然是极不深刻的"。"因此我想保留我对这篇作品的发言权,以便有机会再修改或重新写过"。果然,在1956年3月,为结集出版小说合集,方纪再次修改了《让生活变得更美好罢》这篇作品,为我们留下了建国初期脱离实际、有意拔高文学作品的实例,而生活气息十分浓厚的原作却被永远淡忘了。

别看方纪对待批评表现得如此诚惶诚恐,实际心里对这种简单化的"左"的文学批评倾向也是有看法的。他真实心声的流露,便给自己埋下了祸根,以致在随后而来的运动中,也为此付出了代价。作为抗战前的老党员,方纪曾在延安工作了近六年。他参加了延安文艺座谈会并聆听了毛泽东同志的《讲话》后,才更自觉、更明确地走上了与工农兵相结合的创作道路。然而,他的文学创作之路是极不平坦的。1958年,他的小说《来访者》遭到姚文元等人的围剿;"文革"中他再遭劫难。这是作家个人的悲剧,也是时代的悲剧。

"方纪的才气很大,也外露。他的文章,不拘一格","他常常是党之所需,时之所尚,意之所适,情之所钟,就执笔为文,洋洋洒洒"。"方纪所创作的小说不多,但他的一些以反映我国北方农民生活和农村变革为题材的小说,也是颇具特色的;从这些作品当中,我们可以感受到浓烈的北方农村的生活气息,感受到正在进行着改天换地的农村变革的跃动的脉搏声音。"著名作家孙犁和评论家冯牧对方纪的评价都是十分中肯的。

一本出版了五十余年的中篇小说单行本,经历了十年浩劫而没有被焚毁,这是它的幸运。它所经历的文坛风雨,它所承载的文坛故事,已经远远超出了它自身的文学价值。

(原载2004年3月25日《今晚报》)

孙犁与他的《津门小集》

1962年9月由百花文艺出版社出版的《津门小集》,是孙犁用文学之笔抒写、记录解放后的新天津,描绘这座城市的新主

《津门小集》书影

人——天津工人和郊区农民生活的速写集。书中收入自1949年1月至1956年1月间写下的速写十八篇,大多是随写随发表在《天津日报》上。后由热心的《新港》文学杂志编辑冉淮舟抄录结集,交付出版。那时,孙犁正在病休期间,他说:"淮舟同志辑录这些短文,是对我养病期间很大的一种帮助,一种鼓励和一种安慰。"

著名书籍装帧设计家陈新为《津门小集》设计了十分典雅的封面,那青松翠柏掩映下的美丽的海河和远处造型别致的解放桥,构成了代表天津的封面画。清爽宜人的画面与朴素的书名和作者质朴的文风达到了高度的和谐统一。小32开本的印刷,更显出书品的小巧别致。与内容密切相连,书中还绘制了11幅4.5厘米见方的插图。精良、贴切、朴实、逼真的艺术形象,不仅加强了作品的感染力,也使读者增加了阅读兴趣,从中得到美术的欣赏。初版一万册的印数,在当年已经不算少了。出版不久,就听说有再版的消息,只是最终没有实现。四十年过去了,当年的这本原版书,现在已经很难找见了。

1949年1月15日,那是天津人民永远不能忘记的翻身解放的日子。刚刚进城的作家孙犁在天津人民欢庆解放的时刻,激情地写下了《新生的天津》和《人民的狂欢》两篇作品。新生的天津,革命的秩序开始建立,劳动人民成了城市的主人,大家都在用自己的工作和自己对这个城市的贡献,来纪念天津的解放。"一种新的光辉,在这个城市照耀,新生的血液和力量开始在这个城市激动,一首新的有历史意义的赞诗在这个城市形成了。"孙犁对新生的天津充满了热望。他也记下了天津人民狂欢庆祝解放的盛况。

1950年夏天,孙犁到工厂深入生活,及时写下了《学习》《挂甲寺渡口》等十一篇作品。解放带给工人的种种新生活中,首要的就是学习知识,扫除文盲。"革命把文化带给劳动人民。"上业校、补习文化知识,成了青年工人们共同的追求。在棉纺厂粗纱车间,青工们利用短暂的午休时间,三五成群,聚精会神地演算习题,认字读书。"过去,她们是热望着学习,没有机会,她们提着一个空书包,安慰自己。现在,她们的书包里真正装满了新的文化,成为被尊敬的工人学习模范。"

在《小刘庄》一篇中,他介绍了解放初期天津工人的生活状况:小刘庄那"窄小的胡同,老朽的砖房,和低矮的灰土小屋",伴以落子馆和小人书铺,这便是工人们的居住区。当时,"小刘庄正在修整街道和那些残破的房子,在边沿上,在清除那些野葬和浮厝,浚通那些秽水沟。这里的环境卫生还要努力改善"。"小刘庄应该有一家通俗书店,应该有一个完备的文化馆。工厂的文化娱乐,应该更密切的和工人家属教育结合起来。"孙犁以智者的目光,为改善建国初期天津工人的生活状况,提出了切实可行的建议。在《宿舍》中,他写了青年工人恋爱的插曲,也为那些思想解放了的青年女工已经开始"敢于爱恋这些青年的工人伙伴"而喝彩。

孙犁之所以同意将自己进津初期的作品结集为《津门小集》出版,不仅是想把他"在那生活急剧变革的几年里,对天津人民新的美的努力所作的颂歌,供献给读者",而且,他也在以此为初学写作的文学青年现身说法。他认为速写这种文学体裁,"按其能准确地反映现实,并能及时地为现实服务来说,它所起的作用,别的文学形式有时是会相形见绌,望尘莫及的"。速写并不比小说逊色!四十年前的这本《津门小集》,让我们读出了天津人民当家做主后的欣喜,体味到了劳动人民对新生活的热爱、对学习文化的渴求以及为人民努力工作的责任感。

《津门小集》问世后,著名评论家黄秋耘曾发表文章,赞扬

《津门小集》中的每一篇作品都仿佛是"一幅幅色彩宜人、意境隽永的'斗方白描',有的是风景画,但更多的是风俗画"。

作为新中国天津文学事业的奠基者、著作等身的文学大师,《津门小集》既不是孙犁的成名作,也不是他的代表作,但它对于解放后的新天津,却有着异乎寻常的意义。是孙犁第一个用文学之笔,及时抒写、记录了解放后的新天津,描绘了新时代普通劳动人民的新的精神风貌。孙犁"始终与时代同行,与人民共命运,关注人民群众的喜怒哀乐,终生执著于文学创作,以丰硕的创作成果奠定了他在读者中的崇高地位"(中国作协党组书记、副主席金炳华语)。

(原载 2003 年 10 月 14 日《今晚报》)

王昌定与《海河春浓》

1957年12月,作家王昌定创作的长篇小说《海河春浓》作为"青年创作丛书"之一,由上海新文艺出版社出版。次年4月,第二次印刷,印数已达4.4万册。这是建国初期天津作家创作的

王昌定

第一部工业题材的长篇小说,是反映我国第一个五年计划开始时期天津工厂生活的代表作。就是在我国当代工业题材长篇小说作品中,《海河春浓》也是名列前茅的。此前出版和发表的相关作品,只有周立波的《铁水奔流》和艾芜的《百炼成钢》等。较早出版的雷加的《潜力》三部曲虽然也是工业题材,但是,它所反映的却是自抗战胜利至解放战争初期的故事。

王昌定(1924—2006),原名吴兆安,笔名吴雁、白藻,河南固始人,曾在开封高中读书。1947年他进入北京大学读书,次年5月加入了中国共产党后,便被派到解放区从事革命工作。1949年1月,随着天津解放的炮声,年轻的王昌定跟随部队进入了天津城。一路上,他看到的是大马车拉着阵亡战士的尸体,听到的是壕沟碉堡内手榴弹炸弹的余响。他深知胜利来之不易,从此,他迈着坚实的脚步,和祖国一同前进。

他本是一位剧作家,曾创作了反映抗美援朝志愿医疗队生活的《为了祖国》等多部剧本。1952年8月,按照全国文艺整风运动的要求,本着毛泽东主席《在延安文艺座谈会上的讲话》的精神,他以天津人民艺术剧院创作员的身份,开始到天津动力机厂深入生活,脚踏实地、实心实意地为工厂的兴旺发达献计出力。这段工厂生活的经历,为他日后创作工业题材的长篇小说打下了坚实的基础。

1954年,王昌定回到了文化局剧本创作研究室。他在编写剧本的同时,也在构思创作长篇小说。1955年底,他完成了小说初稿,题目为《走向明天》。1956年春,在北京参加全国青年文学工作者代表会议期间,他的小说初稿得到了《人民文学》杂志副主编、著名作家秦兆阳的鼓励和指点,后经三易其稿,方定名为《海河春浓》。作品以坐落在海河岸边、以生产柴油机为主的大企业里出现的先进与落后、创新与守旧等思想斗争为主线,既成功地塑造了新时代团结协作、一心为公的工人阶级的英雄形象，又塑造了紧紧依靠群众、大胆任用知识分子、与时俱进、科学管理企业的党的领导干部刘剑青的形象，并明确提出了领导干部要内行化这个在工业建设中具有普遍意义的问题。作品没有落入以"阶级斗争"来划分和把握人物的模式，而是正确描绘了企业领导干部之间存在的不同的思想认识，如主持生产的副厂长孟定远，把自己的光荣历史当成了包袱，遮住了眼界，故步自封，单凭职务权威，武断地指挥企业运行。在这个人物身上，流露出的是狭隘的小农意识，缺少的是无产阶级工业家的气质。作家塑造出这些活生生的人物形象，至今读来仍感到亲切，仍有借鉴意义。

《海河春浓》充满了浓郁的工厂生活气息，反映出了50年代

《海河春浓》书影

初期,天津工业建设的勃勃生机。正因为作者对书中人物的忧愁和欢乐、眼泪和微笑、失望和信心有着甚深的了解和感受,他才能够塑造出众多在社会主义建设的洪流中不可或缺的平凡、善良、纯朴的劳动者的形象。他深深体会到了深入生活的重要性和必要性,他承认:"没有与工人相结合的过程,《海河春浓》是连一个字也写不出来的。"他以无限激情为建国初期的工人阶级唱出了一支响亮的颂歌。可以说,《海河春浓》代表了 50 年代天津工业题材创作的水平。

《海河春浓》出版不久,海燕电影制片厂就决定将它改编成电影,搬上银幕,并聘请当时上海电影局副局长、著名电影艺术家瞿白音执笔改编。瞿白音在 30 年代初即已投身于进步戏剧运动。1938 年,他开始从事电影工作。家喻户晓的电影《红日》就是他根据吴强的长篇小说改编的。请电影界的前辈改编自己的作品,这样可遇而不可求的好事,令王昌定深感欣喜。1958 年 6 月,王昌定被特邀到上海,与瞿白音一起商定改编的具体方案。工作进展得十分顺利,到次年春夏间,电影剧本初稿已经改编完成。担任该片导演的著名电影艺术家刘琼曾带着剧本到天津进行实地考察、选景,为电影的开拍做准备。要不是 1959 年 8 月,王昌定因为《创作,需要才能》这样一篇讲了实话的短文而招来祸端,受到不应有的批判,并被定为"右倾机会主义分子",受到留党察看两年的处分,《海河春浓》被搬上银幕已经是指日可待的事了。

"文革"运动中,王昌定和他的文学作品再遭劫难。他的长篇小说《海河春浓》与散文集《海河散歌》均被打成"毒草"而受到批判。拨乱反正后,上海文艺出版社重新出版了《海河春浓》的修订本,一次就印行了 4.7 万册。这次修订,作者"只是在文字上作了一些润色和增补,人物情节都没有丝毫变动,一切都按照历史和生活的原来模样，不予更改"，以便于读者去评价这本书的成败得失。长篇小说《海河春浓》的新版和初版整整间隔了二十五年。经过时间的历练和历史的检验，越发显示出了这部作品在当代文学史上的意义。

1993年9月，为庆贺王昌定七十岁华诞，天津社会科学院出版社出版了四卷本《王昌定文集》，长篇小说《海河春浓》也被收入文集中。至于《海河春浓》的续篇，虽然早在1959年春夏之间便已创作完成，终因政治运动的风波，一直未能出版。手稿已在"文革"运动中被抄没，至今找不到下落，损失是无法弥补的。唯一值得欣慰的是，在建国十周年之际，《新港》和《蜜蜂》文学杂志曾经刊发过其中的两个章节。这变成铅字的两个片断，就是为《海河春浓》续集留下的难得的纪念了。

从这本小说的命运，不仅映射出了时代的风云，也清晰地记载了老作家王昌定坎坷的文学创作经历。

（原载2004年《劳动者》第6期）

周叔昭与《夏夜的故事》

童话作家周叔昭(1909—1996)是数学家周达的女儿,实业家、藏书家周叔弢的侄女。她毕业于燕京大学社会学系,曾受教于吴文藻和冰心夫妇。因为欣赏周叔昭的聪明才智,他们由师生成为师友。抗战期间,身居云南呈贡的冰心还曾写信向周叔昭讲述生活的艰辛和抗战必胜的信念。周叔昭与吴宓也是至交,1935年,他们之间即有诗歌唱和之作,留在《吴宓日记》中。抗战胜利后,周叔昭随丈夫严景珊到台湾任职并定居。

周叔昭主攻社会学,爱好的却是文学,小说、随笔、诗歌都有所涉猎,还翻译外国文学作品,尤其是"涉及孩子"的小说。她长时间给自己的孩子讲故事,"希望供应他们一点精神食粮,让他们睡得宁静一点,做个甜美的梦",有时又想借故事传达对孩子们的期望,教他们"不要说谎,要爱护小动物,上课时要用心听老师的话",做诚实的孩子。她觉得用寓教于乐的方法教育孩子,"比消极的责罚要高明一些"。"因为爱好文艺,也喜欢孩子",于是,她开始了儿童文学创作。

1968年,继《月儿弯弯》之后,周叔昭又将先前创作的童话作品结集为《夏夜的故事》,署笔名"舒吉"。全书分为两集,第一集包括四篇童话和一篇寓言,总名为《南丽姑娘和其他故事》。其中《南丽姑娘》塑造了活泼、善良、孝顺的小姑娘南丽,在父亲生病去世后,不得不辍学,被母亲送到五十里外的庄子去做工,挣钱赡养多病的妈妈。周叔昭希望小朋友能"把孝和爱奉为重要的生活守则"。第二集为中篇童话《魔术师的音乐匣子》,故事生动曲折,以悲剧结局,让小读者在认识到人生不完美的同时,也能生出丰富的想象。

该童话集的出版,得到了著名学者的支持。如原北京大学图书馆馆长、时任台湾大学教授毛子水先生,应邀为该书作序,称赞周叔昭"有很好的文学修养,又有很纯正的志趣"。他在审读这部书稿时,曾回想起四十年前初读《阿丽思漫游奇境记》时的情景,"我当时读那本书,并不是用读童话的心情去读的,但读后却觉到想象在童话里的用处。周女士在她这本书里,运用想象,极为得体,对幼年和老年的读者,一样可以引起浓厚的兴趣"。他说:"用童话以宣传忠、孝、信、义的美行,乃是周女士写作的目的。我想,在这个高贵的目的上,周女士已得到相当的成功了!"

在周叔昭的童话故事中,受外国童话作品的影响是比较明显的,对此,她的回答是:"世界慢慢在缩小,没有一个民族能够闭关自守,只有从文化交流中,才会有灿烂的火花迸发出来。"尽管孩子们爱听任何故事,但是,她仍然主张要用"良知和良能、常识和美感"去筛选适合孩子们的故事,不要污染孩子们纯洁的心灵。此外,她还主张作品要贴近现实生活的根脉:"把在地面上发生的平凡的事说给不能脱离泥土生长像树苗的孩子们听,会让他们慢慢认识自己的世界。""人类虽然已进入太空年代,在地面上生长的还是要从'泥土'吸收养分的。"在今天,周叔昭朴素的儿童文学观仍具有积极的意义。

(原载 2015 年 3 月 20 日《今晚报》)

李四光与国立京师图书馆

1925年下半年,教育部与中华教育文化基金董事会(以下简称"中基会")协商,组织国立京师图书馆委员会,将京师图书馆改名为国立京师图书馆。同年11月上旬,由国立京师图书馆委员会聘请梁启超、李四光为国立京师图书馆正、副馆长。12月2日,章士钊签署的"关于聘梁启超、李四光为国立京师图书馆正副馆长"的教育部训令,正式送达京师图书馆。

在教育部训令送达之前,梁、李二人已经走马上任。当时京师图书馆馆员、俞平伯堂叔俞泽箴在1925年11月29日的日记中写道,午后"新任馆长梁任公、副馆长李四光偕图书馆筹备委员会诸委员均到"馆内视察,"向各课周视一周而去"。在12月1日的日记中,又有午后李四光副馆长再次到馆了解情况的记载。

自从得知教育部与"中基会"合办国立京师图书馆并聘请新馆长之后,京师图书馆的员工对增派新领导就产生了抵触情绪。自1918年起,教育部为节省开支,京师图书馆馆长一直由教育部次长兼任。"馆长既为次长兼职,势不能常莅馆,而主任实膺主司之责。"当时,由徐森玉主任主持馆务工作。现在馆里来了新馆长,不仅员工,就是主任徐森玉也同样感觉不适应。

其次,对李四光任副馆长有门户之见,认为梁启超是当代大学者,出掌国立图书馆,理所当然,而李四光为一纯粹地质学家,与图书馆界毫无渊源,何以当选!因为不理解,所以产生了逆反心理,以至于把他的好意也向坏处去领会。这是李四光始料不及的。

再有,员工与馆长的薪俸相差悬殊。京师图书馆员工的薪俸一向比较低,截至1925年2月,"全馆之人月薪逾100元者仅有一人,满90元者仅有二人,其余则最多不过73元,且有20元者"。当时中央财政紧缺,教育部所属单位欠薪严重。而新聘正副馆长的薪俸却高达600元和500元,报酬如此悬殊,让员工无法接受。加之新馆长上任后,拟对原馆进行改组,员工的职务重新编制,许多人的"饭碗"难保。因此,发生不愉快的事情也就难免了。

1926年初,因时局艰难,财政支绌,教育部申请不到经费,无法按照契约规定履行每月应该支付的经费,于是,与"中基会"合组国立京师图书馆之议中辍。同年3月,由"中基会"创办的国立北京图书馆成立,馆址在北海公园庆霄楼,"仍以梁、李二公为正、副馆长"。此后,他们对京师图书馆的工作就不再过问了。

李四光出任国立京师图书馆副馆长期间,协助梁启超做了一些工作。梁启超与其"共事数日","深佩其学识品格",多次致信与其商谈图书馆的工作,如1925年12月20日,函商制定中国图书分类法和购买日本研究中国史及佛教书等。李四光的这段人生小插曲,在近年出版的《李四光传》中,也被忽略了。

周作人、傅孟真谈北大图书流失问题

1931年3月4日《北大日刊》上，发表了《傅孟真先生致蒋校长函》，言辞犀利地谈北京大学图书流失问题。他说："昨天在厂甸摊上买到北大图书馆的书一本，这是我到北平二十二个月中第三次遇见小摊上卖北大的书的事。以我经年不逛小摊，很少

傅孟真先生致蒋校长函

走东安市场，然竟遇到三次，则北大书之流落当是很普及的事了，朋友们几乎人人都有这个经验。"可知北大图书馆在管理上积弊难返。蒋梦麟校长回信说："来函并书收到谢谢。我们要把学校办好，应该不怕直暴自己之短，并且不要妄夸自己之长。"这就为图书流失问题的讨论铺平了道路。

周作人读傅孟真的信函后，颇有同感，在3月6日《北大日刊》上，发表了《与傅孟真先生谈图书馆事书》。他认为北大图书大量散失的原因多是"由于借书不还之故"，"有些人借去的书有二三百本之多"，补救、治标的办法，第一是在地摊上看到北大的书，"看见一本便买一本回来，第二是卑礼厚币的恳求借书人赐

周作人《与傅孟真先生谈图书馆事书》

还借去的书"。至于治本的方法，他的见解与傅氏略有不同。傅提出北大图书馆"不必去增加刊物，扩充地盘。先费一下子心，把这个图书馆于最短期间改成北大教员的研究室，北大同学的读书室"。而周认为"北大图书馆必须增加刊物扩充地盘这才办得好，这才能够使大家去多看书少借书，而后可耻的现象可以减少消灭"。

傅、周的书信相继发表后，在北大师生中引起反响。不久，又刊发了教育系主任、教授杨廉致蒋校长函，对借书与阅览问题提出了具体建议，而且部分建议很快被采纳。在3月19日至4月1日的《北大日刊》上，连续刊登《图书部启事》，要求大家在3月底前归还所有借书。《启事》说："本校教职员学生久欠未还之书籍已逾四千余册，虽屡次函索均无效果，长此以往于本校藏书影响甚大，凡借有本部图书已经逾期者，请至迟于本月底以前扫数交还。事关全校师生学业，想诸先生必乐于赞襄斯举也。"接着，在3月24日《北大日刊》上，又刊登了"已故教授高仁山先生前所借之书现已由其家属查出八十八册全数归还学校，其已遗失之数册亦已由其家属照价赔偿"的消息，为师生树立了及时还书及赔偿书籍的榜样。3月29日，北大国文学会召开全体大会，通过了"以国文学会名义督促曾借图书馆之书而未交还者从速交还"，以响应图书部决心整顿藏书的善举。

有关北京大学图书馆藏书流失的话题，持续了四十多天，对图书馆建设确实起到了监督与促进作用。直至次年4月上旬，图书馆仍然诚恳地表示："本校教职员及同学诸君，对于图书馆无论有何项意见，若有助于图书馆之进步者，馆中同人皆愿竭诚欢受，请随时函达图书馆主任室为盼。"

刘半农藏书的好去处

新文学作家、语言学家刘半农(1891—1934)44岁英年早逝。他生前用功甚笃,藏书颇丰,拥有中文书万余册,外文书千余册。

抗战期间,清华大学蒙受的损失很大,"图籍之损失尤巨"(潘光旦语)。1947年初,刚刚复员回到北平不久的清华大学急于收购私家藏书,"以应师生参考阅览之亟需"。时任清华大学图书馆馆长的著名社会学家潘光旦也在为此事奔波,四处打探。当时平津区敌伪图书处理委员会分配给清华大学的部分图书仍在接洽和交涉中,落实到位还需时日。

1947年1月12日,得知清华收购藏书的消息后,刘半农亲属托朋友向潘光旦馆长表达了拟售藏书的意愿,并出示了藏书清单。这真是踏破铁鞋无觅处,得来全不费工夫。这等利国、利校、利刘家的好事,潘馆长当即应允。

1月24日,农历丁亥年正月初三,刘半农的子女育伦、育敦来到清华大学,与潘光旦商谈让售图书的事。因为双方均有诚意,所以首次商谈便有了眉目。2月3日,刘育伦再次到清华,双方已达成协议:"中文书万余册作价二千万元,西书千余册美金千元。"随后,潘光旦与刘育伦一同向梅贻琦校长"报告刘氏书成交经过,并商定付款办法"。一星期后,刘育伦如约拿到了二千万元中文书款的支票,而外文书款一千美元,则是日后请在美国的清华教授给转拨过来的。清华所付书款虽然不高,但在当时经济十分困难的情况下,能够如此顺利地办妥手续,拿到支票,已经是难得的了。当时清华大学为了收购私家藏书,曾向上海合众保险公司借过高息借款,也曾由梅校长出面向校友募捐。为了筹钱,他们没少费心。2月10日,潘光旦在《日记》中写道:"刘君育伦为让书事来,午前后为向办公处奔走,先将中文书籍之价款付清,二千万元之支票,于三时半始获签出,……西书明日可入城点收,中书较多,中有家藏遗稿须抽出,须半月后方能点交。"

2月11日,潘光旦派人进城到刘宅点收外文书籍,并陆续运至学校图书馆。3月16日,他再度派人到刘宅点收中文书籍。潘光旦收购刘半农藏书,不仅为刘氏亲属解决了生计问题,而且为其珍爱的藏书找到了最佳去处,丰富了清华大学图书馆的馆藏,更为清华师生的学习与研究提供了便利。

王伯祥藏书捐赠记

1975年12月30日,王伯祥先生逝世后,家属遵照"书籍希勿分散,赠与公家,供需用者之用"的遗愿,即将藏书捐赠问题提上了议事日程,且得到叶圣陶、俞平伯等老友的关注。

王伯祥一生嗜书如命,藏书几经聚散。1932年上海发生"一·二八"事变,他多年积攒的藏书毁于战火,令他痛不欲生。尔后从零开始,重新节衣缩食,以实用为出发点,置备图书,"如鹊运枝,如燕衔泥"(叶圣陶语)。抗战期间在上海孤岛,生活极度拮据,常常借钱或赊账买回既便宜又好的书,为研究著述之用。他"遍读典籍,娴熟掌故,搜藏笔记说部极为丰富"(唐弢语)。建国后到北京工作,他的藏书成为学者们的公共资源,"叶圣陶先生每次来访,总要借回一大包,定期再来换取;记得(何)其芳同志几次造访,也都是为了请教一些典故的出处"(唐弢语)。王伯祥的藏书为"需用者"提供了查寻、检览的便利。

至于王伯祥的藏书究竟该赠与何方,子女们采纳了叶圣老的建议,主动与中国科学院文学研究所所长唐弢商谈,决定把藏书捐赠给文研所,让它们继续供学者们开架借阅。1976年1月13日,叶圣老函告俞平老:"伯翁所遗书籍,经与唐弢商谈,文研所决定接受王家之捐赠。伯翁向有此意,其书必归公家,今赠与生时服务之文研所,实至得当。"次日,俞平老回复:"容翁(王伯祥别号)遗书捐献,极善。文学所接受后,能辟一室展览尤为理想,却恐其无闲房耳。"俞平老的担忧不无道理,因为他知道所里办公条件的逼仄。16日,叶圣老回信说:"文研所亦曾允为伯翁之书辟一室,惟言今尚未能,期之他日。所中于此事甚见优异,伯翁诸子女咸深感激。"叶圣老所言,即指文学所在决定接受王伯祥万余册藏书的同时,拟奖励家属六千元现金,以表感谢。19日,俞平老回信说:"容翁遗书'得所',弥冀他日辟室陈列,能陪兄前往敬瞻,一申哀思,不殊重过黄公酒垆矣。"俞平老说出了他们的共同心愿。25日,叶圣老续告:"伯翁所遗书籍,近日方在整理,润、湜二君皆熟习书,为之自不难。"

润华、湜华两兄弟经过两个月的整理后,速战速决,完成藏书捐赠任务。之后,他们又为奖金事犯了难。诸兄弟姐妹皆认为既然是捐赠,就不该受赏,不能让父亲的遗愿打了折扣。在征得叶圣老同意后,他们派代表到文学所恳请退还奖金,最终未能如愿。

谈"顾颉刚文库"

著名历史学家顾颉刚用一生的努力,实现了"想做藏书家"的夙愿。他想利用自己的藏书,"独立经营一图书馆,使永不散失"的愿望,在他身后得以实现。1980年12月,顾先生逝世后,家属遵其遗愿,将四万六千余册藏书捐献给中国社会科学院,先由历史研究所代管,1988年由文献情报中心(后改为文献信息中心)正式接收,成立"顾颉刚文库",供国内外研究者使用,实现了他"物得其所,使用率加强,于学术界有裨益"的预想。

1957年夏,顾颉刚曾说:"予一生好藏书,其中艰苦非他人所知,且得到若干孤本,必当自定一目录,并略为记叙,庶不埋没一生苦心。"他的宏愿也在身后得以实现。学者顾洪、张顺华按照顾颉刚的意愿,历时多年,将六千部三万六千余册古籍线装书编目,并收录书中原有各家题记,整理编辑为《顾颉刚文库古籍书目》,2011年1月已由中华书局出版。顾先生地下有知,一定深感欣慰。

顾颉刚是为读书、做学问而买书、藏书的,所以,史学研究工作的必备书是他藏书的主要部分。他像伯乐挑选千里马一样,精选自己所需的书。明清珍善本书的收藏是"顾颉刚文库"的一大特色。尤其是对温庭筠的《八叉集》《温飞卿诗集笺注》及《石湖居士诗集》《元诗选》《昌黎先生诗集注》等十余种祖上家刻本的搜集,更体现了顾氏家族对传承中华民族优秀佳作的责任感和使命感。

顾颉刚一生为购书、藏书不遗余力,体会了抗战期间图书失散的痛心,也品尝了发现好书、买到珍本的欣喜。"如在抗战时不损失,胜利后不捐赠",他的藏书可达十二万册。女儿顾洪总结父亲"一生积书,聚而散,散而复聚,看似纷乱,其实聚散有时"。

顾颉刚尤好搜罗乡邦文献,传承乡邦文化。如顾禄著《桐桥倚棹录》,是一部记述百余年前苏州虎丘山塘一带山水、名胜、寺院、第宅、古迹、市廛、手工艺等的专著,原刻本刊行于道光壬寅年(1842),因"刻板十余年后即遭兵燹,流传至寡"。1954年顾颉刚从来青阁高价购得百年孤本。因其罕见,叶圣陶、王伯祥、俞平伯等老友均对此书甚感兴趣。1961年秋,他请俞平伯为此书题句。俞在披寻秘笈中,引起许多居住苏州时的回忆,情动于衷,遂题绝句十八章,逐卷赞颂书中的传神之处,并称赞顾颉刚:"梓乡文献费搜寻,夙稔君家雅意深。盼得流传人快读,岂唯声价重鸡林。"并在诗注中说:"斯编闻将谋重刊流通云。"此事因"文革"运动而中辍,直至1979年春,该书重刊流通之事终于谈妥,以顾藏本作底本,1980年5月由上海古籍出版社出版了排印本,并将顾颉刚题识、俞平伯题诗以及谢国桢、吴世昌的题记附录书后,使此书得以较广流传。

编书得失

《俞平伯序跋集》编选感言

俞平伯先生是我国著名诗人、散文家、古典文学研究专家，早在"五四"时期，他就以新诗创作蜚声文坛。在他从事文学创作和古典文学研究工作的六十余年中，他的著述颇多，现已结集出版的有《冬夜》《雪朝》《西还》《忆》《遥夜闺思引》《古槐书屋词》等诗、词集，还有《剑鞘》《杂拌儿》《燕知草》《杂拌儿之二》《古槐梦遇》《燕郊集》《〈遥夜闺思引〉跋语》《俞平伯散文选集》等散文集；在《红楼梦》研究方面，有《红楼梦辨》，后经修订，改名《红楼梦研究》；在诗词曲研究方面，有《读诗札记》《读词偶得》《清真词释》《唐宋词选释》《论诗词曲杂著》等。另外，有相当一部分作品是未曾结集的，至今散见在报刊上。

有些诗文集由于出版时间较早，现已不易查找。在全部重印这些文集之前，为了保存现代文学的宝贵资料，为了使读者既能读到俞平伯先生的作品，又能了解到他文学创作的倾向及学术思想发展的过程，特编辑了这本《俞平伯序跋集》。书中收入自1920年12月至1985年4月这六十五年中俞平伯先生所作的序跋文章五十六篇，其中为自己的诗文集所作序跋二十一篇，为友人的集子和应同人之约为重印书、校点书所作序跋三十五篇，未加分类，一律按写作时间（没有写作时间的，按出版时间）顺序排列。

俞平伯先生为自己的集子所作序跋凡三十九篇。早期，他曾经认为诗集不必有序，尤其反对"恃序以诠诗"的做法。他的第一部新诗集《冬夜》初版时，冠以两序：朱自清序和自序，他以为"如象之巨座、蛇之赘足"，甚悔。因此，《西还》诗集出版时，竟不作序和跋。散文集《燕郊集》也是如此。后来，他发现"不带一点披挂以求知遇"的《西还》，"果然不为世所知"。于是，抗战胜利后写讫的《遥夜闺思引》长诗，由于种种原因，竟然自作序跋十八篇。在本书编辑过程中，遵照俞平伯先生的意见，以《遥夜闺思引》序跋各篇文字艰深，且别属一格，因此，未予收入本集中。

1923年，《冬夜》诗集再版时，俞平伯先生删去了原序，以《致汪君原放书》代序，这本书津京二地图书馆均无所藏，幸得阙武军同志热情帮助，从复旦大学图书馆借到此书，复印了这篇文章；不久，吴小如先生又请人从唐弢先生处抄来了该文，使读者能够看到六十年前的这篇小文章，在此谨向他们表示感谢。

俞平伯先生为重印书、校点书和友人的集子所作的序跋，能搜集到的共三十七篇。他认为"作文艺批评，一在能体会，二在能超脱。必须身居局中，局中人知甘苦；又须身处局外，局外人有公论"。他为友人和重印书、校点书作序跋，就恪守着这个原则。在他言简意深的序跋中，每每含有哲理，是不可不读的佳作。本书在编辑过程中，除将《〈苦果〉序》和《重印〈浮生六记〉序》（二）删去外，其余三十五篇悉收入书中。原著的作者及体裁，如序跋中已讲明的，一律不再加注。有的未见到原书的，也未敢妄自加注。

本书所收序跋很多都是先在报刊上发表，后经删改，收入诗文集中的。这次编者将原文和删改文逐一加以比较后，有的选入原文,有的选入删改文,文后均作说明。这对现代文学研究者或许是有益的。

《俞平伯序跋集》中的作品,绝大多数作于建国前的三十年间,建国后所作只占四分之一弱,时间跨度之大,恐于青年读者的理解有所不便。为弥补这一弱点,编者征得俞平伯先生的同意,特请北京大学吴小如教授为之作序。

在编辑《俞平伯序跋集》的过程中,曾得到天津社会科学院文学研究所王昌定、鲍晶、徐家昌先生的指教,又蒙三联书店编辑部同志的支持和帮助,使这本书能很快地和读者见面。该书的出版,实是大家共同努力的结果。希望读者喜欢并给予批评指正。

(原载《俞平伯序跋集》,生活·读书·新知三联书店1986年6月版)

《俞平伯旧体诗钞》编后记

俞平伯先生是"五四"以来的著名诗人,早在1918年,就读于北京大学的俞平伯在新文学运动的影响下,便开始了新诗创作,并在《新青年》《新潮》等杂志上发表作品。20年代,他结集出版了《冬夜》《西还》和《忆》三部新诗集,还与朱自清、叶圣陶等合出了同人诗集《雪朝》。他在新诗创作上的成绩是很出色的。

以家学的根柢,在创作新诗的同时,他也试作旧体诗词,只是很少发表。到了30年代,随着古典教学的需要,他以创作旧体诗词为主,迄未间断过。1936年,他刊行了《古槐书屋词》写本,收词三十五首。1980年,香港书谱社依据俞夫人许宝驯毛笔书写本,影印出版了俞平伯先生的两卷本《古槐书屋词》,收词七十三首。遗憾的是他没有一本旧体诗集问世。他本有《古槐书屋诗》八卷,未及出版便在"文革"运动中被焚毁。此事对他精神上的打击颇大,从此,他再也无意于编辑旧体诗集了。

作为俞平伯先生作品的忠实读者,我决心做弥补损失的工作,哪怕是部分的也好。几年来,我从解放前后的报刊上翻阅搜集俞先生的诗作,从他的亲朋中挖掘诗作,终于编成了一本《俞平伯旧体诗钞》(1918—1984),收诗一百七十余首,方和俞先生联系。因为俞平伯先生是不肯让外人编自己的诗集的。可是，这次却出乎意料地得到他的支持：八十六岁高龄的俞先生亲自审稿，亲自整理和忆录补充诗作，编目也是反复商讨，几经改动，均取得一致意见后，方算定稿。

这本《俞平伯旧体诗钞》大体按写作时间先后编排，共分三卷。卷一为《槐屋幸草》，即借"古槐书屋"的旧名；"幸草"指幸存下来的诗稿。这卷就相当于《古槐书屋诗》的辑佚编，收诗一百九十二首，时间起于1916年，止于1959年，这一年刚好是俞先生的花甲之年，因此，此卷以《六十自嗟》做结。卷首有俞先生的《幸草自记》。1960年以后的诗作，俞先生拟另编一集出版。

《槐屋幸草》在辑佚的基础上，除删去少数篇章外，有俞先生自忆的诗作一百三十首，有些和原辑佚稿重复而又有个别文字改动的，均取近稿。以《槐屋幸草》和《古槐书屋诗》相比，相差甚远，这不能不使我感到欠缺。而俞先生尚觉满意，他半是鼓励我、半是自慰地说："《槐屋幸草》比《古槐书屋诗》反要好些，不是每一首诗都好，总要有所删改。记忆是自然的淘汰，记得住的是我比较喜欢的。"在这没有办法的办法面前，俞先生就是如此解嘲、聊以自慰，也藉以慰人的。

卷二是《纪事长言》，收五、七言长诗各三首，附录《遥夜闺思引》题诗六首和其姊俞玫的《撤笛声》等。最早的诗作于1937年。其中自《梦雨吟》以下均未发表过。

卷三是《赋、词、曲、小调》，收赋二首，词十首，曲三首，小调二十三首。在俞先生的创作生涯中，新、旧诗和词的创作都比较丰富，而赋却仅作过这两首。他为能重新见到《岁莫赋》而感到高兴，做了个别文字的改动，并将1959年春为纪念朱自清先生而作的《重游鸡鸣寺感旧赋》补入集中。后者原有详细注释，以与本书体例不合，未录入。

《古槐书屋词》集外词十首，附在诗钞的后面，作为补遗。其中六首是未发表过的，最早的一首《玉楼春》作于1920年春，自英归国途中；最末的一首《鹧鸪天》则作于1983年秋，俞夫人逝世一年半后，曾孙初生时。

俞平伯先生对昆曲造诣甚深，南北曲皆通，会清唱、填词、谱曲。收入书中的三首曲，前两首为南曲，后一首为北曲。

俞平伯先生祖籍浙江德清，而他却出生在苏州，又随曾祖父俞樾（曲园老人）久住在苏，十六岁方离开，因此，对苏州方言很熟悉。小调中的《吴声恋歌》，就是用苏州话写的。风谣和道情词也都用流利的口语。

《俞平伯旧体诗钞》用旧体诗格式，第一、二卷的标点只用句号，自注附在诗句后，标点只用圆点"．"。第三卷是例外，因它性质稍不同，且大部分原有标点，就仍依照原式，不曾改动。

感谢四川人民出版社为该书的出版提供了方便，并且满足了俞平老"用繁体字、直排"的要求。

在编辑过程中，曾请徐家昌先生帮助校阅诗稿，特此致谢。

1985年3月11日于天津

（原载《俞平伯旧体诗钞》，四川人民出版社1989年10月版）

友谊的见证
——《俞平伯书信集》成书始末

《俞平伯书信集》经过四年的努力,终于出版了,辛苦之余也让人感到欣喜。

四年前,中国现代文学馆刘麟副馆长约请编选《俞平伯书信集》,我觉得这是一项很有意义的工作,便欣然接受了。工作尚未开始,俞平伯先生首先"反对",他说:"我写的信,我自己一无所存;向朋友搜寻,也不容易。"他称它们是"破铜烂铁",不主张花力气去搜集。我想到当初搜集编选《俞平伯旧体诗钞》时,俞先生也不赞成,待有了一些眉目以后,才得到他的认可。于是,我不再迟疑,开始默默地一点一滴地搜集俞先生的书信。

万事开头难。感谢韦奈先生为我开列了俞平伯先生友人的名单。我一次便写信数十封,向海内外友人征求俞先生的书信。信发出后,我心中反而惴惴不安。因为此项工作最大的困难是没有经费,中国现代文学馆没有经费可提供,我所在单位的办公经费也十分紧张。此项工作所需的邮资和复印费尚没有着落,就更不可能向提供书信者付收藏费和发表费了,这种没本钱的事情,做起来该有多难!何况我既没有俞先生的手谕,又没有中国现代文学馆的大印,我的信是否能得到俞先生友人的信任,一切都在未卜之中。

发信一周后,上海的黄裳先生第一个将俞先生的书信原件寄来了,捧读这些书信,我心中的感激难以言喻,因为就是这些书信给我带来了希望,才使我对此项工作有了信心。不久,邓云乡先生将自己所存近百封俞先生书信复印寄来,厚厚的、沉甸甸的一大包,光是寄件邮资就很可观。然而,他未收一文钱。不仅如此,邓先生还在海内外发表文章,为此项工作做宣传,扩大影响。他给我的支持,我将铭记不忘。同样,刘华庭先生也是无偿将全部存信复印寄来。陈从周先生身体不佳,但出医院后,即将存信复印件寄来。今年年初,又两次来信将新找到的俞先生书信复印后补寄来。浙江的胡文虎先生,将自己的存信和俞先生写给许逸轩的信一并寄来。厦门的张人希先生不仅把存信的复印件寄来,而且对这些信做了详细注解。通过张中行先生帮助联系上的孙玄常先生,不仅寄来了俞先生书信的复印件,而且把信封也复印了。这一细节常常被我们所忽视,在工作中我发现通过信封上的邮戳可以知道写信的年代。这为我编排书信带来了很大方便。孙先生如此细心,值得我们学习。吕剑先生得到消息后,主动写信与文学馆联系,将存信整理好提供给我。陈次园先生将存信三十余封亲笔抄写寄来。荒芜、姜德明、徐家昌、许宏儒、俞涵、张允和诸先生也都提供了所存的书信。

俞先生写给王伯祥先生的信,王湜华先生把它们都粘贴成册保存。承湜华先生支持,我曾到他家叨扰二日,拜读并抄下数十封俞先生写给他们父子的信,使这本书信集增加了不少情趣。

许多与俞先生没有书信往来的人,也都对此项工作给予支持。如南开大学教授朱一玄先生介绍我认识了华粹深夫人黄湘畹女士。黄老师不仅将俞先生写给华先生的信拿给我看,而且亲自写信代我向黄为佶先生征求书信。很快,黄为佶先生便将俞先生写给黄君坦先生的信寄来了。又如陈荒煤先生写信介绍我到何其芳夫人牟决鸣女士家中拜访,并征求到俞先生书信四封。陈荒煤先生还写信给中国社会科学院文学研究所所长马良春,请他帮助在文研所俞先生的同事中广泛搜集书信。因为马良春所长生病,此信未能转交。

新加坡友人周颖南先生与俞先生通信十年,存信一百五十封,当他得知我在搜集编选《俞平伯书信集》时,便从存信中选出二十五封寄给我。只因《俞平伯周颖南通信集》作为"文化名人书信集"中的一本,与《俞平伯书信集》同时出版,为了避免重复,遵照出版社意见,这二十五封信也被割爱。此外,周颖南先生还帮助联系其他友人,俞先生写给香港何竹孙先生、新加坡潘受先生和国内杨冠珊先生的信,都是周先生复印后不远万里寄来的。国内的张人希、钱大宇等人也都是通过周先生的关系联系的。他认为此项工作很有意义,早做比晚做好,同时,他也深知此项工作的艰难,他表示一定尽全力促成此书。他给我的帮助是很大的。现在书将出版,我请他为之作序,以表示对他的感谢。香港的郑子瑜、梁通先生给予我的帮助也是不能忘记的。

俞平伯的家书二十六封是俞润民先生从众多书信中精选出来的,它使我们看到了俞先生的又一个侧面。

朱自清先生是俞先生的挚友,二三十年代,他们的通信颇多;文怀沙先生五十年代也曾与俞先生通信,可惜这些书信全在政治运动中丢失或毁掉了。朱自清的儿子朱乔森先生、文怀沙先生都来信说明了信已无存的原因。类似的情况还有一些,如吴小如、华粹深、黄裳等人所存的早期通信,也都因各种原因荡然无存。这个损失是无法弥补的。还有一些不曾通信或未存俞先生书信的,如吕叔湘、唐弢、冯其庸、周汝昌、孙剑冰、谢国桢的女儿谢纪青、顾颉刚的女儿顾洪等先生,也都及时回信给予答复,可见他们对此项工作的重视。

70年代,俞先生与叶圣陶先生通信频繁,互相切磋学问,叶圣老称他们"书简往回如打乒乓球"。这些书信,叶至善先生将编成二位老人的通信集出版,在此就不重复收入了。

现在《俞平伯书信集》出版了,作为编选者,我首先想到的是应该向每一位提供书信者和给予帮助者致谢。如果没有中国现代文学馆的组稿,如果没有大家的信任与支持,如果没有河南教育出版社接受出版,也就不可能有《俞平伯书信集》的问世。

此书收信五百三十六封,另附他人信件二十封,涉及收信者(包括单位、组织)凡六十五位。其中最早的信是1918年10月16日写给《新青年》杂志记者的,最晚的信是1990年3月致孙玉蓉书,时间跨度为七十二年。七八十年代的书信占了全书的绝大部分,这种现象是历史的原因造成的。在这些书信中,有探讨诗词理论的,有讨论《红楼梦》的,有谈园林艺术以及苏州曲园修复的,也有谈编书和出版事宜的,唯有家书无所不谈。由这些书信中,我们可以看到俞平伯先生做人的认真,治学的严谨,待人的诚恳和处事的达观。尤其是他晚年学术论文写得少了,而他在书信中所谈的一些观点,刚好反映了他晚年的一些学术思想,对我们从事俞平伯研究是十分有益的。

俞平伯先生的散文简洁、凝练,而他写书信也同样惜墨如金,这是许多收信者都深有所感的。晚年他尤其主张文章要短,文字要精。因此,书中所收长信极少,最短的书信甚至不足百字,然而可读性极强。这是他与众不同之处。

他的书信还有一个突出的特点,就是许多书信中都附有他的诗词作品。他是诗人,常以诗词抒情遣怀,也喜欢把诗词新作附在信中,书赠友人。他的诗词反映了他在不同时期的不同心境,也有一些是友朋间的唱和之作,附在书信中,更增加了书信的诗情美感。然而，限于篇幅，除以赠诗为主的短信外，我们不得不将众多的诗词删去，这是不能不让人感到遗憾的。

　　书中所收书信按收信者姓名的拼音字母顺序排列，具体到致某一人的书信，则是按写信时间或发表时间顺序编排。需要说明的是，在友人们提供的书信中，许多都没有写信年代，这给编目带来了困难，使我不得不做既费时又费力的"考证"工作。凡信末加括号的年代，均为考证出的年份。有的是根据信中所提及的一些事情，判断它的写作年份；有的是根据信中谈到的作品，查出作品发表的时间，以判断写信的年份；也有的是根据信纸上印刷的出品年月，大致估计出写信的年份。这样就难免不出现误差。有些书信实在无法考证出写信年份的，也只好割爱。有些建国前的书信原使用民国纪年，现在均统一为公元纪年。有些以干支纪年的，在信末也都注上了公元纪年。

　　有些书信为表示对收信者的尊敬，作者使用了旧式的书信格式，此次编辑，我们尽量保存原貌，未做改动。其中有相当一批书信没有标点，均适度予以添加。

　　为了便于读者的阅读和理解，我们对收信者大都做了简介。对信中的个别地方也做了一些注释。对那些从报刊上查找到的书信，也都注出了它最初发表的时间和刊名，有些还注出或保留了原篇名。

　　俞先生书信中异体字出现得比较多，为了印刷的便利，均将其改成通用的标准简化字，唯有"多馀"的"馀"字，遵照俞先生的意见没有改，因为他生前曾多次说明"余"字在古文中当"我"讲，如果通用，意义便不明确。

　　由于出版时间在即，有些答应提供存信而因种种原因尚未查找出来的，只好留待以后出版《俞平伯书信续集》。俞先生的朋友很多，遍布各地，由于我的孤陋寡闻，一定还有很多友人未能联系上。为了把俞平伯先生的作品早日搜集结集，以便流传于世，今后，我仍愿意随时和大家保持联系，我对出版续集充满信心。

我四面发函，八方求索，努力地做着我所应该做的一切工作，总希望能让俞先生见到《书信集》的出版，遗憾的是老人未能等到这一天，他于1990年10月15日安然仙逝了。两个月后，我在《文艺报》上读到了钟敬文先生的大作《敬悼俞平伯先生》，文章写得很感人，且在文末呼吁出版俞平伯的手简。他说："这也是俞先生学艺的组成部分，并且因为书简体裁的关系，于此更能无遮拦地反映出他的性格、爱恶与癖好。"钟先生所想与我所做不谋而合，于是，征得钟先生同意，将《敬悼俞平伯先生》作为代序收入书中，也藉以寄托我们的哀思。

1991年5月31日
于天津社会科学院文学研究所

（原载《俞平伯书信集》，河南教育出版社1991年8月版）

编选《俞平伯全集》得失谈

装帧和印刷都十分精美而又考究的十卷本《俞平伯全集》,经过两年的努力,终于由花山文艺出版社郑重出版了。书中不

《俞平伯全集》书影

仅收入了俞平伯一生的文学作品和学术论著,而且,收入了许多未曾披露过的遗作,如30年代俞平伯写于清华园的《秋荔亭日记》,周丰一提供的俞平伯致周作人书信九十四封,叶至善提供的俞平伯致叶圣陶书信四百七十三封等,都是首次公开发表的作品。这对于研究俞平伯的学术思想以及他与周作人、叶圣陶等老作家的交往,都是不可多得的珍贵史料。然而,《全集》中也有经过协商未被收入的作品,如俞平伯于1955年2月写讫的《坚决与反动的胡适思想划清界限——关于有关个人〈红楼梦〉研究的初步检讨》(以下简称《检讨》)一文,就未被收入《全集》中。

众所周知,1954年秋,俞平伯因为红学研究的学术观点问题而遭受到一场极不公正的批判。那么,他为此而写的《检讨》,该不该收入《全集》,就成了编委会讨论的焦点。俞平伯的亲属从感情上坚决反对收入《检讨》,担心在后人的心目中有损于俞平老的形象。出版社则认为《检讨》一文非常重要,是1954年批判事件在俞平老作品中有所反应的唯一的一篇,是绝不可缺少的。它是一个纯正的中国学者在特殊历史时期的灵魂剖析,只能令人同情,更增一份敬重,丝毫无损于俞平老的形象。如不收入,会给《全集》留下很大的遗憾,这一缺憾会持续几十年,也许会更久。北京大学教授吴小如也告诉我:既然是编《全集》,就应该做到越全越好。照此看来,《检讨》一文毫无疑问是应该收入《全集》的。

作为一名现代文学研究工作者,俞平伯研究资料的搜集、编选者,我承认出版社和吴小如等人的意见是有道理的,但是,从学术角度考虑,我仍然固执地向出版社阐明了我不同意将《检讨》收入《全集》的理由。

1954年,国内曾借着学术观点的分歧,对老知识分子俞平伯进行了大张旗鼓的批判,把学术讨论搞成了政治运动,不仅伤害了俞平伯本人,也伤害了一批老知识分子。"文革"运动中,俞平伯继续为此事挨批、挨斗,被抄家,后来又被下放到农村干校,以古稀高龄承受了他难以承受的磨难。80年代,虽然已是太平盛世,但是,俞平伯仍心有余悸,对上海古籍出版社编辑出版《俞平伯论〈红楼梦〉》一书,迟迟不敢应允,表现出极为犹疑的态度。鲲西认为:"余悸之久久存在,不是由于'文革',而是对他心灵造成最大创伤的《红楼梦》论著的批判。"①正因为如此,1986年1月20日,中国社会科学院文学研究所才为他开了平反大会,胡绳院长亲自讲话,新华社发消息,全国及海外各大报刊予以报道,目的就是要为1954年的错误批判肃清影响。

1954年秋末,俞平伯受到政治围攻时,他是很想不通的,他感到十分痛苦,心灰意冷,这从他1954年11月9日写赠王伯祥的诗中可以得到一点印证。那一天是甲午年立冬的第二天,王伯祥专程到门庭冷落的俞宅造访,特意邀请俞平伯同游北海公园看菊花,并至烧烤店小酌。从菊花耐严寒,面对风雨仍傲然独立的品格中,俞平伯已经领会了老朋友对他的鼓励和安慰,归后即赋诗二首相赠。诗曰:"交游零落似晨星,过客残晖又凤城。借得临河楼小坐,悠然尊酒慰平生。""门巷萧萧落叶深,跫然客至快披襟。凡情何似秋云暖,珍重寒天日暮心。"其中第一首末句所说的"平生",即指俞平伯自己。他在《赠王伯祥兄》诗序中,就落款"弟平生",并钤有"知吾平生"白文印章。两首诗中真实地表述了俞平伯当时的处境和孤寂的心情。

那时,俞平伯所在单位的领导和同事们曾对他进行过帮助;中国文联和中国作协多次开了评判会;他所加入的民主党派九三学社北京市分社及沙滩支社也反复开会,帮助他提高认识,用

---

① 鲲西:《读俞平老〈鹧鸪天〉余感》,载1998年5月9日《文汇读书周报》。

现在的话说,那就是在各方面都施加了压力之后,他才写出了全面否定自己前三十年红学研究工作的《检讨》一文的。这从九三学社北京市分社沙滩小组当时所写的总结报告中可以得到证明。

在政治运动中处于无奈状况下被迫写出的《检讨》,那是政治的产物,是作家、学者的违心之作,它和学术论著是两码事,因此,不可以收入学术著作中。如将《检讨》一文收入《全集》,那么,"文革"期间他还被迫写过许多关于红学思想的检讨,有记载的,如1969年7月20日,他写了《认罪与悔过》,6500字,交出。同年9月23日至25日,三天之内就交了三份个人检查。在农村干校,他写过思想总结及汇报,如1971年1月3日,交《一年来我思想的动态》,8000字;同年1月14日,交《思想小结》,1600字。由干校回北京后,在老知识分子学习小组会上,他还讲过对红学研究批判的认识,这些是否也该收入《全集》呢?总之,我认为在政治运动的压力下,迫使作家、学者不得不写的表态、检讨、悔过一类的作品,都不应该收入《全集》中。

再说1988年2月,上海古籍出版社编辑出版的《俞平伯论〈红楼梦〉》一书,篇目都是出版社与作者一起研究敲定的。俞平伯没有将《检讨》一文收入书中,可见他自己并不承认这篇作品是他的学术论文。我认为我们应该尊重作者自己的意见。

花山文艺出版社最终还是采纳了多数编委的意见,没有将《检讨》收入《全集》。为此,出版社做出了很大的让步,因为他们曾提出:如果《检讨》不能作为作品收入《全集》,那么,就作为"附录"收在《全集》书后的意见,也没有被认可。现在看来,这个意见其实是值得考虑的。从学术角度看,或许它才是既有利于读者和研究工作者,又无损于作者的最佳处理意见。

(原载1998年11月19日香港《大公报》)

《俞平伯年谱》编纂感言

十多年前,在拜读南开大学教授张菊香、张铁荣纂著的《周作人年谱》时,便引发了编写《俞平伯年谱》的念头。十多年过去了,《周作人年谱》的增补本也已经出版了,而《俞平伯年谱》才在天津人民出版社的支持下得以问世。从主观上看,可见工作的拖沓;从客观上看,也可见搜集资料的不容易。

编纂《俞平伯年谱》,我一直以"求全"为原则,力求向读者展示俞平伯的创作成就和他在学术上的辉煌业绩,他的作品与学说形成的时代背景和发展轨迹,他的遗著佚作的梗概,他的交友之道和做人的准则,他所参加的社会活动、政治活动以及他在人生道路上的坎坷经历。事实上"求全"是做不到的。经过"文化大革命"运动,俞平伯的许多文稿和有价值的资料都化为灰烬,这种损失,无法弥补。其次是有一些知而未见的资料,包括散佚在解放前报刊上的和未曾发表过的作品,这就又为本书留下了一些遗憾。《年谱》中有的部分很详细,几乎成了"日谱";有的地方又很简略,一年中的活动都很寥寥。这都是因为资料欠缺造成的,敬请读者鉴谅。

还有一点需要说明的是俞平伯与昆曲艺术的关系。在俞平伯九十一年的生涯中,他与昆曲结缘就有七十年。1918年,他在北京大学读书期间,便开始与吴梅先生学唱昆曲。在夫人的影响下,他对昆曲的兴趣越来越浓厚。后来,为了教学的需求,他曾投入很大精力学习拍曲、唱曲,整理曲谱,研究昆曲艺术。为了保存、继承和发展昆曲艺术,30年代,他与清华大学的同事们成立了谷音社,在清华大学、燕京大学多次组织曲会,吸引了许多昆曲爱好者。50年代,他又发起组织了北京昆曲研习社,与华粹深合作改编《牡丹亭》剧本,组织排练并于国庆十周年时为首都观众演出了昆剧《牡丹亭》。数十年来,他不仅亲自参加排练、演出活动,而且写了许多有关昆曲艺术的论文,他对昆曲艺术做出的贡献,功不可没。因此,《年谱》中比较详细地记载了他与昆曲有关的所有活动。

在搜集这些资料的过程中,我得到了北京昆曲研习社的元老、俞平伯夫妇的老朋友张允和先生的全力支持和帮助。经过十年浩劫后,俞平伯自己搜集整理多年的昆曲曲谱以及有关曲社的资料,都被损毁了。俞平伯逝世后,有关北京曲社的资料就更不易查找。张允和先生对俞平伯的遭遇不仅十分同情,而且为他抱打不平。她说:俞先生为北京曲社付出的太多了,他的功劳不能埋没。为了补上《年谱》中的这一段历史,她老人家把自己劫后幸存的"曲社工作日记"找出来,一本一本地借给我看;有记载得过于简单、看不明白的地方,老人就讲解事情的原委,详加说明。可以说,没有张允和先生热心无私的支持,就没有《年谱》中有关北京曲社活动的详细记载。张允和先生不仅为俞平伯,也为北京昆曲研习社保存了珍贵的史料。衷心感谢和蔼、可亲、慈祥、善良的张允和先生!

此外,还要感谢给我以信任、支持和鼓励的俞润民和陈煦夫妇,我的工作曾得到他们的鼎力相助,希望这本书没有辜负他们的期望。

北京大学教授吴小如先生以七十八岁高龄欣然为《俞平伯年谱》审稿,并提出宝贵的修改意见,在此谨向吴先生表示衷心感谢。

由于水平所限,尽管我对《俞平伯年谱》的编纂工作已经加倍仔细和小心,恐怕仍难免有史实不当、记载有误之处,衷心希望读者和专家予以批评指正。

让我们以这本朴实无华的《俞平伯年谱》,纪念这位无愧于20世纪的著名文学家、学者俞平伯先生百年诞辰。

2000年1月14日于天津社会科学院

(原载《俞平伯年谱》,天津人民出版社2001年1月版)

记忆有时是靠不住的

在《博览群书》2004年第8期,我读到了黄波先生的文章《唱样板戏的俞平伯》。文章为拙著《俞平伯年谱》补述了漏写的一笔,"这就是俞平伯先生当年在'五七干校'唱样板戏的一幕",而且认为"漏写的这一笔实在重要"。

黄波先生补正的依据,是看到了俞先生当年在文学研究所的同事刘士杰先生撰写的回忆文章,即发表在2000年1月19日《中华读书报》上的《俞平伯先生印象记——纪念俞平伯先生百年诞辰》一文。该文还发表在2000年6月30日北京昆曲研习社《社讯》第13期,题目为《一位非常可爱而又可敬的老人——俞平伯先生印象记(纪念俞平伯先生百年诞辰)》。文中有一段文字记述了俞平伯在河南干校的往事。作者写道:"后来,干校从息县迁到明港军营,不搞生产,只搞运动。那时候,会前会后要唱革命样板戏,这教唱样板戏的任务就落在了我的身上。……想当年,我向俞先生学唱昆曲,没学成;想不到在明港军营中,俞先生坐在人群里向我学唱样板戏。看到擅长唱昆曲的俞老先生如此认真地、有板有眼地学唱革命样板戏,我觉得这真是富有戏剧性的一幕!"这段记述果然"富有戏剧性"。我们知道，俞平伯先生是1969年11月被下放到河南干校的，1971年1月，在国务院总理周恩来的关照下，他与吕叔湘、翁独健、孙楷第等十一位著名学者、老知识分子受到了特殊照顾，从河南息县提前回到了北京。"干校从息县迁到明港军营，不搞生产，只搞运动"，那已是1971年4月的事了。那时俞先生已经在北京中国科学院哲学社会科学部为他们组织的学习组里参加学习了，明港军营已经不可能留下俞先生的身影了，刘士杰先生又怎么可能在明港军营中看到俞先生坐在人群里认真地、有板有眼地学唱革命样板戏呢！很显然，这是作者在印象的基础上，加入了合理想象，只是忽略了主人公不可能在场的这个前提，所以"印象"失真了。俞平伯先生当年"唱样板戏的一幕"或许会有，但是，绝不可能发生在明港军营中。那么，这一幕究竟发生在何处？时过境迁，现在已不能确说。既然是不能确说的事情，当然不能写入《俞平伯年谱》中。以事实为依据，有一分材料说一分话，这是我们治学的原则。

在此，我还想顺便说一说刘士杰先生在《俞平伯先生印象记》中出现的另一处误记。文章说："在'文革'中，红卫兵破四旧，把原有的街道、胡同名称都改成诸如'东方红街'、'反修胡同'等'革命性'的名称。而不识时势的俞先生却针锋相对地写了一本考证北京街道胡同的书。此事被红卫兵知道后，其后果可想而知。俞先生又被狠狠地批斗。红卫兵小将们说，我们破四旧，你倒在复四旧，可见你复辟之心不死！"这段话告诉我们：俞先生是在红卫兵破四旧、为街道胡同改了革命性的名称后，"针锋相对地写了一本考证北京街道胡同的书"。了解那段历史的人都会知道，这是不可能的。因为"文革"一开始，俞平伯就被打入了牛鬼蛇神的行列，每天接受改造，随时接受批判、批斗、游街，他已经失去了人身自由。更何况红卫兵破四旧时，俞平伯自己也在经历着被抄家的劫难,并被迫由居住了数十年的四合院搬出,住进了跨院的两间小屋子里。此时此刻,他哪里有心情、有时间、有条件去"针锋相对"地写"一本考证北京街道胡同的书"呢!

据我所知,俞平伯先生确曾写过一篇考证北京胡同的读书札记,而不是一本书,题目为《"铁狮子胡同"与"田家铁狮"》,发表在1962年6月14日《光明日报》。文章谈了相传北京安定门内张自忠路的"铁狮子胡同"是因明代田弘遇故宅的"铁狮"而得名。俞平伯从谈迁的《北游录》一书中得知,田氏故宅原在北京西城,与"铁狮子胡同"不相关。况且,在田氏故宅之前,即明代中世,北京已有了"铁狮子胡同"之名,可见此名的由来与"田家铁狮"毫无关系,只是后人传讹,才误合为一。在俞先生的这篇读书札记发表四年之后,红卫兵才破四旧,为街道胡同改名,可知俞平伯无论如何"不识时势",也不可能与当时的红卫兵"针锋相对"地干。由此可见,"印象"被错位剪辑的事情是很难避免的。即使是我们自己亲历的往事,忆述出来也常会出现失误,更何况一般的同事、朋友呢!

读书可以使我们增长知识,可以帮我们排疑解惑,也可以教我们如何处事做人。然而,读书也有给我们增添疑惑的时候,比如阅读人物传记等回忆性的作品,就常常因为追忆史实失当,让人感到真假难辨,莫衷一是。上述所举记忆失误的事例,就说明了记忆有时是靠不住的,尤其是在没有原始客观的文字记载的情况下,仅靠记忆去回想数十年前的事情,不出现失误倒是不可思议的。张中行先生在与读者谈他写的回忆录《流年碎影》时,说:"书写完后,我的女儿说有一处把她上中学写成了上小学,说明我也有记错的地方。后一部分可能好一些,因为有日记。"(见1997年8月16日《文汇读书周报》)鉴于此,我们不想去苛责作者,只想通过自己广泛的阅读,使自己所关心的史实能够在不同的作品中得到比较和参照,从中考查出是非、真伪、虚实,分析出作品是否实事求是,是否真实可信。这样读书,对我们来说,不也是一种乐趣吗!

(原载 2004 年《博览群书》第 12 期)

《周作人俞平伯往来通信集》成书始末

经过上海译文出版社的多方联络,征得周作人、俞平伯两家亲属的同意,由我担任了《周作人俞平伯往来通信集》的整理、校订和注释的工作。我对这项工作早有兴趣,自以为有能力把它完成好。但是,在实际工作中,才感觉到自己的知识储备还很欠缺。可以说,从书信的电脑文稿录入到完成校订、注释的全过程,就是我系统读书、学习和加深理解的过程。这里我就按照完成书稿的程序,将全书的概况向读者作一简介。

一 书信的来源

《周作人俞平伯往来通信集》是二十世纪两位文化名人的交往实录。全书收入书信三百九十一封,其中周作人的书信二百一十封,时间由1922年3月27日至1935年12月20日。俞平伯的书信一百八十一封,时间由1921年3月1日至1964年8月16日。虽然幸存下来的书信只是他们全部通信中的很少一部分,但是,也足以反映出那个时代的社会形态、文化背景、教育状况、学者之间的交往以及他们的学术观点和文化追求,反映了他们以及他们周围人们的一个生活侧面。对于我们今天从事现代

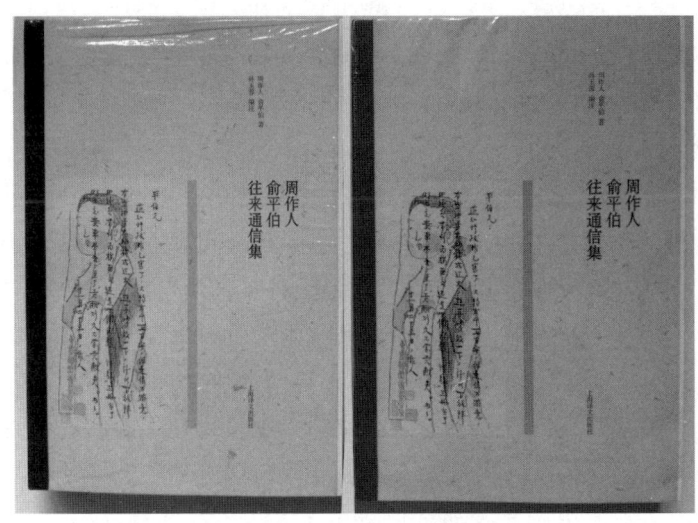

《周作人俞平伯往来通信集》初版书影

文学研究、熟悉和了解那个时代的文化生活,都具有很好的参考价值。

周作人的书信主要来源于俞平伯收藏的三大卷册《苦雨翁书札》,此外便是已被收入上海青光书局1933年7月版《周作人书信》、且为《苦雨翁书札》以外的零散书信等。俞平伯的书信主要来源于周作人数十年的收藏。说到这里,不能不感谢鲁迅博物馆在"文革"运动期间的全力相助,使周作人所保存的史料免于劫难;更要感谢周作人的亲属周丰一、张菼芳夫妇,是他们在九十年代,应俞平伯亲属的要求,从周作人众多存信中,不厌其烦地精心挑选出俞平伯的这些书信,为现在编选《周作人俞平伯往来通信集》提供了便利。

早在三十年代初期,周作人在为自己编选第一本书信集时,就曾说过:"寄出的信每年不在少数,但是怎么找得回来,有谁保留这种旧信等人去找呢?幸而友人中有二三好事者还收藏着好些,便去借来选抄。"今天,当我编选《周作人俞平伯往来通信集》的时候,才深深地感觉到数十年来懂得精心收藏、保存这些旧书信并能够提供给我们来选用的这些"好事者",是多么有远见卓识,又是何等的可亲可敬!

那么,俞平伯是怎样历经磨难保存下了《苦雨翁书札》的?他与周作人又是怎样相识的呢?1917年9月,周作人被聘为北京大学文科教授兼国史编纂处编纂时,正是俞平伯在北京大学国文系读书期间,俞平伯自此结识并师从于周作人。至1967年周作人病逝止,俞平伯与他或密或疏地交往了近五十年。他们是师生,更是朋友。在学术上他们有很多共同语言,而在抗战期间,他们又各自选择了截然不同的生活道路。

二三十年代是俞平伯与周作人交往比较密切的时期。那时,他们之间的书信往来也十分频繁。为了便于保存,避免散失,1929年春,俞平伯决定将1924年8月至1928年11月周作人写给他的书信六十封,装裱成册,使之成为既可观赏又可收藏的珍品。整个装潢十分考究,首尾均有薄木板夹护,上面贴着俞平伯自题的"春在堂藏苦雨翁书札"签条。配上周作人那洒脱隽逸的毛笔小楷、彩色的信笺和信末多样的印章,简直就是一部精美的艺术品。1929年清明节那一天,俞平伯带着装裱好的《苦雨翁书札》,到苦雨斋造访,请周作人题跋。这让周作人既感意外,又觉惊喜。他没有推辞,当即在卷册上题写了跋语,如实记下了自己当时的心情:

> 平伯出示一册,皆是不佞所寄小简,既出意外,而平伯又属题词,则更出其表矣。假如平伯早说一声,或多写一张六行书裱入亦无不可,今须题册上,乃未免稍为难耳。不得

已姑书此数语,且以塞责,总当作题过了也①。

十八年四月五日晨,岂明

周作人还特意在跋语的落款处,盖上了俞平伯送给他的精致的朱文铜印章,印文为"凤皇专斋"。

当日中午,俞平伯得到了周作人的酒饭款待。午后回到家中,他便在《苦雨翁书札》周作人跋语之后,也题写了短跋:

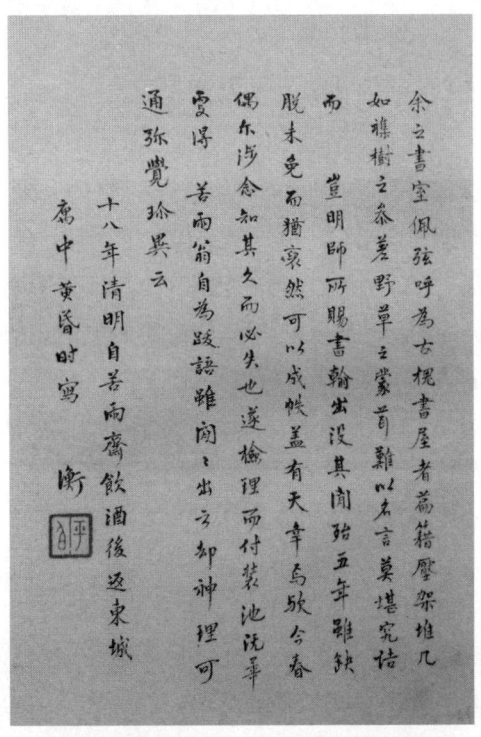

俞平伯在《苦雨翁书札》后所作短跋(俞昌实拍摄)

---

① 文中所引用的周作人题跋,均依据俞平伯保存的手迹原件。日后收入周作人文集时,文字多有改动。

余之书室，佩弦呼为古槐书屋者，篇籍压架堆几，如杂树之参差，野草之蒙茸，难以名言，莫堪究诘，而岂明师所赐书翰出没其间殆五年，虽缺脱未免而犹蔼然可以成帙，盖有天幸焉欤。今春偶尔涉念，知其久而必失也，遂检理而付装池，既毕，更得苦雨翁自为跋语，虽闲闲出之，却神理可通，弥觉珍异云。

十八年清明自苦雨斋饮酒后
返东城寓中黄昏时写　衡

俞平伯名铭衡，他在短跋的落款中署名"衡"，同样是为了表示郑重。

时间过得飞快，转眼间俞平伯收存的周作人来信又积攒了六十四封，时间由1928年11月至1930年9月。他在准备装裱前夕，便早早写信向周作人预约题写第二册《苦雨翁书札》的六行书。因为第一册的跋语是直接写在卷册上的，让周作人感到稍有为难，提了意见，因此，后两册的跋语，俞平伯便接受了教训，均改为先请周作人题写六行书，然后裱入卷册中。时过境迁，周作人竟然把六行书的典故忘却了。后经俞平伯提醒，方恍然大悟，后于1930年9月15日，周作人为第二册《苦雨翁书札》题写了"六行书"：

平伯来信说将裱第二册账簿，并责写前所应允之六行书，此题目大难，令我苦思五日无法解答，其症结盖在去年四月四日不该无端地许下了一笔债，至今无从躲赖，但这回不再预约，便无妨碍了。至于平伯要裱这本账簿，则不佞固别无反对也。

十九年九月十五日于北平煅药斋　岂明

一年多以后，俞平伯于 1932 年 1 月 31 日写信告诉岂明师："日来检治所赐书札，觉得第三本账恐怕要比他的哥哥们都胖一点，于是又有付裱之意。六行书还写不写呢？在第二本上说'但这回不再预约，便无妨碍了'，等因奉此，似有'恕不'之概。可是有一层，尊斋新制有的的确确的六行书，若不挥翰，宁不孤负耶？特此劝驾，想不便固却也。"周作人于当年 2 月 3 日、6 日、8 日的

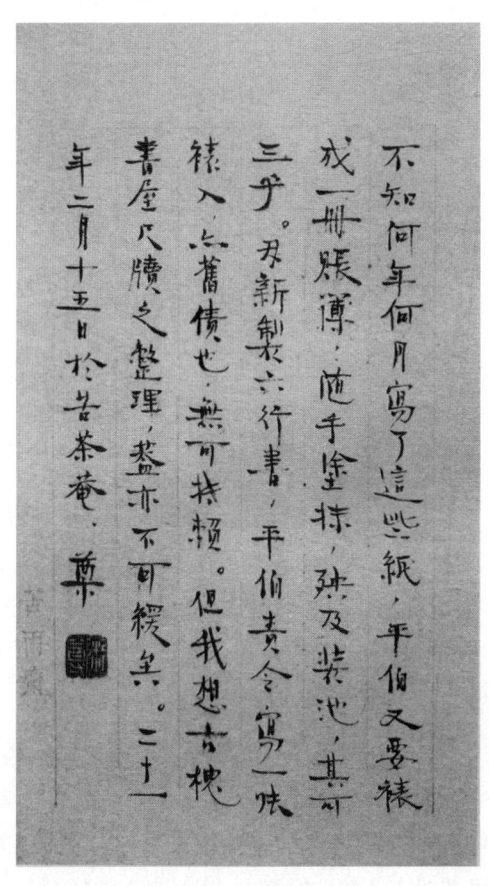

周作人为俞平伯的第三册《苦雨翁书札》题写的跋语（俞昌实拍摄）

三封回信中，都只字未提"六行书"的事，俞平伯感到寂寞难耐，于2月13日再次函告岂明师："尊札尚未付装，大约近百页五十开，可谓巨册，其六行书写欤，否欤？真闷杀人也！"当日晚，周作人即收到了俞平伯的信，并立即回复，答应了写"六行书"的事。他说："'莫须有'序成后，即想写《杂拌儿二》序，乃尚无一字，或者当先写'六行书'，唯百页之多殊出'意表之外'，不意近年乃写这许多纸乎。日内拟刻一'稽山上人'之印，如能早成，当可用于六行书上。"在俞平伯的一再催促下，周作人于1932年2月15日，用苦雨斋新制的六行书，为俞平伯的第三册《苦雨翁书札》题写了跋语：

不知何年何月写了这些纸，平伯又要裱成一册账簿，随手涂抹，殃及装池，其可三乎。因新制六行书，平伯责令写一张裱入，亦旧债也，无可抵赖。但我想古槐书屋尺牍之整理，盖亦不可缓矣。

二十一年二月十五日于苦茶庵，尊

1932年3月14日，俞平伯携带着装裱好的三册《苦雨翁书札》，应邀到苦雨斋小聚。他想让朋友们与他分享收藏和拥有《苦雨翁书札》的欣喜。于是，观赏俞平伯装裱成册的《苦雨翁书札》，便成了这次师生聚会的一个话题。废名观看了这三册《苦雨翁书札》后，有所感悟，当即题写了跋语：

今日大风，来苦雨斋，遇见平伯，我常想到这里来遇着他，仿佛有意去拾得一个意外的快乐似的，今日平伯携了他所裱的《苦雨翁书札》来看，一共三册，这倒又是一个意外的快乐，苦雨翁我们常见，苦雨翁的信札我亦常有之，但这样摆在一起观之,我真个的仿佛另外有所发现,发现的什么又说不出也。

废名敬记　二十一年三月十四日

几年之间,俞平伯十分虔诚地再三装裱《苦雨翁书札》并请周作人题跋的举动,感动了周作人,他也想如法炮制,立即着手整理装裱《古槐书屋尺牍》。周作人这一礼尚往来的方法还真灵验,俞平伯立即感到大事不妙,马上阻止此事的实施。周作人只好答应缓行。从此,俞平伯虽然照样收藏周作人的来信,但是,却再也不敢提装裱的事了。然而,正是那些不曾装裱的书信,在解放前的战乱和建国后的历次政治运动中,也就必然地散失了。

1966年的"文革"运动期间,俞平伯被打成"资产阶级反动学术权威"进了"牛棚",挨了批斗,被抄了家,"扫四旧"的大火把他的藏书、文稿几乎焚毁殆尽,厚厚的纸灰飘散在他的旧宅——老君堂寓所的院子里。这对于俞平伯来说损失惨重,无法弥补。然而,《苦雨翁书札》三册却能幸免于难,这就要感谢俞平伯的先见之明了。是他及早将《苦雨翁书札》卷子交给儿子带到天津的家中保存,这才使它躲过了那场浩劫。

二　书信写作年份的判断

周作人、俞平伯往来通信的绝大部分信末未署写作年份,也有年、月或年、月、日全无的信件,这给全书的编排带来了比较大的麻烦。因为俞平伯收藏的三卷册《苦雨翁书札》都标明了写作的时间范围,所以,不会出现太大的误差。而俞平伯的书信都是散篇,在没有信封的情况下,判断写作年份的任务就尤其艰巨,出错的可能性也比较大。本书判断写作年份的主要依据是:

(一)根据书信发表的时间判断。如1922年3月27日和3

月31日师生之间讨论诗的效用的通信,均在1922年4月15日《诗》月刊第1卷第4期发表过,加之俞平伯的回信中就署明"一九二二年三月三十一日",所以,这些书信的写作时间应该是准确无误的。又如收入上海青光书局1933年7月版《周作人书信》中的三十五封写给俞平伯的信,它们的写作时间也大体应该是准确的。当然,这样的书信仅占了全部书信的十分之一。

(二)根据书信中谈及的作品的写作及发表时间、文集编辑及出版的时间以及参加社会活动的时间等进行判断。这项工作主要参考了《周作人研究资料》、《周作人年谱》修订版、《俞平伯研究资料》、《俞平伯年谱》以及周、俞二人的文集等。例如1926年12月7日俞平伯致周作人的信,信末只署明"七日早",它的年份、月份都需要判断。所幸信中谈到了"《梦忆》序于《语丝》108期上未见登出,不知原稿刻存何处"。查《语丝》108期是1926年12月4日出版的,而周作人的《〈陶庵梦忆〉序》则发表在1926年12月18日《语丝》周刊第110期,由此,我们便比较顺利地判断出此信写于1926年12月7日。

又如,1964年6月20日俞平伯致周作人的信,信末只署明"六月廿日",没有年份。所幸信中谈到了"生于上月廿一日去霸县,半月始归"的事,查《俞平伯年谱》,可知俞平伯与许德珩、孙承佩、游国恩、魏建功、裴文中等五十三人一起赴河北省霸县煎茶铺,参加全国政协组织的学习会,即参与农村社会主义教育运动,是1964年5月21日至6月6日发生的事,这样,我们便比较容易地把此信的写作年份搞定了。

(三)根据能够看到的明信片上邮戳的时间和往来通信内容的相互衔接进行判断。如1925年5月4日,俞平伯在致周作人的明信片中,谈到了王季重的《文饭小品》,给予了较高的评价。他说:"看了数篇,殊喜其文笔峭拔,如在峡云栈雨间数千里无一息平夷也。此书颇似原刻本,甚以未全为惜也。"又说:"行文非绝无毛病,然中绝无一俗笔;此明人风姿卓越处。《雁宕山记》起首数语,语妙天下。非此不足把持游雁宕之完整印象。读此冥然有会矣。"而在周作人1926年5月5日的回信中,与俞平伯所谈的问题衔接得十分紧密。他说:"来片敬悉。王季重文殊有趣,唯尚有徐文长所说的以古字奇字替代俗字的地方,不及张宗子的自然。张宗子的《琅嬛文集》中记泰山及普陀之游的两篇文章似比《文饭小品》各篇为佳,此书已借给颉刚,如要看可以转向他去借。我常常说现今的散文小品并非'五四'以后的新出产品,实在是'古已有之',不过现今重新发达起来罢了。由板桥、冬心、随园溯而上之这班明朝文人再上连东坡、山谷等,似可以编出一本文选,也即为散文小品的源流材料,此件事似大可以做,于教课者亦有便利。现在的小文与宋明诸人之作在文字上固然有点不同,但风致全是一路,或者又加上了一点西洋影响,使它有一种新气而已。"因为周作人的信收入了上海青光书局1933年7月版《周作人书信》一书中,写信的年份即是作者当年自己标注的。而俞平伯明信片上的邮戳却清晰地显示着1925年5月4日,由此可知,周作人当年编辑自己的书信集时,就已经把写信的年份搞错了。可以肯定地说,此信实际写于1925年,而且,由此还得知,周作人对于我国散文小品的这些重要见解(后来就形成了他的《中国新文学的源流》),最初是在与俞平伯讨论王季重、徐文长、张宗子的文章长短时谈起的。这无疑是新文学史中不可忽视的一环。

(四)根据比较可靠的记载进行判断。如1925年6月30日记载"某君匆匆进医院,匆匆出医院"的信,它的写作年份就是依据《钱玄同日记》判定的。当时,钱玄同因为坐人力车去周作人家,中途车轴出了毛病,把他摔到了地上,胳膊跌伤了。他既要治疗伤痛,又要去追究车夫的责任,所以,才有了"匆匆进医院,匆匆出医院"的事。又如,1926年2月11日俞平伯致周作人的信,因为信中谈到了《春在堂书》,而1928年内有多封信谈到了《春在堂丛书》《春在堂全集》,根据通信内容判断,最初,我们把它编排在了1928年。而信中又谈到了"昨依言往访绍原,他出去了,留一便条致尊意并达鄙忱,约在'年底'再去访他。据店中人说是到协和去看病去了。"查阅有关江绍原的资料,方知1928年江绍原正在杭州居住,而1926年和1930年的春天方好住在北京。信中还有"'年底'再去访他"的话,这个"年底"显然指的是阴历的年底。查阅《一百年日历表》,2月10日仍然在腊月里,符合这个条件的相近的年份只有1926年和1931年,而1931年春江绍原还在杭州居住着呢。使用这样的排除法,最终确定此信写于1926年。

(五)也有一批俞平伯致周作人书信的写作时间是张荻芳先生整理书信时,根据信封邮戳标注的。老人家的认真和细心,不仅值得感谢,而且值得我们学习。

虽然我们为判断书信的写作年份付出了许多精力,但是,仍然不能保证没有差错。敬请方家、读者批评指正。

三　书信中的称谓

在《周作人俞平伯往来通信集》中,师生之间的敬称和变化多端的落款,也都是十分讲究的。如周作人在信中,对俞平伯始终以"兄"称之,如平伯兄、白萍道兄、平伯道兄等,偶尔也称古槐书屋主人。这是周作人的一贯做法。他在写给江绍原、废名等弟子的信中,同样也都是以"兄"称之。俞平伯在致周作人信的落款中,则始终执弟子礼,自称:你的学生平伯、平伯、平、庆、弟子庆、弟子平、生衡、弟子衡等。俞平伯名铭衡,字平伯,法名福庆。由此可知，他的署名没有越出他的名和字。

再看俞平伯在信中，对周作人始终以"先生"和"师"称之，如启明先生、启明师、岂明师、岂明吾师、岂师、知堂师、药真师等；偶尔在书信的正文中，也称过"知堂上人"、"老人"等，总之，俞平伯对周作人是尊敬有加的。周作人在致俞平伯信的落款中，则自称：周作人、作人、作、启、专斋、岂、岂明、难明、难、苦雨翁、苦、苦雨、苦翁、苦茶、煆、起明、药庐、尊、粥尊、浴禅堂老人、糜崇、嬴州、案山、知堂等。在我国现代作家中，周作人也是一位别名、笔名众多的作家。他在书信中出现的花样繁多的落款，在他所有的别名、笔名中，还不及五分之一。他的所有署名都是有来历的。如1930年末，他有了新室名"煆药庐"，并请俞平伯为他书写庐额，于是，在他的书信中也就出现了"煆"和"药庐"两个署名。又如1931年10月11日，周作人作了读书札记《案山子》后，在同年12月写给俞平伯的书信中，就出现了以"案山"为笔名的落款。"案山子"是"稻草人"的日本语，有时比喻落拓无能的人物。再如1932年3月26日，周作人作了《知堂说》后不久，在俞平伯致周作人的信中，就出现了"知堂师"和"知堂上人"的称谓。

除了两位当事人外，就是书信中涉及的友朋的称呼也同样是丰富多彩的。如周、俞师生二人对钱玄同的称呼，就有玄同、某君、疑古先生、疑古君、疑古老爹、疑古翁、疑古公、疑古、老爹、某老爹、"某君"、玄同师等十余个。又如对周作人的得意门生、俞平伯的两位好朋友江绍原和冯文炳的称呼，更是有趣。前者有绍原、原、江公、江次长、准礼部次长江、江二先生、江二公等，后者有废名君、废名公、废名、废公、莫须有、莫须有先生、常出屋主人、常出屋等。多样的称呼使书信充满了活泼和生趣，但是，初次阅读，也不免让人有眼花缭乱之感。为了便于读者的阅读与欣赏,本书附录了通信集中涉及的人名索引,可以辅助读者畅通无阻地浏览,充分享受阅读的乐趣。

四 关于书信的注释问题

对于全书的注释,我们主要侧重于人物和作品。因为书信中涉及的同时代文化名人比较多,这些前辈距离我们已经比较遥远,如果不是学习中国现、当代文学专业的人,阅读起来可能会比较陌生。所以,书中对于人物和作品的介绍就占了比较多的篇幅。在对人物的注释中,我们尤其注重突出文化名人之间的交往,如对"方纪生"的介绍,不仅谈到了四十年代他在日本编选出版《周作人先生纪事》的事,而且,谈到了他将冈仓天心所著《茶之书》译为汉文,曾请周作人为之作序的事。以此说明方、周之间的交往是相互的。此外,对于书信中谈及的个别历史事件,也尽量做了简介。

对于书信的注释工作虽然是二度创作,但是,任务的艰巨让我们不敢有一点懈怠。为了注释的准确、无误,在条件允许的情况下,我们查阅了比较多的文献参考书籍,也借助了互联网络搜索引擎提供的便利,但是,由于周作人、俞平伯往来通信绝大部分写于二十世纪二三十年代,有些需要注释的问题,就属于查阅文献书籍和互联网络也解决不了的,必须查找原始资料方可解决。如周作人在1932年11月13日的信中,谈道:"又见《中学生》上吾家予同讲演,以不佞为文学上之一派,鄙见殊不以为然,但此尚可以说见仁见智,唯云不佞尚保持五四前后的风度,则大误矣。一个人的生活态度时时有变动,安能保持十三四年之久乎?不佞自审近来思想益销沉耳,岂尚有五四时浮躁凌厉之气乎。吾家系史学家,奈何并此浅显之事而不能明了欤。"这是反映周作人思想变化的比较重要的一段话。周予同在《中学生》杂志上究竟讲了什么话,让他发了这段牢骚?为此,我到天津图书馆查阅了1932年的《中学生》杂志,方知在当年11月《中学生》杂志第29号上,发表了周予同的《我们往那里去——在安徽大学演讲》一文。周予同在演讲中,运用中国文化史观,从古至今,对中国的文学、历史状况作了粗略的概述,提醒大学生们要明确自己的使命。其中,他谈道:"就文学讲,我们的文学究竟要往那一方面去?到现在,中国旧有的诗歌词曲还有人在创作;而西洋文学如古典、写实、新写实各派也都有人在研究。诸位都晓得周树人、周作人两兄弟就是两派,周树人就是鲁迅先生,现在正在努力于新兴文学的研究,而周作人先生还依旧保持着五四前后的风度。文学上的派别既多,主义也不少,我们究竟往那里去呢?"原来就是这段话刺激了周作人的神经,让他发出了这样的感慨。

又如,俞平伯在1936年9月8日的信中,谈道:"前日太炎先生之追悼会以正在考试不能往。"为了说明有关追悼会的事情,我查阅了《周作人年谱》和《钱玄同年谱》,因为此二人均与章太炎有交往,但是,《年谱》中却均无记载。为此,只好去图书馆,查阅当年的天津《大公报》,终于找到了当时记者的报道。原来1936年9月4日上午,章太炎的学生马裕藻、吴承仕、沈兼士、许寿裳、周作人、钱玄同等为纪念章氏的学术思想及其精神,在北平孔德学校大礼堂举行了"章太炎追悼会",蒋梦麟、何其巩、徐炳昶、吴俊升、郑天挺等学术界知名人士一百余人参加了公祭。同时,还举办了章太炎遗墨、手札、诗稿等作品的展览。这次追悼会搞得十分隆重,章夫人汤国黎不仅委派女婿代表家属到北平参加纪念活动,还从杭州发来电报表示感谢。看到了原始记载,心中便有了底数,于是,书信中的注释也就随之解决了。

当然,能够查找到的史料是幸运的。不幸的是也有一些珍贵的原始资料，由于历史的原因，早已被损毁，已经无法查找到了。如1930年，周作人、俞平伯曾应沈启无邀请，到天津河北省立女子师范学院讲演。他们的讲演稿，曾被沈启无刊发在该校1931年的刊物上。但是，该校1931年的相关刊物，天津图书馆均无馆藏，所以，此问题至今未能得到解决。限于篇幅，类似的例子不再一一列举。

五　书信中对学问的切磋

《周作人俞平伯往来通信集》的内容丰富多彩，谈办刊、谈组稿、谈时事、谈趣事、臧否人物、评论作品、切磋学问，几乎是无所不谈，仔细读来十分有趣。尤其是对学问的切磋，对某一问题的关注，师生之间的默契和做学问的互补，实在值得我们学习与借鉴。如1927年11月，俞平伯曾作了一篇考证文章《〈长恨歌〉及〈长恨歌传〉的传疑》，发表在1929年2月《小说月报》第20卷第2期。文章认为杨贵妃并未死于马嵬坡。后来，周作人听到了杨贵妃在日本的一些传说，觉得与俞平伯的观点有吻合处，于是予以函告。他在1930年7月30日写给俞平伯的信中说："有日本友人云在山口地方听到杨贵妃墓的传说，并照有相片，因兄系主张杨妃不死于马嵬者，故以一份奉寄，乞收阅。据传说云杨妃逃出马嵬，泛舟海上，飘至山口，死于其地，至今秋及、久津两处均有石塔，云即其墓也。"随信还附寄了四张照片。俞平伯看了手札和照片后，兴趣大增，但是并不满足，还想继续深究。他在8月1日的回信中说："传说虽异证据，亦足为鄙说张目，闻之欣然。不知能否由日本友人处复得较详尽之记叙乎？照片阅之，大有'山在虚无缥缈间'之感。"于是，周作人在8月6日回信，续谈杨贵妃的传说："关于杨贵妃的传说，虽经石桥丑雄君（现任日使馆宪兵队长，亦是一个歌人）说过，却不甚记得，只存大概了。

据云妃飘海遇风，至日本，中途宫人多死，她自己亦已垂死，由其地萩（Hagi）氏收养，不久亦卒，遂葬其地，至今萩氏生女多美人，而亦多命薄，与杨妃相似。又云明皇后为妃造一佛像，送往寺中（墓皆在寺中）供养，为祈冥福，使者不知其地，便留置京都某刹（石桥君说出寺名，惜忘了），其后该寺闻耗往取，而京刹不肯予，终乃另造一像，并中国原物分置两处，但亦不明孰为唐物（此一节系我忘记问，或者石桥君知之亦未可知）。此外恐尚有传说，只得再行探访矣。"

经过几次书信研讨后，周作人同意将此传说发表，唯希望俞平伯"能为之加上一顶帽或一双靴，斯更善耳"。俞平伯没有辜负老师的嘱托，于1930年9月5日，写成了《从王渔洋讲到杨贵妃的墓》一文。他从自己用王渔洋韵填的《蝶恋花》词，其中讲到杨贵妃"钿盒香囊何处冢"谈起，并生发开去，将周作人的两封来信全文引入，并详加说明。他还十分谨慎地谈出了自己的揣测："后来听见岂明先生说，山口县在日本东南海滨，从中国飘去，也许是可能的。这种传说在日本既流布广远，附会甚多，虽未必可信，却决非没有考虑一下之价值。附会果然是附会，但若连一点因由也没有，那么就是附会也不容易发生的。当时白老头子会不会以听了这种谣言，才去写《长恨歌》。所谓海山蓬莱，就隐隐约约指了日本？或者是《长恨歌》既传诵海外，有日本的俞平伯之流猜出《长恨歌》的夹缝文章而后造出该项流言来？这两个假定都有点可能。无论你采用何种，对于鄙说的估价总不无小补。"至此，周、俞二人讨论关于杨贵妃的传说就暂告一段落了。

有趣的是，事隔三十余年后，周作人从竹内好所编的名为《中国》的日文杂志里，看到了一则消息，说近时日本电视上有一个少女出现，说是杨贵妃的子孙，还展览古代文件作为佐证。这使他想起了俞平伯研究《长恨歌》、考证杨贵妃的那段往事，于是,立即将此新闻函告俞平伯。俞平伯在 1963 年 11 月 17 日的回信中,对日本杨贵妃子孙的传说做了回答。他说:"昔年曾妄谈《长恨歌》,固当悔其少作,然东土既有杨妃墓,又有其后裔一再流传,亦可异也,岂所谓事出有因者乎。"俞平伯的回信竟然引发了周作人的写作灵感,他很快写出了随笔《杨贵妃的子孙》,发表在 1963 年 12 月 21 日香港《新晚报》上。文中不仅回忆了俞平伯考证杨贵妃的往事,而且直接引用了俞平伯最新回信中的那段喟叹。这是一串多么有趣的治学故事!周作人、俞平伯师生二人由《长恨歌》研究引出的话题,竟然延续了三十余年。由此可见他们师生之间的默契和对于学问的永久牵挂。

此外,还想谈谈周作人对俞平伯《红楼梦》研究的关注。

二三十年代,俞平伯与周作人的交往十分频繁,晤谈的机会也比较多,虽然自 1923 年起,俞平伯即以《红楼梦》研究而出名,但是,在他们保存下来的通信中,谈及《红楼梦》研究的信却很少。如 1928 年 3 月 10 日,《新月》杂志创刊号发表了胡适的新作《考证〈红楼梦〉的新材料》。周作人看到后,于当月 18 日函告俞平伯,并将自己的《新月》杂志借给他看。后来索性把《新月》杂志送给了俞平伯。由此可见周作人对俞平伯的支持。

建国后,俞平伯与周作人之间的交往,无论是通信,还是晤谈,都比二三十年代减少了许多。但是,周作人对俞平伯研究工作的关注却是始终如一的。

1953 年末,作家出版社出版了汪静之整理校订的《红楼梦》一书。此为建国后出版的第一部《红楼梦》。1954 年 2 月,周作人阅读该书后,发现书中多有不尽如人意之处,于是写信与俞平伯交换意见。俞平伯从周作人的来信中似乎找到了知音,得到了理解,引起了共鸣,深感欣慰。因此,他在 1954 年 2 月 28 日写给周作人的回信中,真正做到了畅所欲言。他承认"官板《石头记》殊未惬人望,诚如尊言。事实上且未规规矩矩照录程乙本,实用的亚东本而涂上一些程乙的色彩耳。做工作者为湖畔诗人汪静之,渠对北地言语风俗豪不了解,自属难怪,唯有些注本来不错的却改错了,未免说不下去"。因为周作人来信中所谈的意见与俞平伯不谋而合,所以,俞平伯在信中不拟再多谈,只希望周作人能够关注次日(即1954年3月1日)在《光明日报·文学遗产》上发表的他和他的同事的文章,即可得到比较满意的答复了。此外,他还向周作人介绍了他的《红楼梦研究》出版后的销行情况,汇报了他的近作系列文章《读〈红楼梦〉随笔》将在香港《大公报》连载,并预约"如他年汇成小册,当以呈正"。1954年3月22日,他在右臂跌伤的情况下,勉力回信,再次与知堂师谈自己的《红楼梦》研究工作,并对外间有关新版《红楼梦》的误会与传说,做了一点解释。所谈均为由衷之言,而且充满了学术自信。看得出,当时俞平伯的心情是舒畅的,治学也是得心应手的。同年秋,俞平伯便因《红楼梦》研究问题而受到了全国文化界的批判,他的红学研究也因此受到了影响。

1963年,为纪念曹雪芹逝世二百周年,俞平伯应约撰写了长篇论文《〈红楼梦〉中关于"十二钗"的描写》,发表在同年8月《文学评论》杂志第4期。文章发表后,俞平伯曾将样刊送给周作人阅正。在二三十年代,俞平伯与江绍原、废名的作品脱稿后,几乎都请周作人首先审阅,然后才去发表。同样,俞平伯他们也是周作人作品的第一读者。他们相互切磋,自得其乐。这一次,俞平伯以发表了的论文送给周作人阅正,很显然是对周作人平时关注他的回报。周作人也没有改变以往的作风,不仅认真阅读,而且写信谈了读后感,令俞平伯感动不已。他在同年11月17日的回信中说:"两奉手教欣慰。前呈载于'文评'一文已被节去三分之一,故欠贯串,致结尾尤劣,如此尚苦冗长,乃费尊前半夕之功,惭荷惭荷。"六十年代初期,周作人曾与友人谈及俞平伯,说:"俞君因系卅年旧友,熟知其人素极谨慎,前因《红楼梦》经过批评,近当更加小心矣,在文学研究所,避免与外界接触,因此鄙人亦极少通讯。"①由此可知,周作人对俞平伯是尊重、爱护和理解的,又从未伤害过他,所以,俞平伯才敢于跟周作人实话实说而无后顾之忧。这种相互的信任是历经沧桑培养起来的,是经得起历史检验的。

俞平伯关于十二钗文章被大肆删节的事,如果不是他对周作人如实相告,局外人是不可能知道这些内情的。我们所知道的只是该论文发表后不久,就受到了批评,在《文汇报》《文艺报》和《文学评论》等报刊上都见到了批评的文章。几乎没给俞平伯留下什么喘息之机,就又接上了长达十年的"文化大革命"。俞平伯论文的全貌究竟是什么样子的,被删去的两万多字都写了哪些内容,我们已经无从得知了。1988年3月,上海古籍出版社在征得俞平伯同意后所编辑并与三联书店(香港)有限公司联合出版的《俞平伯论〈红楼梦〉》一书,也是根据《文学评论》杂志上所发表的论文收入集子的。现在看来,这个遗憾是永远无法弥补的了。

从俞平伯的谈《红》书札中,我们也看到建国后的周作人一边在默默无闻地从事着译著工作,一边还在关注着他的学生俞平伯的命运,并因此对《红楼梦》研究也予以了关注。如果周作人写给俞平伯的相应的书信和俞平伯随信附寄的"近作诗文"也能被保存下来,那就更好了,我们可以从中得到更多的信息。

---

① 《与郑子瑜书十通》,见《周作人文类编·八十心情》,湖南文艺出版社1998年9月版,第839页。

六　书信中的语言特色

在《周作人俞平伯往来通信集》中，语言的生动、风趣、幽默是十分突出的。周作人在描述钱玄同的特点时，曾说："玄同善于谈天，也喜欢谈天，……一直谈上几个钟头，不复知疲倦。其谈话庄谐杂出，用自造新典故，说转弯话，或开小玩笑，说者听者皆不禁发笑，但生疏的人往往不能索解。"①其实语言庄谐杂出，喜欢用自造的新典故，说转弯话，这也是周作人的语言特点。书信中的趣语、戏语、幽默语随处可见，妙趣横生。如1928年5月16日，周作人使用俞平伯所赠笺纸，给俞平伯写信，他在信末风趣地说："'即以其人之'纸，还致'其人之身'。"又如1928年12月29日，他邀请俞平伯于1929年元旦上午到苦雨斋宴饮，请柬写得短而幽默："敝屠苏于元旦上午准十时在敝斋准饮，请准（或先时更佳）时光临，但乞勿怪僧（？）多粥（？）薄耳。"再如周作人很早就想写一篇讲猫的文章，几次谈及，却一直没有动笔。1933年2月25日，他在写给俞平伯的信中说："近来亦颇有志于写小文，乃有暇而无闲，终未能就，即一年前所说的猫亦尚任其在屋上乱叫，不克捉到纸上来也。"语言的鲜活、生动由此可见一斑。

当然，在风趣、幽默之余，书信中"不能索解"和"费解"之处也还是有的。因为这是他们之间的私人通信，本不拟公开发表的，所以，有些话是只有他们自己明了的，这也是完全可以理解的。又因为自造的新典故、新名词，连同时代的生疏点的人都不能索解，更何况我们这些后生晚辈呢！在此我们只好忽略不记。

最后，我要感谢天津的著名学者、资深编辑罗文华先生。在

---

①《钱玄同的复古与反复古》，见《周作人文类编·八十心情》，湖南文艺出版社1998年9月版，第482—483页。

《周作人俞平伯往来通信集》全稿完成后，我曾请罗先生在百忙中帮助审阅了初稿，承蒙他提出了宝贵的修改和完善的意见，弥补了书中的一些疏漏和缺憾。同时，针对周、俞往来书札中的个别疑难问题，也与罗先生商量并达成共识，决定尊重历史，保留原貌，不做擅自改动，给读者留出研究和探讨的空间。此外，在周、俞往来手札中，都存在着难以辨识的字和词，承蒙刘运峰、张元卿等学界友人帮助辨认，排疑解难，才使书信文字顺畅，避免了空白字的出现。我对他们同样心存感激。

此外，我还要感谢上海译文出版社的陈飞雪女士。她是一位很有学术眼光的责任编辑，态度诚恳，语言温馨，善于沟通，对我信任有加，极大地调动了我的积极性，使我能够认真、踏实地做好校订和注释的工作。衷心感谢飞雪责编给了我这次合作的机会。《周作人俞平伯往来通信集》的问世，就是我们愉快合作的最好纪念。

我希望把《周作人俞平伯往来通信集》的校订、注释工作做得好一点，留下的遗憾少一点，不辜负周作人、俞平伯两家亲属的信任，不辜负上海译文出版社的厚望，也希望能够得到读者的大体认可。我所做的一切，都是在朝着这个目标而努力。究竟能否达标，还请方家、读者批评、指教。

2009年9月30日

（原载《周作人俞平伯往来通信集》，上海译文出版社2013年1月版）

听吴小如先生评说《周俞通信集》

　　癸巳年春节刚过,我将新出版的拙编《周作人俞平伯往来通信集》一册,寄奉北京大学教授、九十一岁高龄的吴小如先生。吴先生在收到书的第二天清晨即打来电话,对这本书表示欣赏,告知正在阅读中。同日傍晚,吴先生再次打来电话,告诉我说:"整本书都已读完。你寄书给我,让我解闷儿,我感谢你!周作人与俞平伯的书信保存得那么完好,真不容易!这本书能够编印出版,就已经功德无量了。"吴先生说:"你一直研究俞先生,出了好几本书,我应该感谢你。我是他的学生,这些事情本来应该我去做的,我没有做到,你做得比我多得多。"说到这里,吴先生哽咽了。电话这边的我更觉惭愧了。

　　吴小如先生是俞平伯的入室弟子,与平伯师有着四十五年的师生情谊。吴先生对平伯师夫妇感情极深。"文革"初期,平伯师被关入"牛棚",家被抄,人被斗,处境十分艰难。作为北京大学教授的吴先生,日子也不好过。但是,他心中仍然惦念着平伯师,抽空偷偷跑到老君堂79号俞宅,看望平伯师夫妇。1971年1月,平伯师夫妇结束了一年又两个月的河南农村干校生活,重新回到北京后,时身在湖北干校的吴先生闻讯,立即写信致

吴小如(左一)在"庆贺俞平伯从事学术活动65周年纪念会"上

贺。这些往事,都在平伯师的即兴诗中留下了踪迹。1986年1月20日,在中国社会科学院文学研究所举行的"庆贺俞平伯从事学术活动65周年纪念会"上,胡绳院长庄严宣布为俞平伯1954年的遭遇彻底平反。在平伯师期盼了三十馀年方才到来的拨云见日的那一刻,吴先生不仅陪伴在他的身边,而且当场以法书诗词条幅致贺。此外,逢年过节过生日,吴先生同样每事必到。平伯师的病榻前,也没少留下他的问候。平伯师夫妇合葬的墓碑,就是遵照老人的遗嘱,按照他生前拟好的格式,请吴先生书写的。平伯师的家乡浙江德清修建的俞平伯纪念馆和"曲园亭"的匾额,也都是请吴先生题写的。1992年10月,作家出版社出版了吴先生应邀编选的《俞平伯美文精粹》。他从宏观角度探讨平伯师散文渊源与特色的序言,成为迄今为止谈平伯师散文最深刻、最鞭辟入里的佳作,对后人的研究具有重要启迪作用。可以说,在平伯师的生前与身后,吴先生都尽足了弟子之劳,这是不争的事实,有目共见。

阅读《周作人俞平伯往来通信集》,引发了吴小如先生的很多联想与感慨。他谈到与周作人相识的过程,说:"1946年我就跟废名先生上课。第一次见到周作人是1949年10月他被保释从上海回到北京,进而回到八道湾住所以后的事了。那时,废名派我去周家取一本书,还给孙伏园。周得知我是俞先生的学生,就对我说:诸葛亮的《出师表》有'苟全性命于乱世,不求闻达于诸侯',我则是'苟全性命于治世'。"周作人还引述了鲁迅先生关于"狗改不了吃屎"的一段谈话,让吴先生记忆深刻。在《周作人年谱》中,就有1949年12月11日,周作人"为吴小如抄《往昔诗》30首,至次日抄完"的记载。吴先生说他去周家不算太少,一直延续到"文革"初期。他与新加坡学者郑子瑜(后移居香港)的相识与交往,就是周作人介绍的。他回忆道:"一次,俞平伯先生从文学研究所关禁闭出来,我去家中看望,他把我叫到里屋,悄悄问我去看过周先生没有。我知道我的回答让先生失望了。当时,我有胆量去看望俞先生,却没胆量去看周作人。过不多久,周就去世了。我保存的周作人、朱自清、俞平伯、林庚的书信以及我的家信,'文革'运动中都毁了。"言语中充满了惋惜。

当然,吴先生也不会放过书中的差错。我知道吴先生一向治学严谨,因此,在寄书时,就小心翼翼地给先生附上了勘误表,把我已发现的差错列出了清单。在此基础上,吴先生又逐一指出了新发现的错字,并加以解说。如书中第42页倒数第2行的"得便仍拟尘教也",应该是"麈教"。又如第153页正文中的"但学刘伶醉,浑忘范叙贫",应该是"范叔贫"。再如第270条注释中的"酒醇",应该是"饮醇"。1930年10月3日,周作人在致俞平伯的信中说:"今日买石头,却带来了文字,'敝人'喜杯中物,似亦不无因缘。"周作人所买的石头是一枚长方形白文闲章,印文为"饮醇"二字,这才与后面的夙"喜杯中物"相吻合。

由于水平所限,在周、俞书信字体的辨认上屡出差错,这是不能原谅的。我很庆幸,有吴先生这样的良师严师,不厌其烦,一一予以指正。否则,不是以讹传讹,贻误后人,就是贻笑大方,错而不能自知。后果都是不堪设想的。吴先生不仅不指责、不耻笑,而且还十分诚恳地说:"我对周、俞两位先生的字体都能够认识。如果在2009年以前,你把他们的通信给我看,我会给你指出这些错误,书中就可以少出差错了。"多么热心的支持,多么善良的愿望!吴先生提携后进、诲人不倦的精神,由此可见一斑。

亡羊补牢,犹未为晚。听说上海译文出版社有意补出《通信集》的精装本,这将为我提供改正差错的机会。到那时,我会请吴先生再为重印本《通信集》把关、指谬。

我相信,要不是2009年,吴先生为帮助朋友、老师以及自己的学生审阅书稿近400万字,一气呵成,因而累病,患了脑梗塞,留下了说话缓慢、右手不能写字、行动不便的后遗症,凭着吴先生的耳聪目明、头脑清晰、睿智,一定会为《通信集》写出高品质的好书评的。

(原载2013年4月1日《天津日报》)

《周作人俞平伯往来通信集》修订版后记

　　拙编《周作人俞平伯往来通信集》自 2013 年 1 月出版以来,反响热烈,《光明日报》《中华读书报》《东方早报》《天津日报》《太原晚报》和深圳《晶报》等都发表了评论文章,《深圳商报·阅读周报》和《文汇读书周报》还应读者要求,刊发了对编注者的访谈文章,从多侧面对本书作了介绍。此外,本书还登上了 2013 年《光明日报》的《五月光明书榜》。本书初版本的装帧,分别采用红、蓝两色和两种材质作书脊,以便读者各取所爱。据知已有一些读者因为喜爱,两种书一起收藏了。陆续有热心读者、藏书家来信询问是否会出版毛边本;也有香港、台湾的书友来问询精装本和繁体字本。由此感知到读者对这本书的欢迎,令人欣慰。

　　承诸多师友指正、切磋,借助上海译文出版社承制精装本的机会,征得出版社同意,我们花了些功夫,从文字辩误、完善注释、修正排版格式等方面入手,进行了适当修订,以期呈现给读者的是更精准的内容和更完善的形式。期盼毛边本和繁体字本也有面世的机缘,为读者同好更添一份阅读与收藏的乐趣。

《周作人俞平伯往来通信集》修订版

  由衷地感谢所有给予宝贵意见的师友,并请读者方家继续不吝赐教。

2014 年 3 月 18 日

(原载《周作人俞平伯往来通信集(修订版)》,上海译文出版社 2014 年 5 月版)

《中国解放区文学书系·散文杂文编》编后话

我们都是在新中国成长起来的年轻人,对 20 世纪三四十年代解放区的事情知之甚少。这次接受编选《中国解放区文学书系·散文杂文编》的任务,有机会比较全面地搜集和阅读解放区散文、杂文作品,是一次极好的学习机会,我们感到非常高兴。

正像解放区文学在我国现代文学史上占有重要地位一样,解放区的散文、杂文也是我国现代文学史上的一朵奇葩,它在抗日战争和解放战争中,发挥了团结人民、教育人民、打击敌人、消灭敌人的巨大作用。它对当时国统区的青年也曾产生过重大的思想影响,使他们看到了一个崭新的世界,看到了中国的希望。

解放区散文的题材是相当广泛的,在选收作品的时候,我们比较注意不同题材的作品,如歌颂中国共产党和人民大众的作品,我们选了草明的《垫脚石》、晋驼的《我爱骆驼》、茅盾的《白杨礼赞》等。歌颂领袖和将领们的作品,我们选收了刘白羽的《记左权同志》、李伯钊的《回忆关向应同志》、王子宜的《记志丹同志二三事》、林铣的《庆祝朱总司令六十寿辰》、沙汀的《贺龙将军印象记》、何明的《彭副总司令和哨兵》、叶正明的《我的爸爸叶挺将军》、邓镇的《悼我的哥哥邓发》、金肇野的《忆白乙化同志》

等。这些作品歌颂了领袖和将领们的高风亮节,反映了人民对领袖的热爱,对将领们的爱戴以及领袖、将领们和人民同甘共苦的鱼水深情。怀念战友、悼念牺牲者的作品,我们选收了丁玲的《我们永远在一起》、邓拓的《恸雷烨》、朱瑞的《悼陈若克》、阿英的《为着战死者的忆念》、周立波的《悼田守尧同志》、萧三的《韬奋同志——文化界的劳动英雄》、《哀悼人民音乐家冼星海同志》、荒煤的《悼闻一多先生》以及廖承志的《遥献》等数十篇,在全书中占了较大比重。反映革命战士英勇壮烈牺牲的作品,我们选收了夏川的《就义之前》、白朗的《八烈士》、马少波的《祭月》和邓康的《五十九个殉难者》等。反映战争生活的,我们选收了田间的《最后的一颗手榴弹》、孙犁的《白洋淀边一次小斗争》、张香山的《神头之战》、周而复的《黄土岭的夕暮》、柯岗的《包围圈内》、魏巍的《雁宿崖战斗小景》等。还有反映子弟兵生活的,反映觉醒了的解放区人民的精神面貌的,反映军民自力更生、丰衣足食的,反映工人生活的,歌颂儿童小英雄的,反映抗日战争和解放战争胜利后举世欢腾、人民狂欢的情景的以及回忆二万五千里长征的作品。尤其是领袖、将领们在繁忙的工作、战斗之余,挥毫创作的作品,如毛泽东的《纪念白求恩》、朱德的《母亲的回忆》、冯仲云的《抗联的父亲——老李头》、陈毅的《追怀彭雪枫同志》、周恩来的《"四八"烈士永垂不朽》、聂荣臻的《悼左权同志》等,都是情文并茂的佳作。

　　解放区散文的作者,大多是身临其境、亲临前线的战斗员,他们用真挚的感情,朴实的语言,生动地记述了他们自己的所见所闻和所感。我们在阅读这些作品的过程中,常常被感动得落下泪来。从那些感人至深的作品中,我们体会到"今天幸福生活的得来,是多少先烈舍生忘死,用鲜血和生命换来的"这句话是千真万确的。无数革命先烈为了全中国的解放,为了让人民过上安宁幸福的生活，抛头颅洒热血，而他们为之奋斗的幸福生活，他们却没有享受过一天。想到这里，我们感到自己肩上的担子是沉重的，我们有责任把解放区的散文作品编选好，把烈士们的英雄形象留下来，把解放区散文创作全貌反映出来，为现代文学史留下这光辉的一页，为我们的子孙后代留下这宝贵的文学遗产。

毋庸讳言，解放区散文中有很多是急就章，那是战争年代、戎马生涯所决定了的，然而，正是这些质朴的语言，浓厚的泥土气息，把战斗的硝烟，敌人的凶残，英雄的壮烈，战士的勇敢，人民的觉醒，军民的团结，翻身的喜悦以及对民主自由的追求和向往，都真实地反映出来，使读者为之感动，为之振奋。朴实无华是解放区散文最突出的特点。

解放区散文除了强烈的战斗性和报道的及时性外，我们还注意了它的群众性。我们考虑到著名作家的作品一般都出版了文集或选集，比较容易查找。因此，我们比较注意选收了一些不见经传的作者的作品，对那些牺牲在战斗岁月的作者的仅存的作品，我们尤其注意搜集，并适当选入书中。

解放区的杂文内容同样十分丰富，有对时事的分析、批判，有对敌人的鞭挞、讥讽，有对革命队伍内部思想方法的剖析，也有对错误思想的批评，笔锋犀利、文词简洁，很有特色。

在有限的篇幅里，为了尽量多收入一些作者的作品，对于题材重复的一些作品，尽管十分精彩，也未能予以选收。有些著名作家的作品，按照编选要求本可以多收几篇的，也未能多收，这是我们感到歉疚的，相信广大读者对此都会予以理解，绝不会以收作品的多寡去评判作家的高低的。

在所收作品中，我们注意兼顾到各个解放区。但是，有的解放区资料保存下来的比较少，因此，选入的作品也就相应的少了一些。

对作品中一些明显的误字,我们都做了校正。有些作品使用了一些方言、口语,很有地方特色,虽然今天读来似觉不那么容易理解,我们也未做改动。对一些有明显错误的地方,我们进行了查证。如草明的《杀不了——悼念闻一多先生》一文,最初发表在1946年7月31日《东北日报》,而作者收入集子时,写作时间却署"1947年7月26日",这已是闻一多牺牲一年以后了。因此,我们向作者说明了此种情况,纠正了这一时间上的误差。又如逯斐提供的《富贵枪》一文,只记得发表在四十年代的《新华日报》上,经查找后,在1945年9月21日《新华日报》上,找到了《贵富枪》一文,署名"宋玳"。题目和署名都不同,它究竟是不是逯斐的作品?我们翻阅了《中国文学家辞典》和《中国现代作家笔名录》等书中有关逯斐的介绍,均未谈及这个笔名。后经请教作者,方知《贵富枪》即是她的作品,"宋玳"则是她当时的笔名。

本编是按照先散文、后杂文的顺序编排的。具体作品则是按照作者的姓氏笔画顺序排列。由于有些作者我们现在已经无法与之取得联系,因此,一些署笔名的,我们也未能查找到作者的真实姓名,只好以笔名录存。

本编中的散文部分收入182名作者的249篇作品;杂文部分收入96名作者的172篇作品。起止时间为1937年至1949年。方志敏的散文《清贫》是唯一被收入书中的时限外的作品。

解放区散文、杂文作品的数量是惊人的,收入本编的作品只是其中的一部分,但大体尚能反映解放区散文、杂文的面貌,尚可差强人意。

在编选过程中,我们尽可能地查阅了作家的文集、选集和解放前的许多报刊,但是,由于战争年代条件十分艰苦,流动性很大,很多报刊未能保存下来,这给我们的工作带来很大困难。为了尽可能的弥补这些缺憾,我们参阅了《晋察冀文学作品选》《冀南文学作品选》《冀鲁豫文学作品选》《晋绥革命根据地文艺作品选》《晋冀鲁豫革命根据地文艺作品选》《山东解放区文学作品选》《延安文艺丛书·散文卷》《江苏革命根据地文艺资料汇编》(苏北部分)等书,在此一并致谢。

在编选此书的过程中,我们按照重庆出版社的要求,向能够找到通讯地址的一些作者发了选目征求意见信,得到了很多作者和家属的热情支持。如刘白羽、魏巍、穆青、周而复、张庚、严文井、陆地、逯斐、朱寨、李蕤、柯蓝、卞之琳、欧阳山、于冠西、李普、马加、纪叶、纪希晨、和谷岩、曾克、柯岗、草明、杨沫、孙犁、黄钢、胡石言、马少波等许多作家以及罗烽、白朗、舒群、李又然、李英儒、何其芳、阿英等作家的亲属都及时回信、回电话,给予答复。沙汀的助手秦友来信,详细说明了八十六岁高龄的沙汀同志对选目的建议以及对我们的信任。吴强的夫人尹卜甄还挂号寄来了我们所选的吴强的散文作品复印件,在谈到文章最初发表的时间和刊物时,她说:"吴强已去世快一年了,不然的话可直接问问他多好。"我们何尝不是这样希望的呢!又如师田手重病十几年,"从发病即日起,不会说一句话,也听不懂一句话;不认识一个字,也不会写一个字",他的家属田琴芳在"昼夜护理"病人的情况下,还及时代笔回了信,同意我们收入他的作品,并告诉我们:《春天的野火》一文"过去整理目录时,就未查到出处"。她叮嘱我们,如果查不到,可以在《解放日报》上另选一篇他的作品。我们的心被深深地感动了,当即回信,把发表在《文艺阵地》杂志上的《春天的野火》的复印件寄给田琴芳,以此表达编选者深深的谢意。我们想,有这么多作者和家属无私的支持,我们如果不能把书编好,怎么能对得起他们的一片热心和诚心!我们的心时时被激励着。

《中国解放区文学书系·散文杂文编》全书的编选工作，始终是在雷加和张学新同志的具体指导、帮助下进行的。天津社会科学院图书馆的领导和同志们也都为此项工作提供了便利。尤其是重庆出版社为编选工作提供了必要条件并给予高度重视。现在，当我们把这两卷精选作品奉献给广大读者之时，我们没有忘记向所有给予我们工作以支持和帮助的同志们，致以最衷心的感谢。

1991年3月15日

（原载《中国解放区文学书系·散文杂文编》，重庆出版社1992年3月版）

《天津作家纪念文集》前言

在完成有关天津文学研究课题的过程中,我搜集并编选了这本《天津作家纪念文集》,以此纪念天津作家协会成立五十周年,纪念建国以来,所有为天津文学事业做出贡献的已故作家,弘扬他们崇高的人品与文品,把他们做人、作文的优良传统发扬光大,代代相传。

一 关于天津作家协会的历史

提起天津作家协会,它的前身是"天津市文学工作者协会"。它是继"中华全国文学工作者协会"之后,于1949年11月20日宣告成立的。当时,天津的文学工作者八十余人参加了成立大会。鲁藜致开幕词,方纪做了工作报告。大会讨论并通过了《天津文学工作者协会章程》,选举鲁藜、方纪、李霁野、芦甸、王林、劳荣、孙犁、邢公畹、肖荻、田野、朱星、罗大冈、李克简、宫白羽、李辛人、吴云心、冯文潜、姚熔炉为委员;鲁西良、赵青勃为候补委员。鲁藜任协会主任,方纪、李霁野任副主任;芦甸任秘书长兼创作组副组长,邢公畹任研究组组长,玛金任编辑组组长,劳荣任翻译组组长,鲁藜兼任文协机关刊物主任。

1953年9月,在全国文学工作者代表大会上,与会代表一致通过了将"中华全国文学工作者协会"改组为"中国作家协会"的决定,同时,也通过了《中国作家协会章程》。中国作协成立不久,天津市也在"天津文协"的基础上,成立了中国作协天津分会筹备委员会。1956年4月上旬,筹委会召开了第一届会员大会,宣告中国作协天津分会正式成立。天津的文学工作者一百五十余人参加了成立大会。中共天津市委代表、市委宣传部部长王亢之出席大会并讲话。中国作协代表康濯到会祝贺。大会传达贯彻了中国作协第二次理事会(扩大)会议制定的"繁荣文学创作、培养新生力量"的发展文艺创作的方针,通过了《中国作家协会天津分会章程》和《关于加强天津文学工作,发展创作的决议》,并决定出版《新港》文学月刊。大会选出由方纪、李霁野、李何林、孙犁、王林、王雪波、邢公畹、温公颐、顾随、张学新、鲍昌、杨润身、阿凤等十三人组成的理事会。由理事会推选方纪为中国作协天津分会主席,李霁野、李何林、孙犁、王林为副主席。4月10日,《天津日报》为此发表了社论《为繁荣天津市的文学创作事业而努力》。

1956年7月1日,中国作协天津分会的机关刊物《新港》文学月刊在津创刊,方纪任主编。不久,由孙犁、梁斌、李霁野、李何林、万力、王林、林呐、王昌定、劳荣、顾随等作家、学者组成了《新港》文学月刊的编委会。

到了90年代初,随着中国作协的一声令下,"中国作家协会天津分会"的称谓不再使用,这才开始改称"天津作家协会"。

自1956年4月,中国作家协会天津分会正式成立至今,已经整整五十年了。作为一个以培养作家、繁荣文学创作、发展文学事业为宗旨的文学团体,在党的正确领导下,在天津市委、市政府以及市委宣传部的亲切关怀下,在全体会员的共同努力下,跟随着时代的步伐,走过了半个世纪的光辉历程。五十年不寻常的经历,见证了天津作家协会由小到大、由弱到强,克服重重困难,创新思路,出台多种切实可行的举措,为青年成材铺平道路,实现了优秀作品层出不穷、青年作家人才辈出的良性发展过程。五十年来,天津作家协会也为全市的精神文明建设、创建和谐社会做出了贡献。在天津滨海新区的开发开放已被列入国家总体发展规划,天津经济将出现新的腾飞的大好形势下,我们迎来了天津作家协会五十周岁的生日,这是应该予以纪念、予以庆祝的。

二 关于该书的编选概况

回顾天津作家协会成立的经过,让我们了解到建国初期这些著名的作家、学者都是天津文学事业的元老和功臣。所以,我们以纪念已故天津作家的形式,来纪念天津作家协会的五十周年华诞。天津作家的辉煌,就是天津作家协会的最大荣耀。

《天津作家纪念文集》收入纪念文章八十四篇,被纪念的作家有四十二位。这其中有我们熟悉的著名作家王林、方纪、孙犁、孙振、李何林、李霁野、何迟、阿英、袁静、梁斌、鲍昌等,有市长作家胡昭衡,有将军作家方之中,有出生于天津的著名剧作家曹禺,有受到冤假错案迫害多年、后被平反的诗人、作家芦甸、阿垅、鲁藜、穆旦,有剧作家杨紫江,有通俗小说作家刘云若、宫白羽、冯育楠,有新中国培养起来的工人作家万国儒、张知行、阿凤,也有英年早逝的作家闻树国、桂雨清。当然,我们也没有忘记曾经在天津从事文学艺术领导工作,从事文学教学、研究、评论、编辑工作,为天津文学的繁荣做出贡献的诸位前辈,如万力、马丁、王达津、艾文会、邢公畹、朱维之、李厚基、吴云心、邹明、陈洁民、林呐、顾随、萧文苑、曾秀苍、雷石榆等。

《天津作家纪念文集》本着"天津作家纪念天津作家"的原则,所选收的纪念文章以天津作家、学者或曾经与天津有过关系的作家的作品为主。之所以划定这样一个界限,是因为有的已故作家的纪念文章很多,如全国纪念文学大师孙犁的文章,就数以百计,难以去取。好在四十余万字的孙犁纪念文集《回忆孙犁先生》近期已经出版,这是令人欣喜的。又如著名作家梁斌的纪念文集《大地之子》《李何林先生纪念集》《李霁野纪念集》《李何林、李霁野教授百年诞辰纪念文集》以及诗人、翻译家穆旦纪念文集《一个民族已经起来》《丰富和丰富的痛苦》等已经陆续出版,看得出,对于天津已故著名作家、文学家的纪念,已经越来越引起人们的重视。这都是可喜的现象,是值得大力宣传和弘扬的。

在编选《天津作家纪念文集》的过程中,我们也注意到了选文的群众性和代表性,如纪念同一位作家的作品有许多篇的,我们尽量保留新面孔作家的作品,以便于读者从多种视角了解天津已故作家的丰采。

本书所收的作品,大多选自《天津日报》《今晚报》《天津老年时报》《新港》《天津文学》《散文》等天津的报刊以及作家的文集,我们除了在每篇作品的后面注明出处外,在此,一并向天津报刊的编辑们、作家们致以崇高的敬意与感谢。

本书的编排,则是按照被纪念作家的姓氏笔画为序排列的。原拟按照被纪念作家生卒年的先后顺序编排,也曾想按照被纪念作家姓氏的汉语拼音字头的顺序编排,权宜再三,最终还是选择了按姓氏笔画这种传统的编排方法,因为它一目了然,便于读者随时翻阅、查找纪念某一位作家的作品。具体到《文集》中所选收的每一组纪念文章,也同样是按照作者的姓氏笔画为序排列的,这表明了编选者的态度:文章不分先后,都是优秀的,敬请读者细细阅读与品味,从中受到教益。

为了更好地熟悉和了解这些曾经为天津的文学事业做出贡献的作家,本书尽量为每一位被纪念的作家配了照片和小传,让他们的生平、丰采与纪念文章一起,留在读者的记忆中。因为工作做得不到家,仍有个别作家的照片空缺,敬请读者谅解。

收入《天津作家纪念文集》中的作品,真实生动地记述、描写了不同历史时期作家之间的交往,他们的思想境界、人品文品、音容笑貌、革命的经历、坎坷的遭遇、矢志不渝的文学追求、困境中的苦斗苦熬、顺境中的勇往奋进以及强烈的社会责任感和使命感都在文章中得以体现。尤其是一些灵魂深处的忏悔和发自肺腑的话语,感人至深,催人泪下,读后让我们的灵魂也得到了净化。

能够把这些纪念文章汇聚在一起,可以使我们集中领略天津作家的丰采,看到新中国成立后的五十余年间,天津作家群星璀璨的阵容。诚如文学大师孙犁所说:"纪念死者,主要是为了教育生者,如果不是这样,过去这些文章,就没有存在的价值了。"①这也正是我们编选这本纪念文集的目的所在:我们不仅要纪念已故作家,更重要的是以此教育我们年轻的一代。我们认为编选这本纪念文集,宣传老作家的传统美德,弘扬他们的人品和文品,对于强化荣辱观的教育,加强精神文明建设,都是十分有益的。

三 几点必要的说明

(一)所收作家不全的问题。既然是纪念文集,那么,建国以来,所有为天津的文学事业做出贡献的已故作家,都应该列入被

---

① 见《孙犁散文选·谈柳宗元》,人民文学出版社1984年版,第301页。

纪念之列，对此，我们是没有偏见的。有些作家、翻译家、诗人，如劳荣、苏阿芒、陈茂欣、罗大冈、鲁荻等，没有被收入书中，原因是编者的涉猎面不够广泛，没有找到天津作家纪念这些已故好友的适宜的文章。就是已被列入的已故作家，所选纪念文章也不能保证无遗珠之憾，还请作家、读者和业内人士不吝赐教。我们希望以《天津作家纪念文集》为开端，今后，在经济条件允许的情况下，我们还会续编第二集、第三集。而在初集中被遗漏的部分，都将在后续的纪念文集中予以弥补。

（二）本书的出版问题。在本书的编选过程中，得到了天津市解放区文学研究会会长张学新同志的多方指教和大力支持，并将编选《天津作家纪念文集》列入该研究会2006年的一项工作。在此，我们向天津市解放区文学研究会与张学新同志致以最衷心的感谢！张学新同志在1955年曾任天津市文联秘书长，协助方纪筹备成立天津作协，并在作协成立后兼任作协秘书长。他所写的《天津作协成立前后》一文，详细记述了天津作协成立始末。现将其作为珍贵的史料，附录在书末，供读者参考。

无论是作者，还是编选者，我们都是海河的儿女，我们都在为家乡的文学事业，努力做着我们能够做和应该做的事情。这是儿女对母亲的一点回报，是文学工作者为家乡父老奉献的最有意义的文化食粮。"为天津的文化积累留下这些历史的记录是十分必要的。我们这一代人不去做，以后就可能是一个空白。"这是百花文艺出版社编辑高艳华在审阅了书稿后，写下的鼓励的话。想到这里，编选者所付出的辛劳，也就不在话下了。

2006年7月

（原载《天津作家纪念文集》，吉林人民出版社2006年9月版）

《书边闲语》前言

我们从民国时期的北京《晨报》、上海《申报》《民国日报》和天津《大公报》副刊中,精选出现代著名作家的序跋和书评文章,编成这本学术性较强、同时又具有可读性的书:《书边闲语》。

这本书给我们的第一个印象,是它全新的角度。一方面,从这些作品中,可以很自然地反映出当时报纸副刊的特色和它的学术水平,可以说当时的报纸副刊对于活跃京津沪三地的文坛,促进文学创作的发展,提高广大读者的阅读欣赏水平,都起了很好的作用。另一方面,我们又可以从这些作品中,看到报纸副刊所反映出的现代文坛的一个侧面,即不同时期、不同地点活跃着的不同作家和产生着的不同作品以及他们所关注的热点问题。

这本书给我们的第二个印象,是作品的年代分布不均。全书共收作品83篇,按作品的性质,分为"序跋篇"和"书评篇"两部分。其中序跋作品37篇,时间起于1921年6月,止于1946年9月。书评作品46篇,时间起于1922年11月,止于1949年1月。在这前后二十余年的时间跨度中,竟有近十年的空白期,这就是抗日战争时期。这个空白和损失是无法弥补的。

这本书给我们的第三个印象,就是书中除了有关文学的作品外,也注意选收了数篇有关史学的序跋和书评,而且是极有特色的。徐志摩在《〈落叶〉序》中,说顾颉刚先生"就在每天手拿着饭箸,每晚头放在枕上的时候,还是念念不忘他的《禹》与他的《孟姜女》!这才是做学问"。顾颉刚做学问锲而不舍的精神和严肃认真的态度,在他给陈万里写的《〈西行日记〉序》中就清晰地表现出来了。1925年2月至7月,陈万里受北京大学的委派,曾陪外国人去敦煌考察,这使他有机会"做长途的搜奇探险的工作,如徐霞客一般"。《西行日记》则详细记载了他敦煌之行的所见所闻和所感。顾颉刚以他历史学家的眼光,敏锐地看到了陈万里《西行日记》一书的难能可贵之处,热情称赞陈万里的《西行日记》为将来的游记开出了一个新方向,集考古学、民俗学、地理学、语言学等等材料于一书,记出了从来在书本上见不到的东西!顾颉刚的序文,也为后来从事考古工作者指出了一条综合考察之路。

另一篇关于史学的书评是我国著名建筑学家梁思成撰写的《读乐嘉藻〈中国建筑史〉辟谬》一文,作者对错误百出、"连一部史书最低的几个条件都没有做到"的三卷本《中国建筑史》,择其要点,进行了有理有据的辩驳,条分缕析,正本清源。他认为对这样的一部书,如果不去批评它,那就"太损中国人治学的脸面"了。从他的身上,我们看到了尊重科学、一身正气的中国知识分子的形象。

还有书中选收的梁漱溟的《〈人心与人生〉初版自序》一文,也有特殊的意义。《〈人心与人生〉初版自序》作于1926年5月31日,发表在1927年1月19日《晨报副刊》,然而,《人心与人生》一书却是在50年后才写成的。1927年1月8日,作者在《初版自序》的"附识"中说:他当时已应北京学术讲演会和北京大学哲学系同学会的邀请,拟在寒假期间为他们做连续讲演,讲题定为《人心与人生》，刚好是作者准备着手写定的旧稿，他很想藉这次讲演的契机，促成《人心与人生》这部书稿。他先发表序文，是为了让听讲演的人们知道讲题的来由。讲演如期进行了，而书稿却一直未正式着笔撰写，只保存下了讲词记录。60年代初，作者虽然开始着笔写作，却因各种原因，时写时辍，直至1975年夏天始告完稿。1984年9月，学林出版社出版了《人心与人生》一书，作者只在《书成自记》中，略述了成书经过，而早年的《自序》却未能收入书中。了解了《人心与人生》的成书过程，或是阅读了《人心与人生》全书之后，再去读他早年的《自序》，大概都会有一些感慨的。

这本书给我们的第四个印象，是它具有极好的史料价值。书中所选作品都是初次发表的，当它们被主人结集出版的时候，多少总会有改动的地方。如周作人的《论救救孩子——题长之〈文学论文集〉后》一文，收入他的《苦茶随笔》时，题目改为《长之〈文学论文集〉跋》。又如唐弢的《〈推背集〉前记》一文，收入《唐弢杂文集》时，文章增补了大段的文字。相比之下，鲁迅先生的文章是改动最少的，由此给我的印象也最深刻。如在《〈呐喊〉自序》中，有一处描写老朋友钱玄同与他交谈的话，初发表时是这样写的："有一夜，他翻看我那古碑的钞本，发了研究的质问了。"这句话到了《鲁迅全集》中，就变成了："有一夜，他翻着我那古碑的钞本，发了研究的质问了。"反复诵读，总觉得初发表时所用的"翻看"似乎比《鲁迅全集》中的"翻着"一词更精彩、更传神。从版本学的角度看，可以说这本书不仅为文学研究工作者和文科教学工作者提供了现代作家作品初刊的史料，而且为文学爱好者提供了阅读不同版本序跋作品的乐趣。

从现代文学史的角度看，本书所选的作家作品是有局限性的，而这也恰好反映了我们所选的民国报纸副刊的局限性。这些作品的组合,或许并不能使读者感到满意,那么,就请您把宝贵的意见告诉我们,不久的将来,我们也许还有弥补缺憾的机会。

　　本书的资料搜集工作是编选组共同完成的,我们曾经为查找到的每一篇精彩作品而感到喜悦。作为本书的编者,我所做的只是精选作品和集成的工作。这套丛书的结集出版就是我们愉快合作的最好纪念。

1997年7月1日

附录:

书边闲语·序跋篇

　　在散文文体中,序跋是既有可读性,又有学术性的散文作品,喜欢阅读叙事、抒情散文的人,往往也喜欢阅读序跋。

　　在我们所选的序跋作品中,包括现代作家的自序自跋和应嘱为他人的作品集所作的序跋两部分。

　　在这些自序自跋中,我们可以了解作家自己的生活经历、学术思想历程、成书的经过以及书名的来历等。尤其是在作家应嘱为友人的著作所作的序跋中,除了作家对学问的真知灼见外,更有一份纯真的友情、乡情、师生情蕴含在其中,情文并茂,让读者感到十分亲切。

书边闲语·书评篇

　　每个人的学识和修养不同,这就决定了人们对事物的看法也必然会存在差异和分歧。那么,我们广大读者该如何阅读和鉴赏一部文学作品呢？这时，书评文章的指导作用就是必不可少的了。一般说来，书评文章无论采用哪一种写法，它都应该具有书评家的独到见解：他们对作品的分析是中肯的，褒贬是公允的，批评是有说服力的，而文笔又是独具风格的，因此，他们的书评文章是可读可诵的。毫无疑问，书评是书作者的诤友，又是读者的良师益友。

（原载"民国名报撷珍丛书"之《书边闲语》，天津人民出版社1998年2月版）

《艺术咏叹》前言

在民国时期的《晨报》《申报》《民国日报》和《大公报》副刊上发表的谈论艺术的散文、随笔,可以说数量很多,内容也很丰富。我们从复印下来的几倍于本书的作品中,经过反复筛选,编成了这本既谈戏剧、电影,又谈美术、音乐的《艺术咏叹》。

《艺术咏叹》全书收作品93篇,分为剧坛揽胜、影坛撷芳、画苑杂谈三部分,其中"剧坛揽胜"收作品44篇,"影坛撷芳"收作品17篇,其中有4篇是谈音乐的。"画苑杂谈"收作品32篇。这些作品大部分发表在二三十年代,四十年代的作品数量不多,都是抗战胜利后发表的。这些散文、随笔作品所谈的是艺术问题,而所反映的则是历史,是我国话剧、歌剧和电影艺术的青少年时代,是美术的古为今用、洋为中用、推陈出新的时代。这些昨天的艺术虽然不能和今天同日而语,但也映衬出今天的话剧、电影、美术艺术的辉煌。

在"剧坛揽胜"部分,关于剧作家曹禺作品的评论,我们适当多收了几篇,这是因为曹禺剧作的出现,标志着我国话剧剧本创作已经进入成熟期。曹禺的《雷雨》在创作方法和创作风格上,都超越了他的前辈,为中国的话剧艺术翻开了崭新的一页。它使舶来的话剧成为纯熟的本地风光的话剧，它为中国话剧建立民族风格迈出了坚实的一步。然而，1934年7月，当《雷雨》在巴金主编的《文学季刊》发表后，一年的时间里，竟然没有一篇评论文章发表，这对于年轻的剧作家和他的作品显得有些冷清和寂寞。其实这恰恰是人们认识和接受新作品的一个过程。当1936年6月至9月，曹禺的第二部剧作《日出》在《文学季刊》分四期连载发表之后，担任天津《大公报·文艺》副刊编辑的萧乾先生便及时而又热情地在自己主编的《文艺》副刊上，推出了两期集体批评《日出》的专刊，发表了茅盾、朱光潜（署名"孟实"）、叶圣陶、沈从文、巴金、靳以、黎烈文、陈荒煤、李蕤、谢迪克、李广田、杨刚、张秀亚、李影心、王朔等人的评论文章15篇，从不同角度、不同侧面对《日出》作了分析与评价。曹禺先生也因此受到了鼓舞，不久，便在《大公报》上发表了长达万余言的《我怎样写〈日出〉》一文。这些作品都是非常精彩的，限于篇幅，曹禺先生的文章被割爱了，就是集体批评的文章，也只选了其中的8篇。在这8篇作品中，既有当时已是著名作家的作品，也有文学新秀的作品，如《戏剧的进展》一文的作者张秀亚，发表作品时署名"陈蓝"，后来成为台湾著名作家。她的青少年时代是在天津度过的。她从小爱好文学，上中学的时候便开始在报刊发表文学作品。她发表评论《日出》的文章时只有十七岁，而文章又是很有见地的。萧乾先生在向名家组稿的同时，没有忘记给天津的这位文学新秀留出一席之地。萧乾先生是慧眼独具的。

在"画苑杂谈"部分，我们收入了丰子恺先生的《谈自己的画》一文，虽然它与《丰子恺散文选集》①和《缘缘堂随笔集》②中

---

① 丰华瞻、戚志蓉编，上海文艺出版社1981年5月初版。
② 丰一吟编，浙江文艺出版社1983年5月初版。

所收的《谈自己的画》一文题目相同,但是,并非同一篇文章。这是丰子恺先生谈自己作画失误的一篇随笔。

1934年前后,在《申报·自由谈》上,常常刊登丰子恺的漫画作品,虽然只占很小的篇幅,却为《自由谈》副刊增色不少。当时有一位读者卢苏出于对丰子恺漫画的喜爱,竟把刊登在副刊上的子恺漫画逐日剪下,粘贴成册;并将《论语》杂志发表的丰子恺照片剪下一帧,贴在卷首;将《自由谈》上发表的周启的《丰子恺论》剪下,贴在卷尾;最后,自己还认真地写了《〈子恺漫画我辑〉序》。这样,一本自制的《子恺漫画集》便大功告成了。

正如周启在《丰子恺论》中所说:"丰子恺的画儿是简单明快平和冲淡而带着人间的苦味,在平凡里有着奇特,浅显里有着高深,是老的小的,男的女的,村的俏的都能够看得懂的大众的精神的粮秣。"正因为丰子恺的画贴近大众、贴近生活,所以,他的画儿格外受到大众的喜爱。这就难怪1935年元旦,《中学生》杂志出版了"色彩子恺新年漫画"赠送小读者后,竟然没有一个发现画中有错的。

那是一张彩色立幅画,"近景是岸,岸上有一株长松。远景也是岸,岸上有半个朝暾透出在地平线上,正在发射光芒,驱逐那上面的云翳。中景是一叶小舟,靠近此岸,正在向着彼岸的朝暾进发"(丰子恺语)。船里有四个人,他们都面向太阳,背向观者;他们正在打桨,向着光明的彼岸前进。一位朋友从画中看出:画中人划船的方法不对,其中有三个人都在倒扳桨,这样,小船不仅不能达到光明的彼岸,而且还在那里向后退了。丰子恺先生听了朋友的批评后,次日便起了一个大早,跑到湖边雇了一只船,亲自摇桨演习,先按自己画中的样子,再按朋友指点的方法,实践的结果,证明了朋友的话是对的。于是,丰子恺先生写了这篇《谈自己的画》,发表在《申报·自由谈》上。从这篇作品中,我们看到了丰子恺先生虚怀若谷,对艺术严肃认真、一丝不苟的精神。

在编选本书的过程中,我们既感到了阅读作品的喜悦,也遇到了许多未曾预料到的困难。当您翻开这本电脑排版的书,看到那隽秀、清晰的字体时,您可能想象不出我们在那铅字模糊不清的民国报纸中翻来覆去地查找作品,借助放大镜辨认字迹、挑选作品的情景。有些名家的影评作品就是因为字迹过于模糊难认而未能收入书中。历史向前发展了,一切都在进步,印刷技术当然也不例外。

本书的资料搜集工作是我们编选组共同完成的,虽然我们所选的资料并非尽如人意,我们的想象和事实之间还有差距,但是,在这本书中毕竟倾注了大家的心血,衷心希望读者能够和我们一样喜欢它。

1997 年 8 月 1 日

附录:

《剧坛揽胜》小引

千里之行,始于足下。无论如何艰难的事情,只要有人出来提倡,便会有人去尝试;能够勇敢地迈出第一步,事情便有成功的可能。话剧艺术在 20 世纪初传入我国后,便是由这第一步开始,艰难而曲折地走过了近百年的历程。

要让话剧这种外来艺术"在中国的大地上生根发芽、开花结果,必然要经过一个探索、尝试、融合——也就是中国化的过程"。20 世纪 20 年代我国戏剧家们及时译介外国著名剧作家及其作品,发表个人对话剧艺术的思考与希冀,探索着中国的话剧之路。

正是经过几代人的不懈努力,中国的话剧艺术才发展到了今天的高度。

《影坛撷芳》小引

我国的电影艺术虽然比世界上的电影艺术发展得晚一些,但是,它由早期的默声片到有声片,从黑白片到彩色片,以至于宽银幕片等,确实取得了长足进步。如今,我国电影事业正在朝气蓬勃地向前发展着。它已经拥有了一支庞大的专业电影导演队伍,一支人才济济的专业电影演员队伍,更有一支专业的电影剧本创作队伍。我们的国产影片已经打入国际影坛,在国际参赛获奖的也屡见不鲜。

我国的电影事业发展到今天,它的经历是不平凡的。读一读"影坛撷芳"所选的作品,您会从中看到国产影片从幼稚走向成熟的沉重脚步。

《画苑杂谈》小引

"美术"这个专用名词未从日本介绍进来之前,我国称美术为金石书画,它包括篆刻、书法和绘画几个部分。

我国的金石书画艺术历史悠久,历代著名书画篆刻家和传世之作不计其数。20世纪初叶,当西洋绘画艺术介绍到中国近百年之后,随着西洋绘画学校的兴办和西洋绘画技法的提倡,我国的画坛上也出现了不小的骚动。有人主张师法西方的绘画技艺而否定中国传统的绘画艺术;有人主张固守中国传统的绘画艺术,让学生们着力模仿古人的作品,以为越古越正统;也有人主张中西合璧,兼而取之;更有人主张去创新,即在学习中西绘画技艺的基础上,创作出具有独特个性的美术作品来。中国的绘画艺术就是在各种流派、各种主张的纷争中,发展着,前进着。

(原载"民国名报撷珍丛书"之《艺术咏叹》,天津人民出版社1998年2月版)

往事钩沉

南开话剧演出《我俩》

20世纪30年代初期,在天津从事新闻工作多年的吴秋尘已经是《北洋画报》的主编了,但是,他还兼任着记者,撰写了许多有关当时文体活动的文章,并自称为"新闻文艺",发表在《北洋画报》上。其中有一篇谈到天津南开话剧演出的文章《"我俩"》,可以说为我们保存了十分珍贵的原始记载。

《"我俩"》一文发表在1931年5月19日《北洋画报》第626期,署名"秋尘"。文章记述与评价了1931年5月16日晚,南开中学毕业班在礼堂举行游艺会时表演的新剧。他认为那一天男生所演新剧《死网》与教员李来荣等主演的英语歌剧《黑暗之夜》"均佳妙",而南开女中所演的新剧《我俩》最值得称道。那日的演出十分火爆,当晚"未七时,座已无隙地,达翌晨二时,始散会,人之多,时之长,打破向来纪录"。

南开学校自1909年庆贺建校五周年时,排演了话剧《用非所学》之后,鉴于新剧可作社会教育之利器,因此,南开学校的创办人严范孙与校长张伯苓不仅大力支持,而且努力提倡,此后,南开学校每年的校庆活动和毕业班举行的游艺会,几乎都公演新剧,竟形成了惯例。1931年的毕业班也不例外。

吴秋尘认为南开女中所演新剧《我俩》最值得称道,首先是剧本来历不凡。他说:"《我俩》剧本译自德文而加以篡改者,出该校出校生现就读清华之万君家宝之手;万以演《娜拉》中之娜拉著名者也。"由万家宝改译《我俩》剧本之说,在《曹禺年表》(田本相等编著)和《南开话剧运动史料(1923—1949)》中均无记载。1930年9月,曹禺"由南开大学转入清华大学西洋文学系二年级。在清华潜心钻研戏剧,读中外剧本数百部"(见《曹禺年表》)。由此推测,曹禺改译《我俩》剧本的可能性也是存在的。当然,还有待专家学者予以考证。

吴秋尘对剧情的介绍也甚详细。《我俩》系独幕剧,"主角二人,配角三人",均由女生扮演。吴秋尘认为:《我俩》的"剧情极紧凑,对不能求幸福于家庭之青年夫妇,下一教训,颇值欣赏咀嚼"。

吴秋尘对于饰演男女主角的两位女士赞赏有加。他称赞饰演女主角的姚念媛"其语调之纯正清脆,流利,柔和,无以复加,抑扬之间,顿挫有致。故仅两人对话之剧,乃能演来十分动人,一笑一颦,无不中节"。"全剧尤以怀想当年一节,表演最佳"。对于饰演男主角的严剑影,吴秋尘评价说:"观女中剧屡矣,饰男角者,当以严女士为第一也。"

与吴秋尘发表评介文章《"我俩"》的同时,《北洋画报》还刊登了南开中学毕业班游艺会所演新剧《我俩》和《死网》的剧照各一幅,从中也印证了吴秋尘文章的真实性。

1936年10月17日,南开学校三十二周年校庆时,学校男女教职员曾合作演出了新剧《我俩》,《南开话剧运动史料(1923—1949)》不仅从当年饰演男主角的陆善忱所撰写的《我校三十二周年纪实》中,节选了《〈我俩〉演出纪实》部分收入书中,而且,在《南开话剧演出剧目汇览(1923—1949)》中也作了记载。而对于

1931年5月16日南开女中的演出情况，因为缺乏史料的依据，均无记述，有失公平。从陆善忱老先生的记述中，我们了解到，他们当时演出的剧本，是经梅玄改译的，剧情也与南开女中所演者有较大差异，不仅仅是在演出的时间上晚于南开女中五年有余。

此外，据《南开话剧演出剧目汇览(1923—1949)》所载，话剧《死网》最初的演出时间是1934年11月10日，而对于1931年5月16日南开中学毕业班男生所演的《死网》一剧，却没有记载。

综上所述，天津老报人吴秋尘的文章《"我俩"》确实为《南开话剧运动史料(1923—1949)》填补了空白。

(原载2010年12月7日《今晚报》)

天津的"普希金百年祭"专刊

拜读了《天津老年时报》连载的蓝英年怀念戈宝权先生的文章《他把普希金介绍到中国》后,深受启发,让我想起前不久翻阅旧报纸时,在1937年2月5日的天津《大公报》文艺副刊上,看到的为纪念俄国伟大诗人普希金(1799.6.6—1837.2.10)逝世一百周年特意出版的"普希金百年祭"专刊。那时,普希金的名字都被译为"普式庚",唯独《大公报》文艺副刊的"普希金百年祭"专刊刊头,将其写为"普希金",而且沿用至今。这个功劳似应归于副刊主编萧乾。

"普希金百年祭"专刊刊登了孟十还翻译的普式庚抒情诗《恋歌》和小说《故事的开始》二则,还刊发了前苏联木刻作品《普希金像》。《恋歌》是诗人早年的一首很有影响的诗歌,曾被谱曲传唱,现在被译为《浪漫曲》,收入《普希金文集》中。

那时,天津《大公报》文艺副刊由萧乾主编,每星期一、三、五及周日出版。为了增加特色,他在副刊中又陆续开辟了"翻译""诗歌""散文""艺术"和"书评"等特刊。"普希金百年祭"专刊就是作为"翻译特刊"中的一期出版的。1936年4月,"翻译特刊"创刊时,是半月刊,不久就变成了月刊、双月刊,最后变成不定期

《大公报》上的"普希金百年祭"专刊

刊。萧乾特聘上海《译文》杂志的编辑黄源主编"翻译特刊",因此,不仅驾轻就熟,而且内容丰富、特色鲜明。

1937年2月,黄源不仅给《大公报》文艺副刊编辑了"普希金百年祭"专刊,他编辑的《译文》杂志,也随后出版了"普式庚逝世百年纪念号",介绍了《普式庚的一生》《普式庚之生涯与作品》《普式庚之死》等,也发表了多篇普式庚作品。无论是对普式庚的介绍与研究,还是普式庚的作品,全部是从俄文翻译过来的。此外,还刊发了曹靖华、黄源编撰的《普式庚年表》,有关普式庚的照片、手迹及木刻作品等。仅从这一报一刊,便可窥知我国的有识之士当年对俄国诗人普式庚的介绍是何等重视和不遗余力。

除了普希金之外,《大公报》文艺副刊介绍、纪念的外国作家和诗人还有许多。如1936年初,英国作家、诗人吉卜龄(现译为

"吉卜林")逝世后,该副刊就曾出版了"吉卜龄纪念"特刊,南开大学教授柳无忌等撰文,客观介绍吉卜龄的诗歌和长篇小说;萧乾还专门翻译、发表了吉卜龄的短篇小说,让读者熟悉并记住这位英国作家。《大公报》文艺副刊编辑的这些特色专刊,起到了向大众介绍、宣传外国文学,提高大众文化素养的作用。

钩沉历史往事,可以从中看出20世纪30年代天津《大公报》文艺副刊的文化档次。难怪文学大师孙犁在晚年回忆往事的时候,还称赞30年代有名的天津《大公报》"是一份严肃的报纸,是一些有学问的、有事业心的、有责任感的人编辑的报纸"。他最称道的是《大公报》的文艺副刊,给他留下了很深的印象。

(原载2006年5月29日《天津老年时报》)

随笔作家江寄萍

抗战期间活跃于天津的作家江寄萍(1907—1942),来自安徽旌德,早年求学于北京,毕业后移居天津。"七七事变"前曾任《北洋画报》《益世报》编辑,并以小品文出名。抗战爆发后,他在编辑《庸报·文艺》副刊的同时,以江寄萍、黄薏、蒙钰、丽霜厂(庵)等笔名,在平津冀多种报刊上发表札记、随笔等作品数以百计。

江寄萍的作品内容丰富,素材广泛,既有写景抒情的散文、随笔,充满灵感与审美的文艺杂论,又有知识性、考据性的读书札记等。如1940年重阳节后,他在随笔《一个凄冷的秋夜》中,回忆起十几年前在北京西山养病的情景,病好后,父亲因失业忧悒而死,他便担起了养家重任。生活的磨难,使他感到人生不可预测,但他还是对未来抱有幻想,他说:"我不愿意我的少年豪迈之气随着时代和年龄而消沉下去,我要使这人生的长途旅行含有正大的意识,但恐怕一切都不能如人所预期的,那是真无有奈何的事!"文章流露出他在生活重压之下,仍在努力奋进、抗争着。

江寄萍的《一个凄冷的秋夜》

  1941年初,江寄萍在考据性随笔《谈爆竹》中引经据典,论述了中国爆竹的发明史、爆竹与焰火的区别、放爆竹的作用与意义等,从而引出"火药可以利用来作战斗的利器"的问题。他说:"中国人在发明火药的时候,我想未必不知道火药能伤人,未尝不知道火药可以利用来作战斗的利器,其不拿它作伤人的东西来用,当是中国人聪明的地方,同时也可以看出中国人是何等爱好和平的民族。"他在称赞中国人的聪明、爱好和平的同时,也鞭挞了用火药制作战斗利器、侵略中国、残害中国人民的日本军国主义分子。

  江寄萍的作品充满了浓厚的书卷气息,他的学术功底深厚、扎实,知识面宽,常引经据典,古今中外的知识无所不包。作品虽未结集,但在当时华北沦陷区文坛散文作家中,他是写作最勤、成果最丰硕、社会影响力比较大的作家之一。他的多产,在当时也是出了名的。北平作家萧菱在悼念他的文章中说:"他的多产,我想多一半还是为的多得一点稿酬,这是没法否认的事,用文字求生活的人,不多写一点,怎么办呢?江先生几年来谈了许多问题,他说理能达意,叙事至亲切,抒情更可以从文字窥出素朴的美丽,其实江先生虽然故去,但是他的灵魂却用一种完美的文字形式被永久保留,朴素的小品文,几年来,唯有江先生始终在这一方面下功夫。"萧菱的评价是公允的。

1942年11月9日,年仅35岁的江寄萍因贫病英年早逝,他的遭际,"是一般正直文人在沦陷区苦苦挣扎的真实写照"(学者张泉语)。他的离世在平津文坛引起反响,《立言画刊》《新民报半月刊》《新北京报》等均刊发了"追悼江寄萍"专刊或特刊。为筹募捐款救济江氏遗属,平津两地还举办了戏剧义演和书画义卖活动,画家慕凌飞也将几幅近作赠予江氏后人折卖为生。挣扎在贫困线上的文艺家们,在关键时刻仍表现出扶危济困的传统美德。

(原载 2016 年 1 月 18 日《今晚报》)

乡土文学作家马骊

1946年7月参与创办天津《新生晚报》并任总编辑的马际融(1915—1985),抗战期间曾以马骊为笔名,在《艺文杂志》《文学集刊》《中国文学》等多种刊物上发表小说等作品,成为华北文坛著名乡土文学作家。

马骊是河北吴桥人,曾在北平读高中。他对文学创作有浓厚兴趣,20岁开始发表新诗。"七七事变"后,曾参加抗日游击队,后回家乡任小学教师三年。1941年经张域宁(即资深新闻出版家张道梁)推荐,任北平《中国公论》杂志编辑,也曾任《新民声》三日刊文艺版编辑。

马骊的小说代表作《生死路》《太平愿》和《生发油》均发表在《中国公论》杂志。他在《噙着泪的生产——关于〈生死路〉的写作》一文中,阐述了创作《生死路》的过程:"我是乡村的土里长大的,一向我爱乡村的敦厚,爱乡村里诚朴的人群。""这一次,我在乡村里直住了三年还多的时日了。无息的战难和天灾给予了农民怎样惨苦的命运,我懂得真切。""我不能跟他们一样,尽让泪珠倒流,再把叹声压下去,而缄默无言;于是,我就取了这事实,噙着泪,写了《生死路》。"该作品讲述了沦陷时期战难中的农民,在逃荒路上为逃开饿死的命运而挣扎着做生的苟延，又因求苟延的生存而最终遭遇惨死的苦难经历，作品真实而深刻。

《生死路》篇名的确立也颇费周折，初拟《毁灭》《生死门》《生死恨》《死的种种》《饥饿》等，后受鲁迅先生所说的"它显示着中国的一份和全部，现在和未来，死路与活路"的启示，才定名为《生死路》。但是马骊清楚地意识到：他所写的只是死路，未能为民众指出活路的方向。他期待新老作家朋友能够写出"为中国灾难的农民"指明活路的新作品。

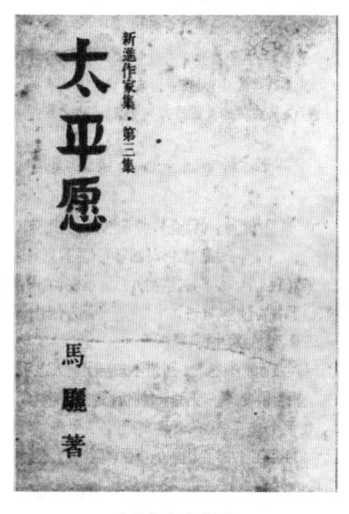

《太平愿》书影

《骝骅集》书影

1943年11月，马骊的小说集《太平愿》作为"新进作家集"丛书之一，由北平新民印书馆出版，收入上述代表作三篇。该书的出版立即引起反响，评论文章纷纷给予较高评价，称其"都是十分健实的东西，作者以深刻朴素的描写表现了农村中发生的使人听之落泪思之痛心的故事，在其中，有着无知与堕落，有着荒淫与无耻，有着奸险与自私，有着饥饿与杀害，有着生的挣扎与死的呻吟"。山丁称马骊"用诗人的慧心歌咏着破败的农村，而用小说家最高的情绪描写着农民的不死不活的生活"。

1945年6月,马骊的第二本小说集《骊骅集》出版,收入小说六篇。此外,他还编就散文集《今昔集》和新诗集《褴衫吟》,均未能出版。1943年秋,关永吉就看好马骊的创作潜力,拟写《马骊论》,后因自身处境危险,逃离北平,写作计划搁浅,留下无法弥补的遗憾。

(原载2016年6月13日《今晚报》)

暴露文学作家王朱

以写暴露文学著称的作家王朱(1910—1973),原名王振寰,字声远,山东诸城人。曾在天津新学书院和法商学院法律系学习,1932年大学毕业后,曾与友人合办《文艺十日》刊物,后任《天津商报》记者,抗战期间任北平武德报社驻津记者。

从1932年开始,他以王朱为笔名发表文学和漫画作品。沦陷时期,在《中国文艺》《银线画报》《大风》《华文大阪每日》等刊物上发表短篇小说。1941年,小说集《旧时代的插曲》由天津中国沙龙美术公司出版。

1941年10月至1943年1月,王朱的长篇小说《地狱交响乐》在《新民报半月刊》连载了一年多。该作品动笔于1932年4月,曾三次重写。1935年,他曾将第二稿缩写为八千字,名《地狱篇》,寄给上海《时代》杂志,发表时编辑根据故事的发生地,改名《落马湖》。1941年,他第三次重写,定名为《地狱交响乐》,并且边写边发表,引起社会反响。

该作品以天津河北三条石落马湖五等土娼窑为背景,大学社会学系四年级学生马家骥,因为撰写有关底层娼妓生活的论文,需要实地考察,于是走进这个肮脏、龌龊之地,目睹了这里的

《地狱交响乐》

一切。作品深刻揭露了最底层卖淫业的黑暗与罪恶,把最残酷不堪的人间惨相,暴露于光天化日之下。同时也表达了对落入虎口狼窝的贫苦青少年女子不幸遭际的同情。对被迫害、被侮辱、饱受蹂躏与摧残的下层妓女的生活,王朱描写得逼真,揭露得深刻,这是他亲自考察、寻访的结果,也曾为此惹怒了一些人而被打得鼻青脸肿,但是,为了文学作品的真实性,他在所不惜。王朱的勇气、胆量以及担当精神,是值得敬佩的。

《地狱交响乐》的发表曾引起广泛关注。如上官玉露就肯定王朱大胆创作长篇小说的勇气和作品的真实性,指出"王朱一向是暴露那些在青春线上为生活挣扎的不幸者群","这里可以报告给人们的是天下有着如此下贱悲惨的角落,也有着种种兽欲的行为及可怜的呼吁,有若干忧郁的嘴脸每天每时在希冀着天日,在希冀着拯救与光明"。他承认:"不但地狱如今仍然存在,就是王朱笔下底惨剧仍然是不断地而且不新奇地产生着。"他认为作者真实的描写,"仅此,已是足可嘉奖的了"。

当年华北文坛曾因王朱与公孙嬿的小说而引起"色情文学"论战。当代学者张泉研究这段文坛往事,认为"王朱的小说则是描摹客观外在世界的一个角落——形形色色被迫卖身的妇女,赤裸裸地展示非常态性行为的细节,多少有一点自然主义的倾向",但是"很难归入色情文学之列"。"王朱小说的现实意义,才是最为主要的。"

王朱不仅喜爱19世纪法国现实主义作家莫泊桑的作品,而且学习模仿,努力观察研究社会现象,追求逼真自然的现实主义小说艺术,以增强作品的评判力量。

(原载2016年11月21日《今晚报》)

艺术史学者冯贯一

作家、艺术史研究学者冯贯一,生年不详,东北人。1928年考入工科学校读书,通晓外语,对西洋杂志感兴趣,在阅读过程中,就随时选译一些科幻与发明的小文章,投寄报刊发表。翻译的乐趣,发表的欣喜,使他勇气大增,对西洋杂志的浏览范围也不断扩大,"因而发现了西洋人对于中国一切文物研究的热心,觉得无论其见解如何,总值得我们作为参考,于是目光遂转移到这方面来",由此,他走上了研究艺术史的道路。

"九一八"事变后,冯贯一流亡到天津,在河东一所私立小学任校长。20世纪40年代初,他被聘为《银线画报》特约编辑。1942年加入华北作家协会,1943年4月华北作家协会天津支部成立,他与吴雨田、张伯伦、招司等六人被聘为候补驻津干事。据杨大辛先生回忆,冯贯一"为人笃厚,谈吐文雅,有学者风",因参加抗日锄奸活动,1944年夏被日本特务机关逮捕,因为案情严重,移送北平,后惨死于北平日本陆军炮局监狱。冯贯一在当时的天津文坛、华北文坛都是有影响的,当时的文坛同人吴云心就曾与杨大辛谈及对他的怀念与惋惜。

自1939年起,冯贯一在《华文大阪每日》杂志陆续发表《中国绘画的研究》《中国的陶瓷》《中国的铜器》等许多学术气息浓厚的文章。1940年末,他针对轻视美术文化研究与介绍的功利主义者的论调,回击道:"其实一件周铜、唐画、宋磁、明漆,依样可以看出当时社会进化的情形来。具体的表现,和文字的表现,原是有同等的价值的。一个民族,对于自己的文化遗产不能研究认识,任其弃置,像埃及、印度那样专等待外人的努力,真是灭亡的朕兆。斯坦因跑到敦煌去,云岗石佛的被盗取,在事先既不知发掘研究,事后又惊惶惋惜,这种态度和印度、埃及实无甚差别。因而也最不足取。"他对祖国文化遗产的研究与认识,表现出了他的学者意识和历史使命感。

1941年12月,冯贯一的作品结集《中国艺术史各论》上、下册,作为"学术丛书"之一,由中日文化协会出版。全书共20章,对于自周秦时代至民国时期的文字和书法、绘画、铜器、陶瓷、玉器、漆器、丝绣、地毯、文房四宝、建筑、圆明园、帝陵、明器、碑碣、砖瓦、佛塔、汉画像石、壁画、云冈石佛以及龙门及其他,分门别类予以概括介绍和分析,内容丰富,条理清晰,知识性强,有历史深度和艺术欣赏高度,"是中国早期美术考古理论与实践相结合较有代表性的著作"(见《美术考古学导论》)。全书配图150余幅,自唐宋以来的珍贵艺术遗产均有留影。在艰苦的抗战期间结集出版此书,对于弘扬中华民族数千年的文化艺术,增强民族自信心与爱国心,都是有益的。

半个世纪后的1989年,作为"民国丛书"第二编,上海书店影印出版了冯贯一的《中国艺术史各论》,并与岑家梧的《中国艺术论集》、李朴园的《中国艺术史概论》合订为精装本。1990年1月,上海书店又影印出版了《中国艺术史各论》单行本,使其得以流传,便于阅读,也可见该书的学术价值、艺术价值不可低估。

招司早年的文学创作

解放后,为天津新闻出版和文学事业做出贡献、培养出一批工人作家的文学前辈招司(约1915—2005),字司之,早在抗战时期就已是一位成熟、活跃的青年作家。他曾在平津地区的《新民报半月刊》《中国文艺》《时事画报》《银线画报》等刊物上发表小说、散文和剧本。因为文笔熟练,作品又都是深刻反映社会现实的,所以,在当年文坛上是很有影响的。

1942年2月,招司发表的小说《博徒行传》,以第一人称讲述了一个职业赌徒的故事。赌徒在大同俱乐部玩推牌九赌博,手气好的时候,让他一夜间由穷人变成有钱人。幸运之神不光顾的时候,输得一塌糊涂,也会把曾经得到的再次失去。然而,赌徒的心理是不会认输的,所以,只要有一点钱,也要再去赌一把。他把生命建立在赌博上。作品真实反映了赌徒生活的醉生梦死、玩乐挥霍、穷愁潦倒以至自杀的全过程。作品没有指出赌徒的自新之路,就意味着赌博是没有好结果的。

1943年1月,招司发表的短剧《夜宵故事》反映了社会普遍的贫穷与饥饿。青年女客与男性画家、音乐家饥肠辘辘,去店里吃夜宵,又无钱付款。女客本想吃完炒面溜走,因为画家、音乐家的到来,让她失去了溜走的机会。听到他们的交谈后,她提出要为画家做人体模特,请画家替她付两元的饭钱。两位艺术家吃完炒面后,仍在夸夸其谈,要店主把店面布置起来,挂上装饰画,请人来吹奏乐器,吸引顾客,这样,他们就都能派上用场了,因为他们也是付不出饭钱的人。作品以写实的手法,把日伪统治下的社会现状刻画得入木三分。

此外,招司创作的独幕剧《秘密新闻》,情节也很跌宕。因为掌握了赌窟头子杀人越货的证据,年轻的新闻记者夜半三更被人追杀,逃进上海某旅社的房间,那里恰好住着进城看望哥哥的淳朴善良的青年乡村女教员。正当记者讲述被追杀的原委、誓死要为蒙冤者鸣不平时,女青年的哥哥也闯进来了。她不知道哥哥就是杀人越货者。哥哥支走妹妹,与记者谈条件,想用金钱买回记者手中的证据,无果。经过几个回合的思想碰撞,哥哥良心发现,求记者为他保密,然后穿戴着记者的大衣、帽子仓促出门,随即被等在外面的追杀者枪杀。哥哥替记者赴死,完成了自我救赎。作品揭示了特殊历史时期,进城农民为了生存,人性被扭曲的事实。招司还创作了三幕剧《金兰谱》,反映在金钱和利益的驱使下,结拜兄弟之间互相残害、互相憎恨的故事。

1942年9月13日,华北作家协会在北平成立,招司与冯贯一、马骊、田秀峰、王朱、关永吉、杨鲍等青年作家均成为华北作家协会会员。1943年4月,华北作家协会天津支部成立后,招司与吴雨田、张伯伦、冯贯一等六人被聘为候补驻津干事,可见他在天津作家群体中是有组织、号召力的。

在天津沦陷期间,招司等青年作家用笔记录和描述了贫困、饥饿、苦不堪言的百姓生活以及民族的屈辱,用文学为那段惨痛的历史留下了记忆。对于他们的文学贡献,历史是不会忘记的。

饥饿的描写

抗战爆发后,天津成为沦陷区,人民生活苦不堪言。在那个特殊历史时期,贫困与饥饿,由于饥饿引发的各种犯罪以至于家破人亡的悲剧故事,成为当时敢于正视现实的天津青年作者们普遍关注的话题。如刘两针的短篇小说《饿》,描写1939年天津闹大水之后,一贫如洗的王三在秋风秋雨中卑贱地乞讨着。开始,他拉着破胡琴,沙哑地唱着戏,逗小孩子们乐,借以乞食。但贫困是普遍的,他要不到吃的东西,无路可走之时,在饭铺里与巡警拼命,为病弱之妻抢到吃食带回家时,妻子已经"没有气息","生生地饿死了"。他草草掩埋了妻子后,企图躲到偏远陌生的街道去乞讨,但是,仍然没有逃过被巡警抓捕的命运。作品的描写真实、细腻,充分反映了日伪统治下的社会黑暗与民不聊生,使读者体味到天津贫苦人民的苦难遭际。

青年作者招司的短剧《夜宵故事》,反映的是有身份的艺术家的贫穷与饥饿。青年女客与男性画家、音乐家三个人在夜宵店里,全都饿得不行,又全都无钱付款。女客本想吃完炒面溜走,因为画家、音乐家的到来,让她失去了溜走的机会。当她听了他们的交谈后,她提出要为画家做人体模特,请画家替她付两元的饭钱。两位艺术家吃完炒面后,仍在夸夸其谈,要店主把店面布置起来,挂上装饰画,请人来吹奏乐器,吸引顾客,这样,画家、音乐家就都能派上用场,因为他们也是付不出饭钱的人。作品以写实的手法,把日伪统治下的社会现状刻画得入木三分。

因为无法忍受的饥饿逼得人不再顾及羞耻,抢劫、偷窃成了解决食宿问题的快捷途径。如青年作者杨鲍的短篇小说《罪与罚》,就描写了一个乡下青年几经周折,跑到大城市,因谋生无路,先是乞讨,后是抢劫、偷窃,"'饿'蹂躏了他行为的贞操,他为'饿'所俘虏",他屡次被警察抓住,毒打、游街、蹲黑屋子。他也忏悔过,想做一个正直的人,但是饥饿使他不能自控,最后,他在抢食物时,"用饭铺的切饼刀砍了饭铺的伙计",酿成了悲剧。

穷人要想吃饭便顾不了人格尊严,这是何等残酷的现实!"乡土文学"作家马骊1940年创作的中篇小说《生死路》,最初就曾拟名《饥饿》,他说:"我写了饥荒的脸是怎样残酷,饥饿的摧毁是怎样凄厉。"《生死路》虽然可以"当作一面镜子借以窥到战难中的真实",但是,作者仍然清晰地意识到个人力量的薄弱,作品所反映的"真实只是'死'而不是'活'",他期待着"相识的或不相识的朋友们为中国灾难的农民作活路的指示","那样,我这篇纪念'非寿终正寝的死者们无碑的墓志'将可作生死路的界牌,——死路的尽头,同时是活路的开端"。学者杨义认为马骊的作品"强化了社会意识,使笔底洒出更多的血和泪"。

文学作品是活的历史。诚如经历过沦陷生活的杨鲍(大辛)先生所说:"盗贼横行,饥馑交集,哀鸿遍野,民不聊生;多少善良的同胞们都做了生活的殉难者。那一束乖戾的岁月,连回忆的时候都感到战栗。"历史不容忘却,历史的悲剧也绝不允许重演!

(原载2015年9月30日《今晚报》)

《诗》月刊创刊之前

《新文学史料》1983年第4期刊载了乐齐撰写的《新文学史上的第一个诗刊——〈诗〉月刊》一文，详细介绍了《诗》月刊筹备、创刊的过程以及它的实绩和首创的历史作用。这里我想为之补充一点，即：新文学史上第一个《诗》月刊创刊的半年前，周作人已经在为新诗坛上应该出现新诗社和新诗杂志而大声呼唤。这或者可以称之为《诗》月刊的孕育期。

周作人的《新诗》

1921年5月,周作人有感于新诗坛的沉寂,作了一篇杂感,题目为《新诗》,发表在1921年6月9日北京《晨报》第7版,署名"子严"。此文后被收入《谈虎集》。周作人在杂感中,谈了新诗发展的现状、存在的问题以及他对这些问题的思考。他说:

> 现在的新诗坛,真可以说消沉极了。几个老诗人不知怎的都像晚秋的蝉一样,不大作声,而且叫时声音也很微弱,仿佛在表明盛时过去,艺术生活的弹丸,已经向著老衰之坂了。新进诗人,也不见得有人出来。做诗的呢,却也不少,不过如圣书里所说,被召的多而被选的少罢了。所以大家辛辛苦苦开辟出来的新诗田,却半途而废的荒芜了,让一班闲人拿去放牛。你不见中国的诗坛上,差不多全是那改"相思苦"的和那"诗的什么主义"的先生们在那里执牛耳么?诗的改造,到现在实在只能说到了一半,语体诗的真正长处,还不曾有人将他完全的表示出来,因此根基并不十分稳固。那些老诗人们以为大功告成,便即退隐,正如革命的时候,大家以为改革已成,过于乐观,略一疏忽,便有予自束发受书即倾心于民生主义的人出来,将大权拿去,造成一个君师主义的民国。现今的诗坛,岂不便是一个小中国么?本来习惯了的迫压与苦痛,比不习惯的自由,滋味更为甜美,所以革新的人非有十分坚持的力,不能到底取胜。新诗提倡已经五六年了,论理至少应该有一个会,或有一种杂志,专门研究这个问题的了。现在不但没有,反日见消沉下去,我恐怕他又要蹈前人的覆辙了。昔日手创诗国的先生们,你们的"孙文小史"出现的日子大约不远了。

《晨报》在刊载《新诗》一文的同时,在文章后面加了编者按语,指出:"子严先生有慨于诗坛的沉寂,诚然诚然;近来作诗的人,'被召者多而被选者少',更是千真万确。但说'老诗人们以为大功告成,便即退隐',我却诚恳的希望此言不中。今天本报所载新诗坛健将胡适之先生的近作,似可表示他们的勇猛精进的精神,子严先生看了或者也觉快慰罢。那么我们现在唯一的要求,只是新进诗人的努力了。不过我想诗社及杂志的进行,还是要老诗人们赶紧出来提倡和赞助才好。"

俞平伯的《秋蝉底辨解》

周作人这篇只有五百字的短文发表后,很快产生了反响。他的学生、五四以来的新诗人俞平伯在《新诗》发表的当天,即写了辩解的文章。由于周作人在《新诗》一文中比喻几个老诗人"都像晚秋的蝉一样,不大作声,而且叫时声音也很微弱",因此,俞平伯把自己的文章题为《秋蝉底辨解》,发表在1921年6月12日《晨报》第7版,署名"一公"。这是他第一次使用"一公"笔名,大约取意于自己是"几个老诗人"中的一分子。此后,他又多次用"一公"笔名发表作品,如《怪异的印象》,发表在1925年3月23日《语丝》周报第19期;《杂记"储秀宫"》,发表在1925年10

月24日《文学周报》第196期。这两篇文章均收入《杂拌儿》文集,而《秋蝉底辨解》却一直未被收入文集中。俞平伯只是在1922年1月25日作的《〈冬夜〉自序》中,谈到《秋蝉底辨解》,说:"这是我答周作人先生的一篇小文,去年在北京《晨报》上登载。"他在《秋蝉底辨解》中,率直地谈了自己对新诗现状的看法,分析了新诗坛消沉的原因,反对严酷、峭厉、使人难堪的批评,提倡"诗国底容忍主义",并结合实际说明了自己和朋友 P.C 君(即朱自清先生)近来作诗少、发表得也少的原因。文章写得很有情致,且有理有据,充满了对新诗坛的理解。现将全文录下:

  蹲伏在幺魔底脚爪边,受难的兄弟们都默着,我们底叫声又怎样不幸的微薄啊!其实呢,像这般消沉下去谁都不能乐意,这又何消说得。但现在诗坛底空气——至少在表面上看——已很像衰秋底蝉声了,难怪引动热肠的朋友底一番感叹。

  我本无所感的,仔细说来或者是感受各方面底印象太杂乱了,所以一时抽不出端绪。今天,偶然间触着他人所宣示底感想,不禁鼓动写这篇小文底兴趣。因为作者很明白自己底地位,所以很谦退的把这篇标题叫做"秋蝉底辨解"。

  拿辛苦开辟出来的土地让闲人来放牛,岂但手创诗国的先生们不愿意呢,我们也正如此。但在另一方面说,我们决不肯封锁诗国底疆土,博得垄断者底权威,也不愿创业的人们这样做。我们很相信天才是无限的,只让他好好的发挥出来,便将自然地涌现出诗国底花都了。前路底艰难,即使有人试过了,我们也不希望他拿这些话来短少年诗人底勇气。对于尝试者——无论他本身价值怎样——下一种严酷、峭厉、使他难堪的批评,我们有十分真心不能同情这件事。虽受批评的人在错的一面,但批评的人何必如此盛气?诗国底容忍主义凭这些理由所以竟成立了。所生的影响不能断说怎么样,但目下消沉的空气却似乎不该归罪于他。

理想中的极乐园竟快成了放牛的墩堆,岂不是退隐诗人们底责任?这真是不错!记得陆机说得好:"虽榛楛之勿剪,亦蒙荣于集翠。"诗国底沉沦不是由于"榛楛"太多了,是由于翠鸟老衰他底颜色,所以只是一片荒芜的景象露在凭吊者底眼底。芜秽除干净了,这件事既不见可能也不甚必要;因为仅仅这样做去,诗国岂不变成沙漠国了吗?

消沉的景象由于诗人底懒惰,这是一半了;但剩下的那一半却不便如此笼统的推测。我们晓得一切进步底历程都不是直线似的陡然上去,都是曲曲折折带些波动式的线路。当学习技能时候便是明显,必有段停顿的状况在全历程中间。这种停顿的段落叫做 plateaus,普通都解释为进步底预备。这类状况自然是不自觉的(Unconscious)。本人一样的努力尝试,却总没有显著的效果跟着出来,但暗暗地正预备后来的猛进呢。

最后一段辨解是关于我个人底。我近来诗做得本少,发表的呢更少了。不多做底原因究竟属于上边所说的那一种,自己很无从判断,只好留待心理学者客观的试验罢。不多发表底原因,我底朋友 P. C. 君底一封信里面代我说了。因为他底意思在这一点,完全和我一样。我录出一节来当做几声"下场锣"。

他说:"我已不常作诗了。作成的诗一时不即发表,等放过三两个月后翻出来重读,当人家底诗读,读得稍有意思才发表。这样于社会少给些恶影响,于自己也惜福。你说是不是?"

我回答说:"很是!"大家说可是吗?

从《秋蝉底辨解》中,我们了解到新诗人当时诗作得少、发表得也少的原因是他们想到了要把诗作得"稍有意思才发表",这样可以"于社会少给些恶影响",这正是他们的责任心和使命感使然。他们已经变得成熟了。

俞平伯在"辨解"中,暗示我们:对于新诗,他"本人一样的努力尝试,却总没有显著的效果跟着出来,但暗暗地正预备后来的猛进呢"。果然,他在做了语言的辨解之后,于1922年初,又做了实际行动上的辨解,这就是将他自己创作的新诗编集出版了第一本新诗集《冬夜》。他在《〈冬夜〉自序》中明确指出:印行这本诗集,原因之一是"诗坛空气太岑寂了,想借《冬夜》在实际上,做'秋蝉底辨解'"。以此证实"大家辛辛苦苦开辟出来的新诗田",并未"半途而废的荒芜",显示出"革新的人"所具有的"十分坚持的力"。在新诗发展史上,《冬夜》是继《尝试集》《女神》之后出版的第三本个人新诗集,它的问世是有其不可忽视的价值的。

就在俞平伯发表《秋蝉底辨解》和编选、出版《冬夜》诗集之间,即1922年1月,由俞平伯、朱自清、叶圣陶、刘延陵创办的新文学史上第一个新诗杂志——《诗》月刊创刊了,编辑者署名"中国新诗社"。虽然"中国新诗社""其实并没有真正组织起来,不过这么写着罢了"①。但是,我们仍然应该把它看作是新诗运动中出现较早的一个松散的新诗团体。虽然《诗》杂志只出了二卷七期,而且自第四期起改为文学研究会的定期刊物;而在当时"这杂志办得很有生气"(俞平伯语),既刊载新诗,也发表诗论,起到了团结新诗人,活跃新诗坛,推进新诗成长和发展的作用,无异于空谷足音。"中国新诗社"和《诗》月刊的出现,无疑应该被看作是俞平伯和他的朋友们经过暗暗地预备之后所做出的勇

---

① 俞平伯:《五四忆往——谈〈诗〉杂志》。

猛精进的创举。

周作人在杂感《新诗》中,呼唤在"新诗提倡已经五六年"的1921年,应该有新诗社和新诗杂志问世。《晨报》记者助战,在"按语"中进一步提出"诗社及杂志的进行,还是要老诗人们赶紧出来提倡和赞助才好"。他们的苦心、热肠,终于得到了回应。

周作人的杂感《新诗》一文,于平淡中蕴藏着深刻的内涵。从俞平伯对它所做的语言和行动上的两次辩解中,我们可以感到《新诗》一文潜在的激励和催人奋进的力量。同时,我们也不能不承认,它为新文学史上第一个新诗刊的诞生做了舆论准备工作,起到了催促新生事物成长的作用。

(原载1990年《新文学史料》第4期)

谈骆驼社、《骆驼》和《骆驼草》

中国社会科学院近代史研究所中华民国史研究室编选的《胡适来往书信选》①下册第486页,序号为1321的那封信,是周作人致胡适的信,此信被列入"年份不明"的信件中,又被排在估计为"1927年—1930年"的年份之下。此信全文如下:

适之兄:

惠函敬悉。我那封信本想写了发表,借以骂《顺天时报》,后来不用这个形式,只寄给你看,所以不大像一封信,而且里边大约不少"感情分子",因为我最怕复辟,别的政变都没有什么,故对于复辟派的外国人[《顺天时报》说民主不适于中国,最近《京津泰晤士》说(间接看见)中国应回复到民国以前状况],以及罗振玉等遗老很有反感,虽然对于满人(觉得有些地方似比汉人更有大陆国民气概)特别溥仪君是很有同情的。

山中来信念及我们的"骆驼",甚感。徐君在南方生病,

---

① 《胡适来往书信选》,中华书局香港分局1983年11月版。

张君也进了医院,印刷更不能进行,恐怕这要比八大处旅馆的那一只更瘦了。但我们另外弄了一个发言的机关,即可出版,就是我那一天对你说过的小周刊。"慨自"《新青年》、《每周评论》不出以后,攻势的刊物渐渐不见,殊有"法统"中断之叹,这回又想出来骂旧道德、旧思想(即使王永江为内务部尚书也不管他),且来做一做民六议员,想你也赞成的吧。

十一月十三日,作人

编者在信的下面加注说:"此信年份不易断定。信中所说的'骆驼',似指1930年5—10月出版的《骆驼草》周刊(共出26期)。但信中第一段所谈的内容,似又非1930年间的情况,暂予存疑。"这里提出的"存疑"之说是对的。

据我分析,此信实际写于1924年11月13日,因为它与《胡适来往书信选》上册第272至273页的第258号信《周作人致胡适》(写于1924年11月9日)和第274至275页的序号为259和260的《胡适致周作人》的两封信①(分别写于1924年11月10日和1924年11月12日),内容是紧密衔接的。仅举一例,如第260号信,胡适说周作人于1924年11月9日写给他的信里"感情分子之多,正与我的原书不相上下"。周作人在第1321号信中,即承认自己在1924年11月9日的信中"大约不少'感情分子'","感情分子"的四个字用引号引起来,无疑是引述胡适信中的话。

周作人在第1321号信中谈到"山中来信念及我们的'骆驼',甚感。徐君在南方生病,张君也进了医院",这里所说的"山

---

① 《胡适致周作人》的两封信,其中第259号为信稿,第260号是正式的信。

中来信",并未收入书中,这从书中第259号《胡适致周作人》信稿中可以得知。信稿中写道:"昨晚我们五个人在西山写了一封信给你,今天回家就看见你的信,这真是'两地相思'了!"胡适的信稿写于1924年11月10日;由此推知1924年11月9日这一天,不仅周作人给胡适写了信,胡适等五人在西山也给周作人写了信,这里用"两地相思"的比喻,即指这种不约而同的巧合。

周作人说胡适在来信中"念及我们的'骆驼'",这里的"骆驼"指当时的骆驼社拟出版的《骆驼》杂志。周作人在回信中所说的"徐君"即指徐祖正,"张君"即指张凤举(定璜),皆为骆驼社成员。周作人在1926年7月15日作的《代表"骆驼"》①一文中,说:"骆驼社里一共只有三个人,即张定璜、徐祖正、周作人是也。"1924年,他们成立了骆驼社,并拟出版《骆驼》杂志,后因"徐君在南方生病,张君也进了医院,印刷更不能进行",出版《骆驼》杂志的事情便搁下了。直至1926年7月26日,孕育了两年的《骆驼》文艺周刊才终于出刊,由北新书局印刷刊行。周作人在《代表"骆驼"》一文中,谈了筹备出刊的过程,他说:"这两年前所说的'骆驼',还没有忘却,现在不久就要出现了。出发时还在奉直再战(1924)之先,等走到时却已在奉直联军入京之后了,骆驼也未免有沧桑之感罢。这一本册子的印刷当然不必要两年工夫,但是迟延也自有其所以迟延的理由,可以容得辩解,不过现在也无须了吧?"据说《骆驼》文艺周刊只出版了一期就终刊了。至1930年5月,冯至、冯文炳发起创刊了《骆驼草》周刊,共出了26期。周作人被特约为《骆驼草》撰稿。

弄清了骆驼社、《骆驼》文艺周刊和《骆驼草》散文周刊之间的关系后,我们便得知周作人在1321号信中所说的"我们另外

---

① 《代表"骆驼"》,发表在1926年7月26日《语丝》第89期。

弄了一个发言的机关,即可出版,就是我那一天对你说过的小周刊",并非指《骆驼草》周刊,而是指《语丝》周刊。《语丝》周刊于1924年11月17日创刊,距离周作人写信的11月13日只有四天,所以他说"即可出版"。再看周作人拟草的《语丝·发刊辞》中说:"我们几个人发起这个周刊,并没有什么野心和奢望。我们只觉得现在中国的生活太是枯燥,思想界太是沉闷,感到一种不愉快,想说几句话,所以创刊这张小报,作自由发表的地方。"这和周作人在信中所说"我们另外弄了一个发言的机关"是相符的。又《发刊辞》中说:"我们并没有什么主义要宣传,对于政治经济问题也没有什么兴趣,我们所想做的只是想冲破一点中国的生活和思想界的昏浊停滞的空气。"这就是周作人在信中所说的"这回又想出来骂旧道德、旧思想,且来做一做民六议员"的办刊宗旨,只是在信中说得更明确罢了。

(原载1997年《鲁迅研究月刊》第8期)

关于『敦煌经籍辑存会』的两则日记

敦煌藏经洞被发现后,大批写经被外国人劫掠而去;辗转保存下来、运抵京师图书馆的敦煌写经所存无多,还有一小部分散佚在国内的私人手中,国人已无从窥其全豹。有鉴于此,20世纪20年代,时任北洋政府交通总长的叶恭绰(1881—1968,号遐庵)与史学家陈垣(1880—1971)等有识之士在北京发起成立了我国第一个致力于敦煌经籍搜集、整理、保存和研究工作的学术团体——"敦煌经籍辑存会"(下文简称"辑存会"),藉以引起国人对敦煌经籍的重视和关注,希望唤起更多有志之士,参与到敦煌经籍的搜集、整理、保存和研究工作中来,承担起抢救现存国宝的任务。如今,八十年过去了,因为没有确凿的史料依据,有关"辑存会"的成立时间问题,仍然没有一个统一的、确切的说法。

当下,关于"辑存会"的成立时间问题,比较有影响的说法主要有两种。

一种说法认为"辑存会"成立于1921年11月1日。这个说法始见于俞诚之主编的、1946年印刷出版的《遐庵汇稿》第三册中的《叶遐庵先生年谱》(下文简称《叶谱》)。《叶谱》在"民国十年"的记事中,有"十一月组敦煌经籍辑存会成立","先生自发起兹会,遂于十一月一日成立"的记载,而编者并没有说明史料的来源和依据。因为叶恭绰是"辑存会"的第一发起人,而《叶谱》中对"辑存会"的成立时间又言之凿凿,这就增加了它的"可信度",使后代学者毫无疑问地信服。近些年出版的工具书多采纳《叶谱》的说法。如李新总编的《中华民国大事记》中,就记载着:1921年11月1日"叶恭绰等发起成立敦煌经籍辑存会"[①]。又如,季羡林主编的《敦煌学大辞典》中的"敦煌经籍辑存会"[②]词条,也持此说法。

然而,真实常常在人们不经意间被忽略了。笔者在《遐庵汇稿》中注意到了一个小的细节:当年为了成立"辑存会",叶恭绰曾作《敦皇经籍辑存会缘起》(下文简称《缘起》)一文,虽然文章末尾没有注明写作时间,但是,如果按照"辑存会"成立于1921年的说法,根据《遐庵汇稿》"以类相从悉以著作年月先后为次"[③]的编排原则,《缘起》一文在《遐庵汇稿》中,也应该编排在"书启"类"民国十年"内才对。而事实上,编者却把它编排在"书启"类"民国十四年"末,这样的编排,显然与《叶谱》中所说的时间冲突了。一般说来,像《缘起》这样的介绍该组织成立"缘由和宗旨"的文章,是不可能写于"辑存会"成立四年之后的。对于这一点,至今没有人去斟酌。

从《遐庵汇稿》的例言中,我们获知该书是从1925年着手搜集编选的,而且是由闽侯樊守执(右善)一人经手的,而《缘起》一文又恰好属于当时的近作,按道理说,应该是编排不误的。正是这个细节,为我们今天重新考查"辑存会"的成立时间问题,留下

---

① 李新总编、韩信夫等主编:《中华民国大事记》第一册,中国文史出版社1997年版,第830页。
② 季羡林主编:《敦煌学大辞典》,上海辞书出版社1998年版,第880页。
③ 《遐庵汇稿》第一册,台湾文海出版社1966年版,第19页。

了一个很好的佐证。

另一种说法认为"辑存会"成立于1924年夏。这种说法出自陈垣。他在1930年春撰写的《〈敦煌劫余录〉序》中说:"十三年夏,都人士有敦煌经籍辑存会之设,假午门历史博物馆为会所,予被推为采访部长,佥拟征集公私所藏,汇为一目。"①这里所说的"十三年夏",是指公元1924年夏。因为陈垣是"辑存会"的重要成员,又是该会成立庆典的亲历者,按道理说,他的说法应该比"经十余人之纂辑,始勉强成书"的《叶谱》更可信一些。

采纳了陈垣说法的,早年有史学家王重民,近年有从事陈垣研究的学者。王重民在1961年撰写的《敦煌遗书总目索引·后记》中,指出:"距今三十七年以前,即公元1924年,以陈援庵先生为首的一些爱国的和爱古代文化典籍的人士,在北京组成了敦煌经籍辑存会,对帝国主义分子盗窃我国敦煌遗书的悲愤痛恨之余,拟合群策群力,调查征集,作'有系统之整理',并编出一部所有敦煌遗书的总目录。"②而从事陈垣研究的学者,则在辽海出版社2000年出版的《陈垣年谱配图长编》的记事中,严格遵循了陈垣的说法,并没有对异说的存在而加以辩析。

前不久,笔者在阅读俞泽箴先生晚年日记手稿时,意外发现了两则有关"辑存会"成立活动的记载,从而获知"辑存会"正式成立的时间,既不是1921年11月1日,也不是1924年夏,而是"1925年9月1日"。时下两种说法均出现了误差,历史的记忆果真跟我们开了一个小小的玩笑。现征得俞氏亲属的同意,将其披露于下,供有兴趣者共同探讨。

---

① 《陈垣集》,中国社会科学出版社2000年版,第201页。
② 《敦煌遗书总目索引》,商务印书馆1962年版,第551页。

第一则：

民国十四年八月二十九日　晴。得"敦皇经典辑存会"小柬，约九月一日赴会，参预成立典礼。因一日午后，需赴燕大举行口试，傍晚，至三哥处访平伯，拟托其代赴燕大，不晤，晤三哥，少侯亦在。稍坐，平伯亦归，因举此事属之。

第二则：

民国十四年九月一日　晴。七时，赴燕大举行入学试验，晤煨莲，煨莲属帅罗导余至第二院，杜、陈二君已先在。九时，试测验问答、作文、楷书、口试，十一时三十分毕事，仍至煨莲处略坐，晤全希贤，燕大庶务也。又赴全君处略谈。因访平伯，以考卷给其评定甲乙，晤绍原。入谒三哥、嫂，三哥留余午膳。膳后，闻旧同学程仁初来。仁初为汲侯表嫂之弟。进见表嫂并与仁初谈天。二时许，赴午门"敦皇经典辑存会"，参预成立典礼。会所在阙左门北，玉虎总长、仲骞、夷初、援庵、兼士、叔平、阆仙等均莅会。会散，偕诸君参观历史博物馆。傍晚，至四时春略进点心，即返西城寓庐。①

陈垣《〈敦煌劫余录〉序》中说："十一年春，予兼长馆事，时掌写经者为德清俞君泽箴。"又说："予于此录，始终碌碌，因人成事而已。回忆壬戌之春，佐予检阅至勤者为俞君，今斯录成，而俞君墓有宿草矣，可胜慨哉！"②客观记录了俞泽箴对敦煌学的贡献。

俞泽箴（1875—1926），浙江德清人。他是晚清经学家俞樾（1821—1907）的侄孙，是现代红学家、文学家俞平伯（1900—

---

① 两则日记的标点为笔者所加，如有误，敬请读者指正。
② 《陈垣集》，中国社会科学出版社 2000 年版，第 201—202 页。

1990)的堂叔。俞平伯的父亲、原清史馆编纂俞陛云(1868—1950)是他的三哥。他早年毕业于北洋大学,一直在南方工作。1919年末,他来到北京,在京师图书馆工作至1926年7月,任"敦煌石室唐人写经室"(下文简称"写经室")负责人。因为他的职责就是对馆藏"唐人写经"进行整理、庋藏和编目,所以,也是应邀参加"辑存会"成立典礼的一分子。当时,他应燕京大学文理科科长洪业(字煨莲)的邀请,正在兼任燕京大学国文教员,虽然每周课不多,但要往返于燕京大学和京师图书馆之间。

从俞泽箴的日记中,我们获知:在"辑存会"成立之前的几天里,筹备组已经寄来了请柬,"约九月一日赴会,参预成立典礼",说明筹备组的工作做得很细致、很周到。而且俞泽箴自己也在为能够准时赴会,提前安排自己的工作。1925年9月1日下午二时许,他"赴午门'敦皇经典辑存会',参预成立典礼。会所在阙左门北,玉虎总长、仲骞、夷初、援庵、兼士、叔平、阆仙等均莅会。会散,偕诸君参观历史博物馆"。从俞泽箴的记载中,我们获悉1925年9月1日这一天,出席"辑存会"成立典礼的,有交通部总长叶恭绰(玉虎),教育部次长兼京师图书馆馆长陈任中(仲骞)、北京大学教授马叙伦(夷初)、陈垣(援庵)、沈兼士、马衡(叔平)以及教育部社会教育司司长高步瀛(阆仙)等。成立典礼结束后,俞泽箴还与诸君一起参观了历史博物馆。

俞泽箴所记下的主要与会者,都是他所熟悉的政界、学界著名人士,也是在他晚年日记中经常出现的人物。至于那些不熟悉的人物,他也就忽略不记了。那天出席成立典礼的,究竟还有哪些知名人士,目前已无从查考。如果放在今天,有这样多的名流学者参加的文化活动,新闻媒体是一定会予以报道的。然而,那时却不然。因为当时的政局不稳,军阀混战,文化活动虽然有许多知名人士参加,也未能引起媒体记者的重视,以致于事后找不到相关的报道消息。这就为我们日后的历史记载留下了难题。这也正是陈垣的《〈敦煌劫余录〉序》和《叶谱》先后出现"辑存会"成立时间被误记的原因之一。

有学者会问,陈垣本是一位治学严谨的史学家,难道他也会出这样的误差吗?是的。因为他写《〈敦煌劫余录〉序》的时候,"辑存会"已经解体。在没有现成文字材料记载的情况下,根据记忆记载下来,这就存在着出错的可能。当然,在1936年,俞诚之等人开始编纂《叶遐庵先生年谱》时,同样也是事过境迁,在没有现成文字材料记载的情况下,仅靠记忆,难免不出错。或者他们过于相信记忆,没有为这件小事去做认真的求证,这也是出错的原因。让我们不解的是,直至1946年《叶谱》出版之时,叶恭绰先生仍然健在,以他的权威身份,他怎么就没有指出这个失误呢?最简单的解释就是:叶恭绰先生自己也已经记不准确了。

细心的读者也会问,俞泽箴日记中写的是"敦皇经典辑存会",与"敦煌经籍辑存会"出现了一字之误,这该如何解释?他们说的是一回事吗?在此,笔者可以肯定地回答,他们说的是同一件事。俞泽箴的记载与陈垣的记载除了时间不同外,地点和主要人物都还是吻合的。只是俞泽箴把参与活动的"都人士"记载得更具体、更明确而已。俞泽箴的日记之所以出现了一字之误,这是因为他们平日从事"敦煌经典编目"工作,说与写均已习惯成自然所致。在他的晚年日记中,就多次出现"敦煌经典"这个词汇。如1925年9月3日,"写经室"同人在完成了系统整理经卷的工作之后,开始"依大正一切经,编次馆中所藏敦煌经典"的目录,后成《敦煌经典目》一套。1925年10月末,日本僧人还曾委托俞泽箴觅人,代"抄《敦煌经典目》"。从俞泽箴的角度,或许会认为改称"敦煌经典辑存会"更惬意一些。

说到这里,我们不能不承认俞泽箴是我国"敦煌学"研究的有心人，在他晚年记述日常起居的日记中，竟然为我们留下了珍贵的原始记录，纠正了史学界半个多世纪以来关于"敦煌经籍辑存会"成立时间的误传。当然，我们更要感谢以学术修养世代相传的俞樾的后代子孙，是他们在俞泽箴病逝后，将他的日记手稿经心保存了八十余年，尤其是经过"文革"运动，能够幸免于难，真是奇迹！

（原载2010年《文献》第1期）

周作人与《同声月刊》

1940年12月,同声社在南京创办了侧重于旧体诗词创作和古典诗词曲研究的同人刊物《同声月刊》,由该社龙沐勋任同声月刊社社长,独立编校。龙沐勋(1902—1966),字榆生,号忍寒居士,笔名籜公。江西万载人。著名诗词曲家,时任伪中央大学教授。因为他对诗词曲的创作和研究无所不精,无所不好,所以,他对编辑《同声月刊》也十分投入,辛辛苦苦,兢兢业业,刊物办得也有声有色。但是,这种学问性极强的诗词专刊毕竟离大众太远了,读者不多是必然的。在《同声月刊》出刊两年多以后,编者龙沐勋感到本其初衷已十分艰难。他要"扩大范围,兼载有关文史艺术之论著",并开始向周作人、沈启无等约稿,并在1943年4月15日出版的《同声月刊》第3卷第2号上,向读者发表了《预告》。

周作人对朋友的约稿一般是来者不拒的。就在龙沐勋发表《预告》的《同声月刊》第3卷第2号上,便发表了周作人的诗五首,署名知堂。其中有咏七夕民俗的《七夕》诗三首,诗曰:

乌鹊呼号绕树飞。天河暗淡小星稀。

不须更读枝巢记。如此秋光已可悲。

一水盈盈不得渡。耕牛立瘦布机停。
剧怜下界痴儿女。笃笃香华拜二星。

年年乞巧都成拙。乌鹊填桥事大难。
犹是世尊悲悯意。不如市井闹盂兰。

  前两首诗作于1941年8月29日,农历七月初七;后一首诗作于1942年7月18日,农历六月初六。由此可知,前者为七夕之日所作而且是咏七夕的诗,后者为非七夕之日所作的咏七夕的诗,而且均为旧作。这三首诗已被收入岳麓书社1987年1月出版的《知堂杂诗抄·苦茶庵打油诗》中,被排在第十一、十二和第十四首,诗题已被删去,文字也略有改动。
  另外,与《七夕》诗三首同时发表的,还有周作人1943年的近作诗两首,即分别作于3月16日和4月11日的《春日偶咏》和《吴门席上闻吴歌作》,现依次录下:

春日偶咏

当日披裘理钓丝。浮名赢得市人知。
忽然悟彻无生忍。垂老街头作饼师。

吴门席上闻吴歌作

我是山中老比丘。偶来城市作勾留。
忽闻一声擘破玉。漫对明灯搔白头。

此二诗同样已被收入《知堂杂诗抄》，只是将诗题改成了诗跋。其中作于北平的《春日偶咏》被编排在《苦茶庵打油诗补遗》第十三首，诗跋曰："三十二年三月十六日晨作偶咏二首。此不称偶成者，以偶作多说自己事，此则非是，在佛法正是口孽，即吾家武王作铭，亦以为戒者也。"诗跋中所说的"偶咏二首"，在《同声月刊》上仅发表了其中的一首。此外，作于苏州的《吴门席上闻吴歌作》被编排在《苦茶庵打油诗》第十九首，诗末有："十一日晚在苏州听歌作。"实际听的是苏州弹词。此短跋似无原诗题《吴门席上闻吴歌作》明确醒目。

在周作人发表的五首诗中，只有最末一首是名副其实的新作。1943年4月5日至17日，周作人曾应汪精卫邀请，从北平赴南京接受伪国府委员的任职并讲学。在此期间，他曾由《同声月刊》主编龙沐勋等人陪同，于4月10日至11日赴苏州游览。4月11日晚，在伪中日文化协会苏州分会的招待晚宴上，周作人听到了女弹词家范雪君演唱的弹词。久不闻南方小调，偶一听之，心中顿生感慨，于是，他写下了《吴门席上闻吴歌作》诗一首，记当时的心情。据分析，周作人在《同声月刊》第3卷第2号上发表的这五首诗，就是他在南京、苏州期间，应嘱书录并交与龙沐勋刊出的。

从《同声月刊》"扩大范围"的角度看，周作人为悼念母亲鲁瑞所作的《先母事略》便成了改刊后的第一篇应约作品。

1943年4月22日，母亲鲁瑞以八十七岁高龄辞世后，周作人写了《先母事略》，并寄给南京的《同声月刊》，发表在1943年5月15日第3卷第3号上，署名周作人。此文未收入周作人自编文集。1995年9月，此文被收入海南国际新闻出版中心出版的《周作人集外文》时，题目已被改为《先母行述》，文字也做了较大改动。如记述母亲病逝前状况的一段，曰："近年目力稍减，不便读报纸细字,乃辍读,改而编织。尝卧疾而两病,今年二月因肺炎转而为心脏衰弱,势甚危殆。"而初发表时为:"近年目力稍减。不便读报纸细字。始辍读。改而编织。尝卧疾而两手编物如故。劝止之。则曰。我以此消遣。不为疲也。先母气体素强。未尝患重病。今年二月。因肺炎转而为心脏衰弱。势甚危殆。"一看便知,对母亲的描写原稿比改稿更具体更形象。又如,书中有:"作人当赴首都见先母饭食如常,乃禀命出发。"而初发表时为:"作人蒙国民政府选任为委员。当赴首都谒主席。见先母饮食如常。乃禀命出发。"从原稿和修改稿的对比中,我们可以看到周作人当时对汪精卫的邀请,赴南京接受伪国府委员任职是何等受宠若惊、诚惶诚恐。再如,记述母亲病重和病逝的时间,书中曰:"先母见作人归,即曰:'这回与汝永别了。'……而不图其竟实现于五日之内也。时为四月十八日酉时,乃遂长逝,享寿八十七岁。"而初发表时则为:"先母见作人归,即曰:'这回与汝永别了。'……而不图其竟实现于五日之内也。时为四月十八日。至二十二日酉时。乃遂长逝。享寿八十七岁。"后者所说的母亲从病重到病逝,正好在"五日之内",合情合理,可知原稿是正确的。《先母行述》中的删改没有道理,反而铸错,或许是出书时排版校对之误,也未可知。另外,文章中也有只做一字改动的地方,如:"及先君殁,家计益穷",初发表时为"益窘"。又如:"先母性弘毅……以是为戚邻所称",初发表时为"戚鄽","鄽"同于"党"。

继《先母事略》之后,在1943年7月15日和8月15日《同声月刊》第3卷第5号和第6号上,又连续发表了周作人的笔记小品《桑下丛谈》。其中在第5号上发表了《桑下丛谈》的第一至第十七篇,署名知堂;在第6号上发表了第十八至第四十篇,署名药堂。同一篇作品在同一个杂志连载,前后却用了两个不同的笔名，这是很有趣的，也是不多见的。估计是作者分两次寄稿所致。后将《桑下丛谈》短文四十篇收入文集《书房一角》时，周作人又补入了未曾发表过的四篇，文字也略有改动。

周作人在1943年3月8日作的开篇《小引》中，说："平时胡乱写文章，有关于故乡人物者，数年前选得三十篇，编为《桑下谈》，交上海书店出版，适逢战祸，未知其究竟，今又抄录短文为《桑下丛谈》一卷，只是百十字的笔记小品，但供杂志补白之用耳。"《小引》已经明确告诉我们，周作人抄录短文，编为《桑下丛谈》一卷，就是拟为杂志刊用的。这四十篇短文是在当年的端午节，即1943年6月7日抄录完成的。因龙沐勋有约在先，遂寄给了他，于次月即被刊出。刊发之前，龙沐勋还曾在1943年6月15日出版的《同声月刊》第3卷第4号上，专门为《桑下丛谈》做了预告。

周作人等人的加盟，虽然扩大了刊物的发稿范围，但是，并未能使《同声月刊》走出低谷，改变勉强维持的局面。况且，龙沐勋改变刊物的初衷也并不是一帆风顺的事情。所以，《桑下丛谈》发表之后，周作人就不再向《同声月刊》投稿了，而是改在同声月刊社新办的另一综合性刊物——《求是月刊》发表作品了。

（原载2001年3月7日香港《大公报》）

俞平伯集外《日记》解读

1997年11月，花山文艺出版社出版了十卷本《俞平伯全集》，然而，所收作品并不全面，其中俞平伯的一册《秋荔亭日记》就未收入《全集》中。

俞平伯的集外《秋荔亭日记》包括两个部分，第一部分是1938年6月21日至9月8日的日记，第二部分是1948年12月14日至1949年3月7日的日记。这两个时间段都是比较关键的。一个是抗战初期、北平沦陷后，有关俞平伯生活、交往的记述；一个是北平和平解放前后，俞平伯所亲历的生活的记述。从中可以了解俞平伯和他同时代人的一些生活状况和社会活动的梗概。正是因为这两部分日记的时间段比较重要，而日记中又有个别不合时宜的用语，因此，俞平伯的亲属才决定不将其收入《全集》中。这个决定对于著作者来说，是比较稳妥的，然而，这一段重要的现代文学史料就被遗漏了，造成了学术研究上的一大缺憾。

俞平伯自1928年到清华大学国文系任教，1932年被评为教授，至1937年，他在教授职上已经干满了五年。按照清华大学的惯例，教授任教五年后，可享受休假研究一年的待遇。于是，他提出了出国访学的申请。1937年5月14日,他接到了清华大学的通知,批准他在国内休假研究一年,而"前请在国外则未许也"①。抗战爆发后,因他适值全薪休假期内,所以,未能随校南迁。更重要的是他要侍奉年迈的双亲,所以,1938年暑假期间,他休假研究期满之时,虽然收到了清华大学自西南联大蒙自分校寄来的聘书,他也未能前往,而是办理了续请假一年的申请。在此期间,他被私立中国大学国文系聘为教授,讲授《论语》和《清真词》,借以为生。抗战胜利后,胡适任北京大学校长,未到任前,由傅斯年代理校长职。北京大学捷足先登,聘请俞平伯为国文系教授,俞平伯因此未能再回清华大学任教。1949年2月28日,人民政府接管了北京大学。俞平伯作为教授代表,成为北京大学校务委员会委员,参与了学校的管理工作。

了解了俞平伯的简历后,再看他的第一部分集外《日记》,我们便可获知他在抗战初期的生活与交往。

(一)俞平伯与朱自清的交往。此时,俞平伯的老友朱自清已经随清华大学师生南下到了云南蒙自,虽然当时的邮路已经不很畅通,但是,他们之间仍然书信往还不断。如,1938年7月3日,他收到了朱自清6月13日由蒙自寄来的信;同年9月5日,又收到了朱自清8月18日由蒙自寄来的信,云将移家昆明。两封信分别用了二十天和十八天寄达,由此可知抗战初期国内的状况和邮路的多艰。

(二)俞平伯与周作人的交往。在这段时间里,俞平伯也显得很寂寞,清华大学的同事、朋友萧公权、浦江清、浦薛凤等均已南去,只能与周作人、张子高、钱稻孙等少数几位朋友还有来往。如1938年6月28日中午,周作人在北海仿膳饭庄请客,俞平伯

---

① 《俞平伯全集》第10卷,花山文艺出版社1997年版,第262页。

与徐耀辰、沈启无、钱玄同应邀出席。席上,他们不约而同地想起了已经南去的老朋友冯文炳(废名)、林庚(静希),不免有"遍插茱萸"之感,于是,大家联名写信,分别寄给了时在湖北黄梅和福建长汀的冯、林二君。

除此之外,更多的则是俞平伯登门造访业师周作人。如1938年7月20日中午,张子高在西四同和居招饮,俞平伯冒雨前往,饭后顺便去苦雨斋看望周作人,结果在门外"见内外院皆水,造门而返",于是,他深切体会了周作人"苦雨斋"斋名的含义。又如8月11日下午,俞平伯造访苦雨斋,恰逢周作人去访钱稻孙。于是,他又赶赴钱宅,方与周作人晤面。8月19日,他再次造访苦雨斋。那一年的夏天,北平的雨水偏多,他是等待雨停之后才出门的,而在归途中又遇雨,不得不找地方避雨。

与此同时,俞平伯与周作人之间还有书信往还。如1938年7月22日,俞平伯收到周作人的来信,当即回复。在30年代的前期和中期,俞平伯与周作人之间的交往是十分密切的。1939年1月,周作人接任了伪北京大学图书馆馆长的职务后,他们之间的交往逐渐变得稀疏了。后来,俞平伯偶尔登门造访,被周宅门房挡驾的事情也有所发生。从俞平伯当年的书信中,我们获知他多少受到了冷遇。

(三)北平市内的状况。北平沦陷后,它的城门就受到了严格控制,有时实行限时开放,关闭的时间常常多于开放的时间,给人们带来很多不便。那时俞平伯夫妇本居住在西郊清华园新南院4号,他的父母亲居住在北平市东城区老君堂79号宅。如1937年8月7日上午,俞平伯夫妇乘车到清华园寓所去取衣物,午间返市里,"抵城关时尚不到一点,距开城还早,吸烟闲谈为遣。至一点五十分始放行。及进瓮城已二时十分"①。又如同年8月9日上午,俞平伯夫妇因未挤上公车,遂雇小车出城,"西直门已由日兵把守,待城开至十时。汽车之插洋旗者则不待,径行也"②。后来,他不得不放弃居住了七载的清华园寓所,搬回城内居住。由于他自己饱尝了出入城门的辛苦,因此,他对城门的开关问题十分关注。在1938年7月5日的日记中,他就记下了北平城内的十三个门,已经关闭了七个,即东便门、西便门、东直门、广渠门、左安门、右安门、德胜门,理由是为了防疫,当时告诉至月底始终止。到了7月28日,情况又有了变化,朝阳门、前门也都关闭了。这就意味着北平城已经变成了一座闭门自守的闭塞之城了。

从俞平伯的第二部分集外《日记》中,我们可以看到他所亲历的北平和平解放前后的情景,以及北平的和平解放带给他的振奋与欣喜。

一　围城期间北平城内的状况

1948年12月上旬,在林彪、罗荣桓、聂荣臻等指挥下,由东北野战军和华北两个兵团共同进行的平津战役打响了。当时,在国民党华北"剿匪"总司令傅作义指挥下的六十多万国民党军队,为人民解放军在东北的胜利所震惊,赶紧收缩兵力,企图海运南逃或西窜绥远。人民解放军以神速动作将敌人分割包围于北平、天津等五个据点,这样就截断了敌军南逃西窜的通路。随后,攻克了新保安、张家口,解放了天津,至此,北平的二十余万守敌在人民解放军严密包围下完全陷于绝境。由于中共地下工

---

① 《俞平伯全集》第10卷,第276页。
② 《俞平伯全集》第10卷,第277页。

作者及时、周密地做好了傅作义将军的说服工作,傅作义将军经过慎重考虑,最终选择了光明大道,率领他的军队接受了和平改编。1949年1月31日,人民解放军进入北平,北平宣告和平解放。

在北平解放前夕的一个多月里,守卫北平的傅作义部并不甘于自行退出历史舞台,一直在抓紧做着防御的准备。一是挖战壕,如1948年12月15日,俞平伯见到"兵士在寓墙外掘壕,以砖砌顶,土覆之"。二是修筑碉堡,如朝阳门外大拆民房,闻九城关厢共拆房一万六千间。三是急于修建东单飞机场。如1948年12月17日,俞平伯听说"东单修建飞机场,树均斫去,摊贩尽徙,亦街市之小沧桑也"。1949年1月13日,"闻轰轰之声,云炸东单附近房屋,以扩机场"。19日,"闻大发工役约六七千人,以扩展东单飞机场,限今毕工。盖日前在天坛新筑之机场已被毁损,不堪用故"。四是城内百姓家中已住进了兵士和随军家属。如俞平伯家就先后有士兵及眷属数十人来借居,而且,他所居的"胡同内各户均驻兵甚众"。

在那段日子里,北平的百姓日日为炮声、爆炸声所惊恐。如1948年12月15日晚炮声颇紧,至夜深始渐稀。16日,"夜半炮声颇厉"。20日晚,"闻大拆城外民房,以便战事。晚,枕上听炮声甚急,午夜始止。后闻在彰义门外激战,疑朝阳门附近亦有战争也"。22日,"城外有一爆炸声,窗棂震动,东望可见白烟,云系房屋坚固,拆毁不易,故以炸药轰之也"。1949年1月12日,"晨一时闻炮声紧密,后转寂。……午,丁国珍连长来,据云所闻之炮声,即此部队夜战安定门外也"。17日记载:"昨今两日北大附近均落炮弹,若汉花园,若北河沿译学馆,俱有之。晚报载:锡拉胡同何思源寓被炸,何夫妇并伤,幼女死焉。事发于晨三时,正宵禁期内,亦不详其缘由,可异也。"19日,"闻故宫近日亦落炮弹多枚,幸无大损,盖附近有储火药所,故屡轰击之也"。北平城内已满目疮痍。

此时,国民党反动政府发动的内战,使它自己众叛亲离。它的主要军事力量和一切精锐师团遭到重创,到了不能维持的境地。"为了保持国民党政府的残余力量,取得喘息时间,然后卷土重来扑灭革命力量的目的",1949年元旦,蒋介石发表了求和声明,提出了愿意和中国共产党进行和平谈判的建议。"中国共产党认为这个建议是虚伪的。这是因为蒋介石在他的建议中提出了保存伪宪法、伪法统和反动军队等项为全国人民所不能同意的条件,以为和平谈判的基础。这是继续战争的条件,不是和平的条件。"①毛泽东主席随即发表了一系列评论文章,揭露国民党利用和平谈判来保存反革命实力的阴谋,迫使蒋介石不得不在同年1月21日发表了"引退"声明。因此,才有了俞平伯1月22日的记载:"报载昨日蒋中正遁。蒋于元日言和而恋位不去,中共态度坚峻,顷不得已始去耳。"当晚,"傅作义发表《和平协议文告》,凡十三款,于今日上午停战,各部队均移驻城外,以待整编"。24日,"晚七时半寓中电灯始复明,距上月十八日阅一月又七日矣"。25日又停电。28日,农历戊子年除夕,北平市民在"灯明复灭"之中,度过了只"闻劈啪轰隆之声,不辨孰为枪炮,孰为爆竹"的除夕夜。30日,"报载廿八日中共答复国民党求和之言,欲先惩战犯,词极痛快"。这一天"仍时闻枪炮爆炸之声甚厉",然而,"寓墙外避弹壕已拆去"。31日下午,"人民解放军入北平",北平宣告和平解放。"朝阳门守军已换人民解放军,带红白色'平警'二字臂章",俞平伯相信"此后治安当可确保"。1949

---

① 《中共中央毛泽东主席关于时局的声明》,《毛泽东选集》合订本,人民出版社1967年版,第1279页。

年2月3日，人民解放军举行进驻北平入城式，"市民欢迎解放军，军容颇盛"。12日下午，北平市十余万人在天安门广场举行了盛大的集会游行，庆祝北平和平解放。

二 俞平伯的教学、工资与物价

北平围城期间，北京大学的教学工作一直照常进行。如1948年12月14日，俞平伯赴北大"讲古诗"；23日，至校讲杜诗；1949年1月13日，仍到校授杜诗等等。只是到了1949年1月18日，期末大考之时，才发生了"学生以时局警急罢考"的事情。

在北平围城期间，俞平伯也分几次领到了工资，只是物价飞涨，薪金已经入不敷出了。如1948年12月30日，他在学校"出纳组领薪金五百元，仅合棒子面五十斤也"。1949年1月8日，他赴校"取薪金约二千元，若悉以之购猪肉，仅可七斤馀，盖肉价每斤已二百五六十元也"。次日，肉价每斤已经涨至四百四十元，"一日之差，剧变如此"。

1949年2月2日，北平市军管会发出布告，确定以中国人民银行发行之钞票（简称人民券，后来改称人民币）为北平流通币，限期二十天内收兑当时流通的伪金圆券。为了减少北平市民的损失，规定工人、学生、独立劳动者、工厂职员、学校教职员、城市贫民按人民币1元兑换金圆券3元的优待比价，每人限额兑换金圆券500元。限额以外的金圆券一律按中国人民银行挂牌的比价，即人民币1元兑换金圆券10元的比价进行兑换①。俞平伯得到消息后，于2月5日"到校为兑换钞票取证明书"；8日，又"以换钞券事到北大办手续"。

---

① 赵晋、王亚春等著：《北平和平解放前后》，中国书店1999年版，第111页。

三 俞平伯所参加的社会活动

（一）九三学社的活动。抗战胜利后，经北京大学同窗好友、著名社会活动家、九三学社创始人许德珩的介绍，俞平伯加入了以追求科学与民主为宗旨的民主党派九三学社。北平解放前后，他积极参与了九三学社组织的各项活动。他对许德珩是信赖的，常常是许一呼之，俞即应之。如1949年1月16日，"许楚僧为呼吁军队出城，以全北平集同人宣言，来电话商洽列名"，俞平伯当即应允。又如同年1月25日，俞平伯"接中共主席毛泽东一月十四日《声明》一件"，即指《中共中央毛泽东主席关于时局的声明》全文。《声明》批驳了蒋介石的元旦求和文告，提出了以彻底消灭反动势力为基础的八项和平谈判的条件，比"前阅报载"详赡多了。接到《声明》的当日，俞平伯即到府学胡同，"出席北大沙滩区教授联谊会干事会，会后商发《宣言》事"。27日，以许德珩、樊弘、袁翰青、俞平伯等三十二位教授署名的赞成和拥护毛泽东主席所提出的和平谈判之八条件的《宣言》，便以北平文化界民主人士的名义，在《新民报》上发表了。

1949年2月12日，农历己丑年正月十五晚，九三学社在著名化学家薛愚（字慕回）寓所聚餐，俞平伯与许德珩夫妇、樊弘、袁翰青、杨人楩等均出席。"中共方面有徐冰、张中麟参加，谈话颇畅，归已午夜。"俞平伯日记中所说的中共方面的代表徐冰，时任北平市副市长，至1949年4月25日离任，总共任职四个多月[①]。在他任北平市副市长的短暂的日子里，作为中共方面的代表，选择农历正月十五这个万家团聚的日子，与民主党派人士进行了近距离的接触，"谈话颇畅"，气氛融融，给俞平伯等老知识

---

① 赵晋、王亚春等著：《北平和平解放前后》，第143、147页。

分子留下了很好的印象。在与徐冰等人聚会后的第五天，俞平伯便安排了一次"晨访徐冰"。究竟为啥造访徐冰，他们之间谈了什么，有无结果，日记中全无记载，给我们留下了悬念。但是，有一点是毫无疑问的，那就是俞平伯对中共方面的代表、北平市副市长徐冰是充满了信任的。

（二）文教与文学艺术界的活动。1948年12月21日，北平市文化接管委员会成立后，吴晗、翦伯赞、胡愈之等"文管会"成员就承担起了广泛团结、联络爱国知识分子的任务。1949年2月18日下午，著名历史学家、社会活动家吴晗、翦伯赞以及新闻出版家胡愈之等一行四人登门看望了俞平伯，并代表费青、费孝通向俞平伯发出了与会邀请。旧雨新朋，相见甚欢。次日下午，俞平伯便应吴晗和费氏兄弟的邀请，高兴地出席了在骑河楼清华同学会举行的大型茶话会。

1949年2月20日下午，林彪、罗荣桓、聂荣臻、薄一波、董必武、叶剑英等中共领导人在北京饭店招宴文教系统的教授和知名人士，宣布并讲解了党的知识分子政策，鼓励大家安心教学与科研。俞平伯作为北京大学教授，应邀出席了盛宴。中共领导人对老知识分子的团结、教育与尊重，让他感到振奋和欣喜，归后夜不能寐，当即作诗三首，记下了自己的所见所闻和亲身感受，用发自肺腑的诗歌，歌颂了中国共产党的伟大英明。诗云：

> 百尺朱楼钿毂尘，欧风擩染最时新。
> 今朝盛宴中华味，短褐戎衣作主人。

> 演说佳时拍手高，洋洋军乐凯声豪。
> 观光上国来南使，大振民心显北朝。

此后艰难未可知,新邦五载岂云迟。
国修工艺需群力,野劝农耕得土宜。
鸡豚繁滋蔬菜绿,奢侈屏迹舶来稀。
百年大计兴文教,炳烛余光学习时。

俞平伯在日记中,特意注明"南来言和代表亦在座",在诗中也有"观光上国来南使"的诗句,那是指李宗仁从上海派来的"和平使者团",由颜惠庆、章士钊、邵力子、江庸等人组成,颜惠庆为首席代表。1949年2月14日,他们以私人身份飞抵北平,与中共方面进行接触。颜惠庆在1949年2月20日的日记中,也记下了参加中共领导人举行的茶话会的情形。他写道:"下午3点半,在北京饭店舞厅,中共领导举行茶话会并设晚宴,邀请本市教育界、文化界人士参加。铜管乐队演奏了精彩的乐曲。我们遇到了很多的老朋友,既有先生,也有女士。邵力子先生代表我们讲话,阐明了此行的使命。其他发言者还有:燕京大学校长,清华和北京大学的教授,社会贤达,资深学者,以及著名艺术家徐悲鸿等人。所有的讲话都赞扬了新的解放者,谴责了国民党。宴会主办人,还有军界人士,也讲了话,再次表达了他们的主张,即只有真诚的和平才是可以接受的。"①在这里,俞平伯与颜惠庆的记载起到了相互补充的作用。

1949年2月27日下午,中共领导人谭政、陶铸在前女子文理学院旧址九爷府,召集大中学校教授、学者数十人,商谈东北野战军所招收的南下工作团的事,并设晚宴款待与会者。俞平伯应邀出席。他在日记中写道:"菜颇佳,并有歌舞等余兴,其情

---

① 吴建雍、李宝臣、叶凤美译:《颜惠庆自传——一位民国元老的历史记忆》,商务印书馆2003年版,第390页。

绪之昂扬、热烈,昔所未有也。"这次聚会,从下午三时直至夜午,方才尽兴步归。

1949年3月3日下午,华北政府文化艺术委员会及华北文艺界协会在北京饭店联合举行座谈会,俞平伯与来自国统区和解放区的文艺工作者应邀出席。周扬介绍了解放区的文艺运动状况,俞平伯也作了简短发言。在这次座谈会上,俞平伯不仅见到了阔别二十余年的老朋友茅盾、田汉等,而且与久闻大名的郭沫若初次识面。这样难得的聚会,让人怎能不欣喜若狂!座谈至夕,晚宴后又有歌舞助兴,俞平伯"未俟终场而归,已九时矣"。

四　对老朋友朱自清、陈寅恪的怀念

1948年8月12日,著名文学家、清华大学教授朱自清在北平病逝后,俞平伯对老友的怀念日久弥深。他除了参加朱自清追悼会、送挽辞、发表悼念文章外,还常常在日记中记下自己的所思所想。如1948年12月28日,"连日均因无电,辄八时即睡。诵佩弦诗'挂眼千家黑,娱魂一焰青',感慨系之,惜君已不获同际此时艰矣"。同年12月31日,俞平伯收到清华大学毕业生陶重华由台湾寄来的《挽佩弦》诗三首,十分欣赏,遂将其抄录在日记中,留下了师生之间对朱自清的永久纪念。

著名国学家陈寅恪也是俞平伯二十余年的老朋友。1949年1月5日,俞平伯偶然翻阅陈寅恪的旧著《秦妇吟校笺》,竟然思念起老友来。他认为陈寅恪的专著"考证精确,其文字审定尚有可商处"。他在日记中写道:"昔与寅恪常谈论此诗,陈今已南去,兵烽间重读,尤惘然也。"陈寅恪是1948年12月15日同胡适等人一起,乘飞机南去的。所不同的是,胡适随蒋介石去了台湾,而陈寅恪则留在了祖国的南方,继续从事着他所喜爱的学术研究和教学工作。

1948年12月15日,俞平伯得知胡适已南飞矣。而在此前一天的清晨,他在去北京大学授课的路上,曾专程去禄米仓住所看望了胡适,并明确获知了胡适南去的决心。俞平伯的这次拜访,是他与胡适之间所见的最后一面。在此时刻,师生之间是如何话别的,日记中没有一句记载;对胡适的去留问题,也没有一句表态的话,只是客观地记下了胡适必走的决心。而在此后的俞平伯日记中,也没有出现一句怀念胡适的话。

1949年3月7日,正当工作步入正轨,生活稍稍安定一些的时候,俞平伯的日记却戛然终止了,让人感到遗憾。

俞平伯的日记语言非常简洁,内容却很丰富,用毛笔端楷直行书写在清华学校的稿纸上。清华学校自1925年开始筹办大学部,到1928年正式改称为清华大学,由此可知,俞平伯所用的清华学校的稿纸也已是八十年前的产物了。

(原载2008年《新文学史料》第3期)